文
景

Horizon

社 科 新 知　文 艺 新 潮

述而批评丛书 第二辑

走向他人

胡桑 著

上海人民出版社

上海文学批评的青年力量
——述而批评丛书第二辑序

新的时代发展引领文学创作的转换，青年作家、批评家如何面对时代变化中的价值和精神问题，如何以创作和批评的方式发出青年一代的铿锵之音，文学在深度参与现代化建设时，如何在文学创作和文学批评上引领潮流、创新方法、更新观念，更好地在中国式现代化中发挥文化的作用，这是批评面临的新责任。

习近平总书记高度重视文艺评论的社会功能，强调："要加强和改进文艺理论和评论工作，褒优贬劣，激浊扬清，更加有效地引导创作、推出精品、提高审美、引领风尚。"上海的文学批评一直有非常好的传统，涌现出一大批具有全国影响力的评论家，引领时代风气，积极参与并带动了中国当代文学的进程。斗转星移，薪火相传，述而后作，传承创新。新时代以来，上海出现一批年轻的文学评论新人。2018 年，上海作协积极推动"述而"批评丛书的出版，集中推出 11 名出色文学批评家的作品，引起社会关注。把青年新力量的队伍吸纳进来，文学批评新力量会迎来很大的转机。如今上海又一批年轻的文学批评新人脱颖而出，有的是作协成员，有的是高校教师，有的是媒体中坚。为进一步加强上海青年评论家的影响、培养上海青年评论家队伍，我们继续推动“述而”青年批评家丛书的出版，希望聚集目前上海最具影响力和潜能的年轻批评写作者，精选每一位作者最有代表性的文学批评文章，再推出一套能够全面反映当下上海青年文学评论整体风貌的精品文集，集中展示这一批评家群体的成就和风采，也展示上海文学批评的新发展与新收获。从中我们可以看到，上海青年批评者正在新的科技基座上思考人文，推动人文，书写当下，思考未来，努力做时代的同路人与风向标，对新兴的文学现象进行客观判断，展开有效批评，提出前瞻建议，发出与时代息息相关的声音。

批评随时代而变。当代文坛，创作繁荣，色彩斑斓。塑造当代文学格局的，不仅有风格各异的传统文学期刊，更有引领青年创作风尚的新锐杂志；不仅有传统文学及其出版机构，网络世界的文学平台则更加丰富多样，自媒体、文学社区、网络文学网站等，共同组合出当下文学版图的样貌。随着网络文学的繁荣和网剧等新的艺术题材的兴起，第二辑“述而”批评丛书跟第一辑一个很大的不同，是除了收入传统的文学批评文章，还有意收入了网络文学及泛文学（如电影、电视剧、网剧等）批评的相关作品，在重视传统文学批评的同时，引导读者关注和思考网络文学和泛文学的发展，为日新月异的艺术发展提供有益的参考。

文学的创造性转化和创新性发展需要广大文学工作者的共同努力，青年批评家勾连现在与未来，是最具有潜力的创造性力量。在现代性进程内部有效改造中国传统文论，走出书斋的象牙塔，迈向时代的十字路口，走出内循环的舒适区，在世界性的合唱中加入中国批评的声音，亟待我们直面与践行。“述而”批评丛书第二辑的出版是这份共同努力的一部分，希望能取得有益的社会效果。在新时代的引领下，上海文学具有更加开放创新、流动多元、跨界共融以及面向世界的品质，我们要用全球视野重新认识和深刻把握脚下的热土，进一步深入生活、扎根人民，用文学的方式书写上海改革开放波澜壮阔的生动实践。未来我们将进一步促进创作、打造精品，用系统的观念全面梳理和构建中国式现代化的文学话语和叙事体系，继续赋能文学、提升价值，向广大人民群众提供高品质的文学供给，为推进中国式现代化书写文学篇章、贡献青年力量。

上海市作家协会党组书记、专职副主席
马文运

目录

第一辑 “情”的功课

马克洛尔：纠结而炽热的“游牧人生” 3

“情”的功课 13

不能漠视他人的痛苦 20

闪烁着那准备用爱来满足的人 26

空荡荡的世情，或众生现实主义 43

灵魂朴素，如梅子的核 49

成为诗人：对细节的偏爱 54

情动于中而有诗：当代诗的情感技术 58

第二辑 与他人联结

静默的风暴 73

当代诗：走向伦理 75

穆旦的汉语及其历史意识 80

形式是一只夜莺 99

当代诗：复意的书写 111

整理语言虎纹的“穿墙者”和“伦理人” 115
关于我们时代的巨变 124
当代共同体的伦理见证及他者的出场 129
大海的姿态与爱的意义生成论 164
与生活之海对位、和解，以及作为倾听者的飞鸟 179

第三辑　跨越边界

天性顺从于它所从事的，如同染匠的手 195
诗的伟大，是瓷马临盆 215
边界上的激情 243
对有限和无限缠绕的世界的敬意 250
走向分神与破坏的批评 255
山水的知识和移情的停顿 258
异的摆渡：译者在数字时代的使命 273
在潮汐里泅渡 283
比河流更多的河流 286

第一辑　“情”的功课

马克洛尔：纠结而炽热的“游牧人生”

从 1986 年开始，哥伦比亚诗人阿尔瓦罗·穆蒂斯开始将他在诗歌中创造的人物“瞭望员马克洛尔”移植入小说，写下第一部中篇小说《阿尔米兰特之雪》。到 1993 年，他共完成七部星丛般的中篇小说，并将它们会集成长篇小说《马克洛尔的奇遇与厄运》。正如大多数当代小说一样，这部作品消解了故事和情节，拆毁了逻辑和线条。小说的语汇和句子海浪般突如其来，而人物则如暗礁般神秘莫测。这是一本迅疾的书，但需要慢下来阅读。不过我们可以在书的任何一页上沉静下来，去细细体验马克洛尔的每一次奇遇和厄运。他是一个丰富了我们的世界的、不可复制的当代人，让我们可以看清无足轻重的生命中那些蠢蠢欲动、晦暗不明的存在。

小说的主人公，瞭望员马克洛尔，缠绕着“离经叛道的梦境维度和他纠结而炽热的存在”[1]。他一直在漫游，穿越海洋和陆地，往来于港口，缠绕于女人。在文学史中，我们常常见到流浪的人、

[1] ［哥伦比亚］阿尔瓦罗·穆蒂斯：《马克洛尔的奇遇与厄运》，轩乐译，中信出版社，2022，第 5 页。

漫游的人，却难得见到马克洛尔这样的人——他自称是一个“属于大海的人”。港口和女人，在他的生命中不断出现和消失。对他来说，“港口意味的不过是露水情缘的借口或妓院里的斗殴”[1]。

托梅斯河上的小拉撒路在大地上流浪，经历了无数屈辱和苦痛，直到过上富裕安定的生活，最终开始对过去的岁月讳莫如深——流浪并不是他渴望的生活。在卢梭笔下，圣普乐在行旅中享受风景，借以抚慰与朱莉之间的爱的不能。在歌德笔下，威廉·麦斯特去漫游，是为了去学习生活，成长为一个更完整的人，并不享受漫游本身。在波德莱尔的诗里，漫游者震惊于来往人群，在对擦肩而过的女人的惊鸿一瞥中，同时获得了爱欲和虚无。20 世纪不再是流浪者、漫游者的时代，而是漂泊者的世纪。在里尔克、卡夫卡、艾略特、穆齐尔、赫尔曼·布洛赫、罗伯特·瓦尔泽、佩索阿、普鲁斯特、伍尔夫、乔伊斯的作品里，人类丢失了自己的道路，忘却了或说抹除了目的地，因而漂泊于内心的和回忆的风景。在穆蒂斯的小说里，我们遭遇到了马克洛尔，他渴望流浪，享受漫游，却并不对人和风景感到震惊。他要同时在现实和内心空间里漂泊。他永远在抵达不同的地方，遇见别样的人。他激情地走向海洋和港口，却不执着于目的，更不规划未来。他过着“混乱的流浪生活”[2]。漂泊的生活是无序的，不再怀念家园，不再期待救赎。

虽然总是沉浸在对梦境、过去的回忆中，马克洛尔却是一个钟情于现实世界的人。他钟情于遭遇的人（尤其是女人），钟情

---

[1] ［哥伦比亚］阿尔瓦罗·穆蒂斯：《马克洛尔的奇遇与厄运》，第 190 页。

[2] 同上，第 608 页。

于经历过的港口和大海。他在我们的世界上马不停蹄地游牧，大海便是他的牧场。然而，他的牧场并非千篇一律，也非一马平川，而是一个充满混沌互渗透的褶皱的千高原——最重要的是，他失去了羊群。他期待“奇遇”，心系漂泊，在漂泊中耗费自己的生命——无目的地、无原则地耗费。他之所以选择大海，是要在我们的世界上寻找一处没有记忆和历史负担的牧场，让生命中的每个瞬间成为遭遇的瞬间、恍惚的瞬间、放纵的瞬间。他是一个拒绝律法的人，一个例外的人。事实上，“瞭望员”并不是他的职业和身份，只是人们给他的外号。他是一个没有历史、没有身份的漂泊者。他的生命由“无用和偏僻”[1]滋养着。他过着一种“无可救药的游牧人生”[2]。现实世界的瞭望员要为船只测定远方的路程，避开即将出现的“厄运”，而瞭望员马克洛尔既不测定路程，也无心避开自己的厄运，甚至不惧怕厄运，他要在旅程中观看、体验、爱上整个世界。

马克洛尔的生命，永远在开始，漂泊在大海上。他是一位在全世界漂泊的尤利西斯。对他来说，港口只是短暂的过渡。而他的朋友，他的女人——芙洛尔·埃斯特维兹、伊洛娜、安帕洛·玛利亚、朵拉·埃斯特拉、安东尼娅、凯西等，只是他无数梦幻的间歇和裂隙。他的人生不能停顿和止息，他在日记里写过：“告别漂泊时，我总能感到轻微的焦虑和模糊的恐慌，不知在踏上土地的那一刻，会有怎样的未知降临在我头上。”[3]因此，

[1] ［哥伦比亚］阿尔瓦罗·穆蒂斯：《马克洛尔的奇遇与厄运》，第 84 页。

[2] 同上，第 53 页。

[3] 同上，第 113 页。

受伤后滞留在“阿尔米兰特”休息站时，马克洛尔极为痛苦——因漂泊的结束、浪游的停息。他的人生必须拥有“绵延不断的起伏和意外”[1]。甚至，他的朋友和恋人的生命也是如此：阿卜杜尔·巴舒尔死于坠机，伊洛娜和拉丽萨死于废弃船只中的燃气罐爆炸事故。

马克洛尔热爱阅读。他的生命一直在旅途中，因此行李中只有必需品，但他总是随身带着书。无怪乎马克洛尔滞留银港、住在盲妇人堂娜·恩蓓拉的公寓时，被她追问：“那些书呢？也是必需品吗？”他的回答是从阅读中“可以学到很多关于人的事情，尤其是关于女人的事情”。[2]他集中阅读法语作品和译本，特别是历史书籍和名人回忆录，如《红衣主教莱兹回忆录》、夏多布里昂的《墓畔回忆录》、约根森的《圣方济各生平》等。我们并不知道马克洛尔的国籍。在小说中，他说着西班牙语，但我们不确定这是不是他的母语。尽管，他常常被认作法国人，但法语很可能并非是他的母语。也就是说，他阅读时喜欢沉浸在外语中，就像他的人生——他总是在越界，越出自身的经验，打破生活的稳定。他的阅读和他的人生步调是一致的。他暂时离开大海来到陆地时，就去开酒吧和妓院，做旗语生意，进行荒原之旅，走私军火，山中淘金，做船舶修配厂看守、咖啡馆侍应、夜班值班人、医务室清洁工，甚至乞讨。他所谓的“关于人的事情”，不可能是传统的爱、伦理和责任，当然也不可能只是存在、虚无和时间，而可能就是漂泊本身——悬置了时间后、在空间里的漂泊。

---

[1] ［哥伦比亚］阿尔瓦罗·穆蒂斯：《马克洛尔的奇遇与厄运》，第447页。

[2] 同上，第190—191页。

用马克洛尔自己的话来说，就是他感兴趣的是如何探索一个对他来说“陌生的世界”。陌生的世界，构成了对日常、愚蠢和平庸的挑战，孕育着真正的生命。

最关键的是，马克洛尔对陌生的世界——大海和陆地的探索并非出于强迫，哪怕是自我强迫。这一切源于他身上充盈着的“炽热”存在。他要“用他在路上遇到的一切事物让每一个此时此刻都更有价值”[1]。因此，他的一切经历，包括奇遇和厄运，都让他心心念念、刻骨铭心，不再会是浮光掠影、过眼云烟。他对自己的过去如数家珍，充满了深情。在“阿米尔巴尔”一章中，安东尼娅进城后，马克洛尔被孤独地留在了淘金矿洞，他做了一次祷告。祷文感人至深：

为所有仍在航行的那些人；

为明天就要出发的那些人；

为现在到达了港口却不知什么在等待自己的人；

为所有那些在海上活过、忍耐过、哭泣过、歌唱过、爱过和死去的人；

为所有这些，阿米尔巴尔，请平息你的苦痛，不要对我动怒。[2]

马克洛尔挂念着一切遭遇过的人，同情所有和他一样永远在漂泊、即将去漂泊的人。然而，马克洛尔的特立独行造就了孤

[1] ［哥伦比亚］阿尔瓦罗·穆蒂斯：《马克洛尔的奇遇与厄运》，第 97 页。

[2] 同上，第 412 页。

独。因此，他要在出发、行走、遭遇中，通过走向他人以遏制孤独。哈莉娜甚至说过："他比任何人都孤独，所以也比任何人都更需要我们这些很爱他的人。"[1]即便如此，他总是义无反顾地走向"致命的陌生世界"[2]。他的人生在揭示一个残酷的真相：我们的当代世界正在向绝对的陌生关上大门。超量的信息和速度让我们的生活变得重复、均质、乏味、透明、循环。看似新奇而陌生的商品永恒地变化着，但从不产生绝对的差异和陌生，重复和循环让我们走向倦怠。

马克洛尔是不是一个虚无的人？他一味地出发、行走、遭遇、探索，其生命的价值何在？他活在可能性中，因此，也活在虚无中？在这一点上，穆蒂斯的这部小说与凯鲁亚克的《在路上》截然不同。马克洛尔并不是离经叛道的年轻人，也不具备"垮掉的一代"的颓废精神，虽然他和"垮掉的一代"共享了失败的情感。对萨尔、狄安、玛丽露而言，"在路上"是一次短暂的偏离正轨的旅行。但是，在马克洛尔这里，漂泊不是临时的姿态和立场，而是内在于生命的需要，是终其一生的命运。他的漂泊"带着不可饶恕的天真"[3]。在他天真而炽热的漂泊里，"奇遇"和"厄运"共存。他在海上"奇遇"，在陆地遭受"厄运"。他的生命中充满了海洋与陆地、天真与噩梦的张力。于是，他只能漂泊，在海上漂泊。大海并不是确定的道路。有一次，他在阿尔瓦雷兹高地旅行。最后，他向庄园主堂·阿尼巴尔坦言："我一直在海

[1] ［哥伦比亚］阿尔瓦罗·穆蒂斯：《马克洛尔的奇遇与厄运》，第 530 页。

[2] 同上，第 285 页

[3] 同上，第 244 页。

上的。它从没让我失望过。每次我尝试着在陆地上干点儿什么，事情就变得糟糕起来。但我好像总是不长记性。也许是岁数大了缘故吧。”[1]

到了小说的后半部分，特别是在最后一部分“海陆三部曲”中，马克洛尔的人生出现了“本质的改变”。他的漂泊激情在冷却，“已经不再有从前统治他游浪人生的那种不求回报的固执挑战意味”[2]。如今，他已是一个站在“暮年的门槛前”的人，因此，生命处在奇异的临界点上——在“炽热”之外，又多出了种种“纠结”。在他身上，一边是激情，一边是对命运的顺从。“瞭望员正在——他虽然无奈，却已游刃有余——满足于自己命中注定被赐予的东西，而不是那些本可能拥有却已不能再拥有的事。”[3]但他并未因此成为心如止水地絮絮叨叨回忆往事的老者。他的每一次回忆都指向“厄运”，而厄运意味着“游牧人生”的暂时结束。但他最终的厄运是衰老。人人都要衰老，不过对马克洛尔而言，衰老是极为残忍的。因为，在衰老中，他的激情覆灭了。在“阿米尔巴尔”一章的开头，叙述人记录了马克洛尔的一段话：“我生命最奇异的时光是在阿米尔巴尔度过的。在阿米尔巴尔，我留下了自己的缕缕灵魂以及年轻时所点燃的很大一部分能量。从那时起，我开始变得沉静——或许是吧——并感到了永恒的疲惫。之后剩下的，便是在每日固执的冒险中苟活。这不值一提。甚至连海洋都无法再将白日做梦的能力归还给我，在阿米尔巴尔

[1] ［哥伦比亚］阿尔瓦罗·穆蒂斯：《马克洛尔的奇遇与厄运》，第 245 页。

[2] 同上，第 608 页。

[3] 同上，第 223 页。

我已经将它耗尽，并且一无所得。”[1]马克洛尔的灵魂和能量耗尽了。更残忍的是，他一无所得。但这正是他的漂泊的意义。他并不想在漂泊中抵达一个目的、一个价值体系。对于他，生命正是用来耗费的，但他天真地、终其一生地耗费，却不再表演，更不是弄虚作假，正如莫森·费兰神父对马克洛尔的评价：“令人赞叹的是，在那么多各种各样的情感的废墟之间，他仍旧保持着他的良善，并且丝毫不矫揉造作。”[2]马克洛尔在朋友们眼里是一个谜一样的人物。

在“货船最后一站”部分，叙述人曾经告诉一个女人，他写的是悲伤的故事。衰老、能力的退却、一无所有，都令人悲伤。“阿米尔巴尔”开头的题词却给出了相反的信息。那是法国诗人皮埃尔·勒韦迪《船上书》中的一段话：“生命只是一连串的溃败。它的一些表象很美，另一些则不那么美。在美的表象之后——与不美的表象之后类似——藏着溃败，永恒的溃败，更多的溃败。但这并不能阻止我们取得胜利。因为说到底，能战胜人的只有死亡，但即便如此，也只是因为死亡会剥夺全部的证据，让人无法否认自己的溃败。一个人也因此而变成了死亡的同盟，他信任它，只为得到它会授予他但生命却拒绝给他的全部荣耀。”[3]溃败，并不能阻止马克洛尔取得胜利。但在这段题词里，我们看到了死亡的力量。衰老，残忍地走向死亡。但穆蒂斯为什么要让浪游的马克洛尔衰老？因为马克洛尔是一位当代的尤利西

[1] ［哥伦比亚］阿尔瓦罗·穆蒂斯：《马克洛尔的奇遇与厄运》，第353页。

[2] 同上，第614页。

[3] 同上，第352页。

斯。他终究要回到家园。他漂泊，正是在寻找家园。所以在小说接近结尾的时候，马克洛尔吐露了心声："马约卡岛是我的软肋，古老的根把我和这片土地连在了一起。"一个属于大海的漂泊者，最终回归了一个地中海岛屿——不过，我们知道，他并不执着于居住，他的房子破败如废墟。在这里，他答应照顾巴舒尔的儿子贾米尔。在这样一种短暂的准父子关系里，他内心"燃起了一种热切的同情和绝对的喜爱"，并且将这种情感指认为"全然陌生的东西"，是"藏在他无法避免的长久征途的迷宫中的考验"。[1]他对伦理情感的回归，依然是在漂泊的维度上完成的。

有必要比较一下马克洛尔和他大半生的朋友与同谋阿卜杜尔·巴舒尔。他们的友谊太深厚了。马克洛尔愿意暂时照顾贾米尔，正是因为能够在贾米尔身上看到巴舒尔的形象。巴舒尔几乎就是另一个马克洛尔。当然，他们的个性又是那么不同，甚至截然相反。与马克洛尔谜一般的出身不同，小说明确告诉我们，巴舒尔是黎巴嫩人。巴舒尔的人生和梦想是错位的，他"用全部人生来做航船的梦，拥有过的所有船只却从未令他实现梦想"[2]；而马克洛尔并没有明确的梦想，只是一直在行动中实践着梦想。巴舒尔相信一切可能性；而马克洛尔认为失败是一切事情的归宿——"在那么多流浪和失败中任意漂流"[3]。巴舒尔不断坠入爱河，每一次恋爱都如初恋般充满热情；马克洛尔和女人交往时，则从不承诺，也不因抛弃对方而感到罪过，因而显得"冷漠"。

[1] ［哥伦比亚］阿尔瓦罗·穆蒂斯：《马克洛尔的奇遇与厄运》，第 674 页。

[2] 同上，第 411 页。

[3] 同上，第 633 页。

如果说，巴舒尔的人生是积极的，遇事便会反抗，那么，马克洛尔的人生则是消极的，很少与人对质。他“更希望由流转的人生与命运来给他人相应的教训和惩戒”[1]。

在这样的对比中，我们更能感受到马克洛尔的与众不同。在“炽热”的存在中，他表现出特立独行的“冷漠”，对伦理负担和道德束缚的冷漠。然而这恰恰体现了他身上的漂泊性/游牧性。他对大海和陆地充满无限的热情，但对人（尤其是女人）表现出巨大的“冷漠”。他渴望与不同的人相遇，渴望爱，但不轻易做出承诺，也羞于表达好感。他激情地走向大海、港口和女人，却会被记忆之重压垮——他写了大量言辞华美、句法绵长的日记，诉说“他的不幸、回忆、思考、梦境和幻想”[2]，但他并未成为普鲁斯特。因为他相信“遗忘和冷漠一定会抹除我们原先以为不可更替的情感”[3]。在马克洛尔这里，冷漠意味着自由，意味着超然。

马克洛尔，那个我们熟悉又陌生的马克洛尔，代替我们每一个人，一直超然地、自由地漂泊着、游牧着。

2023 年 4 月 13 日

刊于《三联生活周刊》2023 年第 18 期

---

[1] ［哥伦比亚］阿尔瓦罗·穆蒂斯：《马克洛尔的奇遇与厄运》，第 471 页。

[2] 同上，第 5 页。

[3] 同上，第 430 页。

“情”的功课

刘丽朵的书写源于幽深莫测的“情”，情到深处，文字就令人欢愉，令人唏嘘，令人蠢蠢欲动，令人凄然泪下。她的《深情史》是一本让人在灵魂深处战栗的书，里面充满了各种各样的情与欲——轻而易举的爱和进退维谷的恨、转瞬即逝的欢愉和绵长无尽的思念、残忍的忧伤和天真的愚蠢、突然的相遇和决绝的离开。最为绚烂的是，刘丽朵在漫长的古典汉语传统中汲取了营养，书中大多数故事来源于汉语传统典籍，经过她妙手生花的翻译和改写，变形为无数深情动人的故事，每一种叙述都充盈着印刻了时间痕迹的爱。刘丽朵的书写通过与传统的竞争而加入了传统的序列。这一加入的姿态正是当代汉语写作所缺失的维度，而刘丽朵的才华和勇气证明她有能力疗救当代汉语的贫乏。

情事在刘丽朵笔下被称为“人生必做的功课”，当然，更重要的是，在她的书写中，这是一门想象力的功课，古代笔记小说的故事经她变形易容而摇曳多姿，人物在生动的细节中触及更幽深的存在，情欲、爱恋、嫉妒得以更为丰满地展开。比如《饼师》一篇，将唐人孟棨的《本事诗》中一百多字的一节短文扩容成了一个短篇小说，结尾的一段描写，将小青（名字是刘丽朵创造的）的爱与恨传达得淋漓尽致："他还是那样干净整洁，穿着布做的衣服，脸庞儿匀整。他也看到了小青，与她四目相对。两行眼泪从小青脸上快速滑落下来，接着有更多眼泪，收也收不住。她想问他最近好吗，是否又娶了新的人。他大概一定娶了新的人了，那新的人，替她享受着在他身边的幸福，接受他殷勤诚恳的爱情，日日夜夜，每时每刻。想到这个，她莫名恨他，尽管从前他们商量过，就是不看在千两黄金和一处宅院面上，他俩也无论如何不敢得罪宁王。但是他怎么可以在她离开之后，气色如此之好，还吃得有些胖了呢？小青这样想着的时候，宁王已经喊了所有的文士，层层站立在她面前，观瞻她脸上的泪水。"这里一再出现的"泪水"以及泪水中嫉妒的想象无疑是小说力量的结晶。让我们"远离（道德类的）评判，走向亲近、同感、怜悯与共通"[1]。《本事诗》的原文只有短短两句："其妻注视，双泪垂颊，若不胜情。时王座客十余人，皆当时文士，无不异。"尽管原文让妻子与饼师的相见发生在"座客"的围观之中，然而刘丽朵突出了文士们"层层站立"，"观瞻她脸上的泪水"，让女主人公的悲剧性在被观看中达到高潮，召唤出每一位读者内心的怜悯。作为生命中不能承受之重的"情"，在《饼师》故事里的小青那涟涟泪水中得以揭示，而泪水的被观看则增加了小说的残忍。目光不时地出现在刘丽朵的故事中，大概是要传达"情"对于相遇、相见的渴念。尽管这一渴念往往落空。于是，她的故事总是携带着

[1] ［英］詹姆斯·伍德：《最接近生活的事物》，蒋怡译，河南大学出版社，2017，第 13 页。

一种失落感。

其实，刘丽朵的这本小说集应该叫作翻译集，她是将古典的故事"翻译"/"转移"（translate）到了我们的时代。艾略特·温伯格在《观看王维的十九种方式》中说过："伟大的诗歌栖居于不断的变形、不断的翻译状态之中：诗死于无处可去之时。"[1]同样，伟大的故事/小说也栖居于变形和翻译状态中。翻译即变形和更新，不过刘丽朵的写作接近于翻译的一种特殊形态："模仿"（imitations），她充分展示出了自己的声音和语调。这本书让中国的古典故事找到了走向当代的路径，激活了其内在的叙事潜能，撕下了古典故事的沉重痂衣，承续、更新并裸裎出古典故事的伤口——伤口才是生命力量集中展现的地方。离开才是返回，刘丽朵是在告别古典的深情回眸中让古典得以复活。刘丽朵为古典故事注入的必定是生命，充满了情欲与爱恋的生命。所以她的小说卸下了古典故事里的道德负担，而促成了生命的自由流转。

刘丽朵的小说扰乱了时间，又重建了时间。她在古典与当下之间制造了一个漩涡，在其中，旧的故事具备了颠覆性的面貌。这本《深情史》里的故事除去书末的六篇现代故事，均来自古典时代的笔记、小说、野史：干宝《搜神记》、扬雄《蜀王本纪》、袁于令《隋史遗文》、《太平广记》、范摅《云溪友议》、《潇湘录》、孟棨《本事诗》、文莹《湘山野录》《玉壶清话》、刘斧《青琐高议》、王山《笔奁录》、洪迈《夷坚志》、苏轼《东坡志林》、李昌祺《剪灯余话》、《石点头》、《水浒传》、《西游记》、董说《西游

[1] Eliot Weinbergeran & Octavio Paz, *19 Ways of Looking at Wang Wei*, Asphodel Press, 1987, p.1.

补》、乐钧《耳食录》、曹去晶《姑妄言》、曾衍东《小豆棚》、宣鼎《夜雨秋灯录》等，不一而足。然而有一点是可以肯定的，比起古典时代的故事，刘丽朵更关注人在情欲和伦理状态中的渴念、隔绝、无助、挣扎，更倾心爱欲的必然性和道德的束缚性，她凝视个体的孤独与爱恋的困境。

相爱、离别、死亡，在刘丽朵笔下并无冗赘的叙述，均如命运之刀落下，唯有片光闪过。比如《衡阳花》里王幼初见柳富只说了一句："摆了酒，这人是我要嫁的。"而柳富看过王幼玉后也只说了一句："此人果然没什么狭邪之气。"随后的叙述则只有一句"当晚便定了情"。写他们离别的文字也极为简省："然而柳郎真的不来了。"不过，写别后的情思却用一封书信渲染得感人至深："在这里的确有一些时候，我是应当感到欢乐的，譬如说文酒之会，踏青之游。在欢乐的人群当中，我像是一个异数。因为自从离开了你，我没有一天的欢乐。所有的欢乐都在你那边，离你越远，便是离生命中的欢乐越远。因为离开你的缘故，觉得人生都没有什么意思。读小说时，看到别人天外神姬，海中仙客，还会被风吹来了相聚，我们两个人本来在一起，却被风吹散开。看到你的信，我知道你的痛苦正和我是一样的，我写一首诗给你看：春蚕到死丝方尽，蜡炬成灰泪始干。万里云山无路去，虚劳魂梦过湘滩。"而这篇书信在《青琐高议》里是这样的："忆昔潇湘之逢，令人怆然。尝欲拏舟，泛江一往。复其前盟，叙其旧契，以副子念切之心，适我生平之乐。奈因亲老族重，心为事夺，倾风结想，徒自潇然。风月佳时，文酒胜处，他人怡怡，我独惚惚，如有所失。凭酒自释，酒醒，情思愈彷徨，几无生理。古之两有情者，或一如意；一不如意，则求合也易。今子与吾，两不如意，则求偶也难。君更待焉，事不易知，当如所愿。不然，天理人事果不谐，则天外神姬，海中仙客，犹能相遇，吾二人独不得遂，岂非命也！子宜勉强饮食，无使真元耗散，自残其体，则子不吾见，吾何望焉。子书尾有二句，吾为子终其篇，云：临流对月暗悲酸，瘦立东风自怯寒。湘水佳人方告疾，帝都才子亦非安。春蚕到死丝方尽，蜡烛成灰泪始干。万里云山无路去，虚劳魂梦过湘滩。”两者之间呈现出的差距恰恰就是刘丽朵的写作起点，小说是关于时间的技艺，是想象力的艺术，是关于孤立的生命个体之间相遇、爱恋、生离、死别的艺术。小说属于这个现代世界和其中的人。《深情史》中的各色男女都仿佛成了在学习情欲的人，通过学习，每一个人成长、变形，最终完成了自我或未能完成自我。

冯梦龙曾在《情史》（刘丽朵的《深情史》与之构成了神秘的对位）的序言里说，他编撰这本书是要“使人知情之可久，于是乎无情化有，私情化公”。而刘丽朵的《深情史》在冯梦龙的基础上加上了一个“深”字，仿佛是对冯梦龙的一种呼应和演进。情可以深，以至于成为一个深渊。男男女女都被卷入，演绎出人生的凉薄。命运的约束性在刘丽朵笔下总是呈现为隐忍的伤痛。伤情之徒劳无获，痛情之转瞬即逝。而绵绵无期的思念仿佛又是刘丽朵留给我们的些许安慰。情与爱显得虚无而至于缥缈，欲与念却真实得让人难以忍受。自从卢梭开始集中呈现爱欲（eros）力量的美丽与危险，现代小说就成了学习爱欲的功课。倘若不能体认包法利夫人和安娜·卡列尼娜切身而无从控制的爱欲，就无法理解福楼拜和托尔斯泰在小说上的抱负。同样地，假如否定了刘丽朵对于爱欲的积极探索，而一味苛求故事的完整或绵密，就不能接近这本《深情史》，不能进入它的晦暗地带。故事并不是刘丽朵的用心所在，“情”（爱欲）才是其故事旋涡的黑洞。《深情史》是深深嵌入我们时代的“情”的命脉的小说。

冯梦龙在《情史》的序言里拒绝承认自己的故事“导欲”，而刘丽朵要比冯梦龙赤诚得多。她对情欲的描述尽管往往蜻蜓点水，却在简省的文字中倾注了极大的心力要让“情”和“欲”联结在一起，让“欲”成为“情”的另一个动人的侧影。比如事出《姑妄言》的《色戒》一篇，写皎皎因丈夫邬合是天阉而无处释放情欲，于是被假和尚轻易骗去，被官府救出后，却因为道德上的脏污被收监，收监的当夜被两个禁子轮奸。然而，最终是丈夫将她赎救了出去，依然百般温存地照料她：“她上了他为她雇的轿子。她被他搀到自家床上。她见他去烧了一锅甘草汤，扶她下来，替她脱了裤子洗伤。她的私处肿大如桃，他用一块旧绸帕替她把污血揩拭干净，扶她趴在床沿上，上了药。擦完身上，换了件小汗衫，替她洗了洗脸，把头发梳梳，挽了个髻儿。邬合放皎皎睡下，盖上夹被，自己坐在床沿守着她，笑道：‘我同你虽是干夫妻，几年的恩爱怎么忘得了？何况本来是我的不是。我一个废人，把你一个花枝般的人儿耽搁着，我何尝不悔？’”想到几年来他的百般温存、十分爱惜，又想到那如狼似虎、负案在逃的假和尚对她的凌虐，还有两个鬼一样的禁子，皎皎放声哭了起来。“哥哥，我负了你，你不恨我，倒这样疼我，我今生报你不尽了！”在皎皎的哭声中，刘丽朵大概寄托了对人世冷暖最深刻的体认，也对人性的变化寄予了最高的期待。尽管这期待也许只能在想象世界实现。不过，她最终是要通过书写超越情欲，正如她在后记里说的，这是一个“由色悟空”的典范。然而，我们，作为普通的生人，真的可以抵达终极的空无吗?

刘丽朵必定心知肚明，空无作为乌托邦，是一个到来中的命令，它命令当下尘世迅速消解自己，命令我们在生死的辩证法中去爱，去恨，去面对，去宽恕。正如刘丽朵在《同州歌女》末尾引的一句诗：“死犹复见思，生当长捐弃。”故事中的李姝因为被爱人抛弃而自缢：“那个过去每天都会见到的人，她可能今生再也不能跟他见面。她十四岁那年，一夜之间仿佛掉进了绮罗堆里，四王独从如云歌姬中发现了当初瘦骨伶仃的她，给她从未体会过的温柔和关注。她仔细想了又想，觉得除死之外别无办法。她终于还是死了，自缢之前她想：‘大概我的事情，总会因此被四王知道吧？’”最后一句让人想起博尔赫斯在《小径分岔的花园》中传达讯息的极端手段。然而不同的是，博尔赫斯专注于修辞与叙事本身，刘丽朵则必定会将对生命困境的体认毫无保留地倾注到文字之中。

《深情史》是一本期待爱欲、召唤爱欲、赎救爱欲的书，是一本与“情”搏斗并实现超越的书。读罢每一篇，读的人大概都会被调动起在晦暗处沉睡久远的生命潜能，想去抱一抱所爱的人。这书，让我们渴望生活，学习与他人一起生活，去践行“情”的功课。如此缠绵的书，并不多。

2017 年 11 月 14 日

刊于《西湖》2017 年第 12 期

不能漠视他人的痛苦

一个人，如何才能正确地生活，在这个世俗的世界上，在这个风起云涌的世界上——这是赫尔曼·布洛赫晚年始终在思考的伦理问题。他试图用伦理超越审美——静止、凝固、形式化的审美。生活在流动，在起伏，在变化，让每一个人无可企及，疲于奔命，苦苦跋涉。维吉尔在临终前承认自己是一个失败者、一个无能者、一个只能通过忏悔理解生命伦理内容的人。这是布洛赫在用力最深的小说《维吉尔之死》结尾的思考。

在晚年的岁月里，布洛赫扎入了群众心理学的旋涡。成长于世纪末维也纳的布洛赫，深切地感受到了自己时代的价值崩溃。在崩溃中，每一个人都成了似乎在探寻却是浑浑噩噩、苦苦求索的“梦游人”，因为他们必须面对一个残忍的真相：价值中心已经瓦解了，正如叶芝在诗歌《基督再临》中写下的诗句：“一切都四散了，再也保不住中心。”（袁可嘉译）到了晚年，布洛赫对作为审美的文学已没有太多信心，宁愿写作有关政治和哲学的随笔，甚至试图进行政治活动。他在 1938 年 10 月 9 日流亡到了美国，到了“二战”后，他提出了一项“国际权利与义务法案”，甚至建议创立研究民主理论的“国际大学”。然而，他的提议石沉大海。

在这样的处境里，他从 1949 年开始写长篇小说《无罪者》。这部小说于次年发表。初读之下，这部由诗歌和中短篇小说拼贴成的长篇小说显得支离破碎、杂乱无章。的确，它的创作过程也是混沌、即兴的。美国出版商魏斯曼打算出版布洛赫 1917 至 1934 年间的五篇小说《伴着微风起航》《条理的构思》《惘然若失》《乌云飘过》。布洛赫却在收到校样后，突然新写了六篇小说，试图将这些小说组织成有一致性的整体——“诗的框架”[1]，同时嵌入了《声音　1913》《声音　1923》《声音　1933》三首长诗。这个结构酷似他早年的长篇小说《梦游人》。在由三首长诗分隔出的三个部分之前，布洛赫又加了一篇《声音的寓言》，增强了整部小说的统一性和隐喻性。

显然，“声音”成为笼罩《无罪者》的核心词语。在《声音的寓言》里，通过拉比的教诲，我们看到了声音与沉默的双重性，时间与无时间构成双重性，浸润在圣主创造的万物中。这个“寓言”奠定了这部小说深沉又严肃的语调。这是一部反抗价值崩溃后的“媚俗/刻奇”的小说。价值崩溃的时代必定是媚俗大行其道的时代。媚俗，便是用漂亮的怀疑论来装点深刻的思考，粉饰“我们如毫无分量的鸿毛般来回飘荡”[2]的生活。在三篇以“声音”为题的诗歌开头，布洛赫都追问了写作的价值和伦理：“为什么你一定要创作？”

---

[1] ［奥］赫尔曼·布洛赫：《无罪者》，李晓艳译，北京联合出版公司，2022，第 321 页。

[2] 同上，第 8 页。

1913 年的答案是："为了再次遥望我的青春。"[1]

1923 年的答案是："为了报道我们所有的失职。"[2]

1933 年的答案是："离别的应许之地，啊深层的预感！"[3]

对于写作的价值和伦理的思考，一层层加深。对青春岁月的追忆，对我们的职责的反思，对家园、乌托邦、救赎的追寻，这一递进秩序使布洛赫给自己的写作套上一副沉重的枷锁或负重的羽翼。他认为："艺术品必须拥有示范性的内容，必须独一无二地展示整个事件的统一性和广泛性……一件叙事性的艺术作品在结构上也必须进行有意识的建构和复调性处理。"[4]

通观整部小说，"声音"里的说教语调庄严而富于激情，却显得枯燥乏味，味同嚼蜡；穿插其中的十一篇小说的叙事语调细腻而富于耐心，如泉水一般汩汩涌出，湍急又丰盈。这两者之间的落差、对立、跳跃，构成了这部长篇小说的"审美"力量。

但晚年的布洛赫对"审美"绝望至极。正如小说名字所显示的，他要借助从南非归来的荷兰钻石商人安德鲁的故事，沉思"罪"（Schuld）这一棘手的问题。因为罪的棘手，这部小说必须进行"复调性处理"。任何作品，无论多么明晰、完整和丰富，都不可能一劳永逸地解决生活的伦理追问。伦理，必须直面生活的无限可能和不断的变迁，直面他者的意外和差异，思考每个人的责任。

小说开篇，安德鲁还是安德鲁，还是一个年轻人，在酒馆偷

[1] ［奥］赫尔曼·布洛赫：《无罪者》，第 7 页。

[2] 同上，第 45 页。

[3] 同上，第 257 页。

[4] 同上，第 30 页。

听邻桌一对恋人情意绵绵、战战兢兢的对话。然而这一对似乎在进行道德冒险、在“钱”上纠缠的恋人，让安德鲁浮想联翩，呓语不断。也许，安德鲁的一句话已经奠定了布洛赫在这部小说里对于伦理的看法：“声音的交织无可指摘地进行着，命运的交织会紧随其后。”安德鲁也不是例外。他被卷入了自己的时代，这个“愚蠢根深蒂固地在人类世界中传承”的时代，与他人的命运缠绕在一起。

安德鲁喜欢过沉思生活（vita contemplativa），他的名字是从A开始的，因此拥有从A到Z的所有名字，他可以是任何一个名字，甚至无名。于是他向着自己独白：“从此请诸位称呼我为A。”他仿佛成了人类的第一个——亚当（Adam），成了所有人，成了罪的见证者和承受者。当然，直到小说结尾，他才意识到自己必须成为罪的承受者。在这之前，他是一个用沉思装点自己、麻木自己的媚俗者。他是一个尚未具有启示价值的“圣安德鲁十字”。在《伴着微风启航》这篇中，他在咖啡馆里偷听邻桌的一场对话，并注意到了大理石地面上的圣安德鲁十字图案。这场对话也许只是他自己的内心戏——意识流。布洛赫与乔伊斯关系密切。他在1936年发表过随笔《乔伊斯和当代》（*James Joyce und die Gegenwart*）。意识流手法在《维吉尔之死》里得到了绚烂的展示。在《无罪者》中，意识流手法依然或隐或现，始终缠绕着小说叙事的推进，突出表现在作者、叙述者和主人公的声音往往杂糅在一起，难以分清。意识流是内心欲望的脚手架——欲望得以往上攀登并显山露水。他是一个刚死了母亲而在寻求母性安慰的人，他在死去的父亲那里并没有得到过深深的爱。

而最后一个人Z就是数学助理教师扎哈里亚斯。“所有的无限都是无与伦比、独一无二的。由于扎哈里亚斯的爱情向着无限投射，它也想变得无与伦比、独一无二。”[1]他身上充盈着情欲的火焰，他是一个让情欲燃烧的宇宙，但他只是戏仿的情欲主体。他的情欲是媚俗的，属于一个市侩的可笑的情欲。他是“一个没有什么个性、没有什么自我的人”[2]。而他要求恋人菲利皮内的爱无与伦比、独一无二，达到完美的高度。这就是爱情上的媚俗。因此他无法接受菲利皮内低俗的一面。媚俗的人无法接受生活本身的落差、裂隙、不足和不能。他们要求一切人和事物变得完美，而事实上，他们自己却是残缺不全的，甚至是低俗的，无法统一自己的精神与肉体、理想与现实。他并不具备孕育崇高、优雅精神的能力。他只是一个空想的媚俗者。他的生活中充满了“裂隙的非此即彼”与“情欲上的不安”[3]。他甚至只爱菲利皮内的肉体，对不断升华情感的任务感到绝望。最终，他变成了一个性虐狂。

在构成小说主体的第二部分里，安德鲁成了A，来到堕落、麻木、价值崩溃的中心——W男爵的府邸。他在这里见证了女仆策琳的荒淫无度、滥施暴力。当然，他并非通过观察、经历而认识到策琳的真实面目。恰恰是在对策琳的“声音”的倾听中，他知晓了一个可怕的世界——策琳亲口向A讲述了自己放荡、混乱而邪恶的故事。

那么什么是罪呢？对策琳的故事，A无动于衷，他甚至冷漠

[1] ［奥］赫尔曼·布洛赫：《无罪者》，第38页。

[2] 同上，第31页。

[3] 同上，第33页。

地对待洗衣房女工梅莉塔自杀之事。沉思生活让他在具体生活中变得毫无伦理感。直到“石客”的“声音”介入，他才开始了伦理的思考。他终于意识到：“我们漠视他人的苦痛，漠视自己的命运，漠视人的自我，漠视人的灵魂。谁被第一个拖赴刑场也变得无关紧要。今天是你，明天就是我。”真正的伦理源于动情的反思，坚定地把自己带入自己的时代，带入罪的黑夜深处。A 因此自杀了，以个人的柔弱之躯承担起时代之罪。

“政治上的麻木不仁就是道德上的麻木不仁。”[1] 在布洛赫看来，面对时代的错误，我们每一个人都难辞其咎，都不是“无罪者”。也许 A 的自杀并不能纠正时代的错误，但他拒绝成为享用着“麻木的幸福”[2] 的人，拒绝“对人自身的漠视、对周围人痛苦的漠视”[3]。A 的沉思生活最终走向了从伦理深处生长出来的勇气。这份勇气让我们每个人不得不去反思如何才能正确地活着，在一个巨大的时代，如何关切他人的痛苦、反思自己的处境。我们必须这么做，因为“我们的界限相互交融”，如果有危险，我们就“处于共同的危险中”，我们每一个人都不是孤岛。

2022 年 11 月 14 日

刊于《三联生活周刊》2023 年第 2 期

[1] ［奥］赫尔曼·布洛赫：《无罪者》，第 323 页。

[2] 同上，第 50 页。

[3] 同上，第 270 页。

闪烁着那准备用爱来满足的人

一、青年精神的淬火时刻

1913年4月29日，本雅明在给中学同学赫伯特·贝尔莫的信中，开始提到一个新朋友克里斯托弗·弗里德里希·海因勒："看看我交往的人……海因勒，一个好小伙，'豪饮，暴食，制造诗歌'。他们应该都不错——我会很快听到一些评价。永远的梦幻和德国。穿着不太讲究。"[1]当时，本雅明已进入大学的第三个学期——第一个学期在弗赖堡大学，第二个学期在柏林大学（现为洪堡大学），第三个学期回到了弗赖堡大学。大约就在这个夏季学期之初，海因勒以激情漫溢、放浪不羁的诗人形象跻身于本雅明的朋友圈。

海因勒比本雅明小两岁，朋友们叫他弗里茨。他来自德国西南小镇迈恩，中学在亚琛就读，那时就加入了当地的诗人群体。这群诗人心仪兰波、惠特曼和德国诗人施特凡·格奥尔格，写着

---

[1] Walter Benjamin, *Gesammelte Briefe*, Band I 1910–1918, Suhrkamp, 1995, S.88.

具有象征主义和表现主义色彩的诗歌。从1912年4月开始，他来到哥廷根大学学习德语文学。两学期后，转入弗赖堡大学，与本雅明结识。

在哥廷根大学，海因勒已加入声势浩大的"青年运动"（Jugendbewegung）。他的诗歌里充盈着这场运动的激情回声——正如这场运动的精神导师古斯塔夫·维内肯所说："世界就是我的理念。""青年运动"力图扫除陈腐死板的教条和约束，反抗密不透风的家庭和学校权威，让德国精神焕发青春的荣光，邀约青年们来到美和真理之中沐浴歌吟，尽情释放生命的力量，重建人性，走向自然，在生活的巨浪中拥抱行动。维内肯的学校改革思想率先在弗赖堡大学得到回应——该大学成立了德国第一个完全遵照维内肯思想的团体"学校改革促进会"，成为教育改革的引领者。于是，这所大学吸引了诸多青年来这里求学、生活，挥洒青春激情。

维内肯曾是本雅明在利茨寄宿学校求学时的老师。从腓特烈大帝中学毕业前夕，本雅明就与尚未改名为赫伯特·贝尔莫的赫伯特·布鲁门塔尔、弗朗茨·萨克斯等同学一起激情澎湃地投身"青年运动"。

本雅明和海因勒，两个忽忽行动于"青年运动"中的青年就在弗赖堡大学相遇了，仿佛命中注定一般。他们一拍即合，相互爱慕，痛饮友谊和精神的甘醴。他们的友谊迅速变得炽烈，一起去黑森林旅行，长时间讨论艺术和思想问题。海因勒总是站在本雅明的一边，逐渐疏远了亚琛的诗歌旧友，尤其是菲利普·凯勒。表现主义诗人和小说家凯勒比海因勒早一年入读弗赖堡大学，已经成功吸引了本雅明的目光。本雅明甚至称凯勒的小说

《混杂的情感》(*Gemischte Gefühle*) 是“1913 年最值得阅读的书籍之一”。但情感与精神的强度偏偏让海因勒而非凯勒迅速成了本雅明的密友。7 月 3 日，夏季学期后期，本雅明写信给贝尔莫：“最后，海因勒成为了学生中我唯一交往的人，与他真正有私人往来。凯勒现在神经衰弱——我们很少见到对方，然后我们说话时谨小慎微。”

这一年，本雅明是一名正努力从哲学里获取真理的大学生，他正与康德和克尔凯郭尔展开思想的角逐。在友人们眼里，海因勒则在“制造诗歌”，而不是传统地写诗。“制造”(machen) 这个词充分体现出“青年运动”所渴求的行动力量。6 月 7 日，本雅明在给贝尔莫的信里描述了他和海因勒、凯勒一起阅读里尔克诗歌的情形，并引用了一首海因勒的近作《肖像》(*Portrait*):

从亚麻衬衣，径直升起一个瘦小的
脖子，赭褐而明澈。然而全神贯注于
馈赠的盛宴，灼伤的一对情侣沉入
雅致的拱门，获取弧形的欲念。
如暗黑的葡萄，成对的嘴唇跃动
出于骤然的成熟，抵达激荡不安的胸口。[1]

不过，与激荡不安的诗情形成反差的是，学校改革促进会未能激活弗赖堡大学。本雅明发现，这里气氛依然保守而陈旧，并不能点燃他作为青年的理想主义之火。1913 年下半年冬季学期，

---

[1] 引文为本人自译。

本雅明和海因勒双双转入柏林大学，延续在弗赖堡大学的教育改革活动。1914 年 2 月，即冬季学期临近结束时，本雅明和海因勒被选入柏林自由学生联盟委员会，本雅明当选为主席。自由学生联盟是“青年运动”的重要组织，然而其思想派系林立，导致纷争四起。3 月，另一个同学格奥尔格·巴比松代表一派，海因勒代表一派，形成紧张的对峙。本雅明试图在中间斡旋调和，但到了 4 月 11 日，因与巴比松断交，他给维内肯写了一封公开信，宣布退出前一年 5 月开始正式出版的《开端》(*Der Anfang*) 杂志。杂志的核心编辑之一正是巴比松。这也意味着本雅明与青年时代的精神导师维内肯的决裂。显而易见，本雅明选择融入友爱的激流，站在了海因勒一边，站在了美和艺术的一边——他作为《开端》杂志的重要成员，曾将第一期副标题定为“未来的文艺杂志”(*Zeitschrift für kommende Kunst und Literatur*)。海因勒将本雅明的世界割裂成了两半，两半世界的中间是一道深渊。这是诗的深渊，艺术的深渊，青春的深渊。本雅明毅然跨过深渊，或者说，海因勒的生命和诗歌激情让他敏锐地意识到了自己生命中的深渊。而维内肯将在该年 11 月发表题为《战争与青年》(*Der Krieg und die Jugend*) 的演讲，号召青年们投身军国主义和战争暴力。这再次撕裂了本雅明的心灵和思想疆域。本雅明将在深渊的崖岸边，满心彷徨地继续写作和思考。

7 月 28 日，“一战”爆发。接下来，令本雅明悲伤欲绝的事情发生了：8 月 8 日，海因勒和他的女友莉卡·塞利格松选择开煤气自杀，以抗议战争，反抗“青年运动”被战争和暴力收编。他们自杀的地点恰恰就在自由学生联盟的会堂。房间是本雅明租下的，也被成员们亲切地称为“家”。“家”凝结着这场“青年运动”对教育改革理想的寄托，也萦绕着这场运动所渴求的蓬勃的青年精神。对本雅明而言，海因勒的死成了这场1896年发端于“候鸟”（Wandervogel）运动的“青年运动”的重要转折点。青年精神在他的死亡里塌陷为难以复原的废墟，当然也在另一部分青年那里升腾为狂热的战争烈火。

痛失密友，让本雅明的思想地质运动般发生了不可逆转的变形。甚至可以说，海因勒的死成为他需要偿还一生的情感和思想的债务。在对亏欠和虚空的尖锐体验中，他告别了激情澎湃的青年精神，义无反顾地跃入了幽独的思想黑洞，让他生命中的深渊变得绝无弥合的可能。

海因勒死后，本雅明一度变得沉默寡言、消极、冷漠，他无可诉说，对周围的人产生了疏远感甚至敌意，书信也变得稀少。直到10月25日，他才写信给昔日的中学同学恩斯特·肖恩，抱怨大学死气沉沉，在毒害青年人的精神。在信的末尾，本雅明难以抑制悲痛和绝望之情，引用了海因勒的一段笔记：“哦，他们都是了不起的人，我可以对他们说，我很难向他人学习。”

海因勒的灵魂成了一面冷暗的镜子，让本雅明得以照见自身的精神面孔。这是一面破碎的镜子，一面虚空之镜：“我沉默的同伴如今何在/他们静默，砸碎所有的精神之镜。”[1] 本雅明突然捕获到另一种生命秩序，另一种陌生晦暗的宇宙时空。这种时空秩序正是由海因勒的死开启的。不同于“一战”所构形的整齐划一、铁板一块的政治秩序、铁血秩序，本雅明试图构形的依然是

[1] ［德］瓦尔特·本雅明：悼亡诗第四首，载《十四行诗》，王凡柯译，人民文学出版社，2021。

一种精神秩序，只不过不再是激情的青年精神秩序，而是内嵌了死亡和废墟的、零落幽冷的生命秩序、美的秩序、诗的秩序。

二、在十四行诗中哀悼

如此不厌其烦地复述本雅明与海因勒之间仅持续了一年多的友谊，当然是因为这段历史鲜有学者深入讨论，更没有多少人将之与本雅明的语言、媒介、记忆、历史理论进行内在勾连。然而，这样的复述并不只是想探究本雅明写作十四行诗的动机和初衷，而是试图呈现本雅明这些十四行诗真切的“起源”。因为“起源”在本雅明的思想星丛中占据着无可替代的核心位置。起源，在他的思考中，不是事物的发生和变化，而是有涡流般搅动事物秩序的力量，同时也是为事物建构秩序、重构姿态的时刻。

我们知道，本雅明从 1915 年开始，一直通过写十四行诗来弥合海因勒离世后出现的深渊。到 1925 年，他一共写下七十三首怀念海因勒和莉卜·塞利格松的十四行诗。这些诗，连同海因勒的诗文，还有海因勒弟弟沃尔夫的文稿，本雅明一直带在身边，视若珍宝。他曾经编辑海因勒的诗文，谋求出版，只是未能成功。令人痛心的是，1938 年，在流亡巴黎时，他弄丢了这些文稿。所幸的是，那些十四行诗最终交由乔治·巴塔耶保管。直到 1981 年，被吉奥乔·阿甘本在巴黎国立图书馆发现了，在尘封了四十余年后得以重见天日。1986 年，罗尔夫·蒂德曼、赫尔曼·施韦彭霍伊泽等人编辑出版《本雅明全集》(*Gesammelte Schriften*)，第七卷收录了这七十三首十四行诗，以及六首以爱情为主题的十四行诗。另有一首写于 1933 年夏天、名为《致 B.》

（*An [B.]*）的十四行诗收录在第六卷。

本雅明视若生命的海因勒手稿并没有保存下来。直到 2016 年，约翰内斯·施泰辛格四处收集散佚文稿，结集出版了《克里斯托弗·弗雷德里克·海因勒：诗与散文》（*Christoph Friedrich Heinle: Lyrik und Prosa*），人们才得以看到海因勒诗文一个残缺的整体。

我们知道，海因勒的生命印迹并没有由于死亡而在本雅明这里终结。本雅明将携带着对海因勒的记忆拓展自己的生命和思想疆域。在 1914 到 1915 年间的冬天，本雅明写出了《评弗里德里希·荷尔德林的两首诗》，他在荷尔德林的诗歌里寻到了“诗人之死”的母题。他在“诗人之死”中深切体会到了世界必然的溃散甚至消亡。“死亡是将产生诗人之死的世界的中心。在那一世界的存在便是诗人之勇气。但在这里只有最警觉的预感力，才能从诗人世界中感觉到这一规律的闪烁。它只是羞怯地发出歌唱宇宙之声，而诗人之死同时意味着宇宙自身的消亡。”[1] 显然，这是在通过对荷尔德林的解读，来排遣对海因勒之死的伤痛。更重要的是，本雅明在写作这篇文章的过程中试图避开对诗歌动力学、创作机制的探讨，而直接进入“诗的任务”这一超越了现实、形式、情感的领域。诗歌承纳的是从可能性领域吹袭而来的风，瓦解的是现实环境甚至形式本身。本雅明当然知道诗歌有着具体的情感动力和传统渊源，比如，荷尔德林的发疯与爱恋的苦痛，浪漫派诗歌的主题和想象方式。本雅明并不关心这些。

[1] ［德］瓦尔特·本雅明：《评弗里德里希·荷尔德林的两首诗》，载《经验与贫乏》，王炳均、杨劲译，百花文艺出版社，1999。

即便到了 1928 年，海因勒已离世十四年，本雅明自己也已人到中年，他对海因勒依然念念不忘。在这一年的《论施特凡·格奥尔格》初稿中，他解释了当年阐述荷尔德林两首诗与海因勒之死的关联："我的朋友死了。不是死于战场。""数月后，我对此无从知道更多。在这几个月里，无论如何，~~我毫无保留地献身于第一篇主要作品，即一篇关于两首荷尔德林诗歌的随笔，我把它题献给他——我的朋友，~~他身后留下的诗作接替了这仅有的领域，在这里，诗歌依然可以决定性地影响我。"在被本雅明删去的文字里，我们得以发现，他曾经将《评弗里德里希·荷尔德林的两首诗》视为自己的"第一篇主要作品"。这到底是何种意义上的"第一"？是他在这里真正找到了自己的语言范式和思想路径，还是实现了批评与诗的联通？无论如何，在将诗歌视为"创作物"（das Gedichtete）的过程中，本雅明发现了诗歌可以在现实确定性之外蠡测更高的确定性。而最高的确定性正是诗的整体性"内涵"，就是生活被建构而形成的流动、对抗的世界。诗的任务并非屈从于循迹于世界的僵死形式，而是在现实的死亡中，在生活的废墟化过程中，将现实的、生活的世界重新建构起来，成为一个内蕴着紧张的封闭空间（das Gedichtete）。所以，对本雅明来说，诗，是对虚无化、废墟化、碎片化的哀悼。自我虚无化，即自杀，无论是生命个体还是语言的自杀，则是对世界的最高的哀悼。唯有生命的、语言的自我哀悼——自我抹除和自我消解，方能触及诗歌的最高确定性。这无疑就是海因勒之自杀给本雅明的启示，不仅是诗歌上的，也是思想上的。

接下来的事就众所周知了。在《论总体语言与人的语言》（1916）、《德国浪漫派的艺术批评概念》（1919，博士论文）、

《暴力批判》(1921)、《译者的使命》(1921)、《歌德的亲和力》(1922)、《德国悲悼剧的起源》(1925，教授资格论文)等文中，本雅明毫无保留地透露出对语言、情感、批评、翻译、爱欲、伦理、法律、历史、记忆中的矛盾、冲突、瓦解、摧毁、延滞、破坏因素的敏锐把握，而其精神底蕴里似乎总是萦绕着对海因勒之死的哀悼，对虚空和无能的无所适从，对语言和书写的自我讽喻的坚持。正如博纳富瓦在《声音中的另一种语言》里说的："诗完全抵达自身的行动是不可能的，至少是不可能实现的。"[1]一语道出了诗对真理的揭示。诗本是袒露与隐瞒、无言与度量之间的缠绕与争执。"终有一日，记忆与遗忘/是他摇篮里最后的歌谣/似无所袒露，又无所隐瞒/似无言之歌，又无言度量。"[2]

三、爱在罅隙中发出音鸣

在本雅明的写作中，一直贯穿着与现实秩序之间的错位、偏移甚至决裂。早在结识海因勒的1913年，本雅明就写过一篇短文《"经验"》，开篇借着满腔的"青年运动"热情，攻击庸俗的成年人世界，决绝地撕下他们虚伪的面目：

> 围绕所谓的责任，我们正在与戴着面具的人们作战。成人戴着的面具就是所谓的"经验"。这个东西没有表情、无

[1] [法]伊夫·博纳富瓦：《声音中的另一种语言》，许翡玎，曹凡红译，广西人民出版社，2020。

[2] [德]瓦尔特·本雅明：悼亡诗第十二首，载《十四行诗》。

法理解，任何时代都是同样的。那是因为身边戴着面具的大人已经什么都经历过了：青春、理想、希望、女人，所有都是幻想我们听了后，往往会胆怯、沮丧。也许大人们是正确的，我们应该做出怎样的回应呢？我们还什么都没有经验过。[1]

本雅明贬低“经验”，是为了召唤高强度的“精神”（Geist）。精神意味着青春、理想、希望、友谊和爱欲，唯有精神才能重建一个梦幻的德国。精神属于青年。在同一篇文章中，本雅明引用了席勒的诗句：“请对他们说：/当您成为大人的时候，/依然要尊重青年时代的梦想。”庸俗者避之唯恐不及的就是“青年时代的梦想”，他们满心想要去攫取庸常的利益，“绝不会仰慕伟大的事物、有意义的事物”。本雅明要义无反顾地与之决裂。“与精神生活无缘的人们的怠惰的自我，被冲击悬崖的起伏的波浪那样的人生所作弄，我们难道还要步他们的后尘、重蹈覆辙那样度过人生吗？不！绝不能那样！现在我们的经验中具备了精神的内涵。”[2]。熟悉隐忍、绵密、曲折、繁复、幽深的本雅明文风的我们，何时听到过他发出如此桀骜不驯的呐喊？不过，这的确是青年本雅明吐露的炽烈心声。这一年，他的心灵正被诗人海因勒浸润和激荡。海因勒这样一个满身洋溢着精神生活与梦幻的青年来到本雅明身边，不可能不将他折服。然而，正是这样一个自带光环的青年却选择了自杀，这对本雅明而言是巨大的打击。

---

[1] ［德］瓦尔特·本雅明：《“经验”》，载《本雅明论教育》，徐维东译，吉林出版集团，2011，第 10 页。

[2] 同上。

本雅明为自杀的海因勒和莉卡·塞利格松写了十年的十四行诗。如此漫长的书写过程，不可能只由一种私人化的哀悼支撑。本雅明在十四行诗里，无疑圣化了青年海因勒，无疑凝注了自己对海因勒的无限友爱。但这些十四行诗不仅是对青春梦幻的祭奠，更是对梦与醒的秩序的执着探寻，是一场对语言讽喻性的苦苦求索。十四行诗体起源于中世纪末期的意大利，直到 17 世纪才传入德国。早期的德语实践者是格吕菲乌斯和韦克赫林。在德语中，这种迟到的诗体具有天然的外在性和陌异性。悖谬的是，十四行诗又具有高度的形式整饬性或束缚性。对此，本雅明了然于心："何等贫瘠，累积的哀诗韵律稀少/何等无情，商籁的格式将我捆绑。"[1]本雅明的十四行诗韵律整饬，显得十分拘束。然而他正是要借着束缚去收拢自己对亡友漫无边际的哀思。在形式与内容的错位中，本雅明要将星丛般的构型、流动力量赋予十四行诗这一诗体。束缚性和陌异性的冲突激荡，大概就是本雅明认识到的生与死、在与不在之间边界模糊的梦幻境况。在他笔下，十四行诗拥有了幽灵一般的生命，方生方死，方现方隐，游走在声音与沉默之间。"唯有这歌/给予悲伤，也赐予安慰/歌里交织着星空与野兽。"[2]

十四行诗在 18 世纪的西欧各国普遍受到冷落，无人问津。但是，19 世纪的浪漫主义和象征主义诗人纷纷复兴了这种诗体。在法国，首开风气之先的是波德莱尔和戈蒂耶，随后又在魏尔伦、马拉美、兰波、瓦雷里等诗人手里大放异彩。而本雅明正是

[1] ［德］瓦尔特·本雅明：悼亡诗第五十二首，载《十四行诗》。

[2] ［德］瓦尔特·本雅明：悼亡诗第十二首，载《十四行诗》。

波德莱尔的译者。《译者的使命》是本雅明为他自己翻译的波德莱尔诗集《巴黎的忧郁》写的序言。现在看来，他所谓的“纯语言”，就像死亡，是一种永远处在到来中的语言。任何人间的现实语言都无法承受“纯语言”的摧毁性力量，就像任何凡人都无法抵挡死亡的到来。纯语言或死亡意味着彻底的终结，也意味着救赎。译者的使命就是让纯语言不断降临于语言的空隙，就像日光穿过拱廊街，就像救赎是不断让死亡降临于人类个体而进入神圣秩序。纯语言打开了语言的门，让语言朝着陌异敞开。在翻译中，纯语言则是让译者的语言在“阵痛”（Wehe）中经历一次次新生。“阵痛”显然是一种生命性的隐喻。这种疼痛在本雅明的十四行诗里得到了呼应。“我的生命呵，看在你的佑护中/闪烁着那准备用爱来满足的人/当母亲忍受生育之痛/圣灵在母亲体内凝聚。”[1]本雅明眼里的语言是有生命的，诗歌是有生命的。但是这生命并非由情感触发，而是在语言自身的反讽、悖谬、冲突、滞留中构建出来，或者干脆说，由死亡护佑，得到超验者的滋养。最终，生命凝聚为爱。写诗，成为凝聚爱的过程。

作为思想家的本雅明极少使用“爱”（Liebe，lieben）这个字眼，无论是其名词还是动词形式。但是，在十四行诗里，他却丝毫不吝于使用这词。在第三十五首中，他发问道：“你问我，是否爱那个朋友？/多年来的滞塞因此而疏解/在我信赖的，你的声音里/它的气息融化了欲望的晶体。”爱能够疏解欲望的滞塞，将生命净化为澄澈的晶体。在这首诗的结尾，他甚至直言不讳地向全世界袒露满心的爱：“这颗秘密爱着的心，如今在

[1] ［德］瓦尔特·本雅明：悼亡诗第八首，载《十四行诗》。

诗中/要让全世界知晓。”在第三十六首中，本雅明甚至构筑出一座“爱城”（die geliebte Stadt）：“如今香料的气息何其流丽/充斥爱城，时光苏醒。”“爱”和“苏醒”在这里相互应和、缠绕，爱的力量正在于沉醉与清醒之间的回环互动。这座“爱城”，到了第三十七首中，成为一度丧失又在归来中的城：“此城将再度属于我们/因所有幸运都已归来/如森林的回音悉数响起/许多罅隙同时献出音鸣。”将来时在这里起了推延的作用。爱，是一种缺席与存在并存的情感。因为，缺席与存在之间的无数“罅隙”（Klüfte）永远都是“爱”发出音鸣的通道。爱，在又不在，有又没有。爱，召唤一个别样的、可能的生命秩序。这一秩序，伴随着语言的显隐运动，始终引领着本雅明的诗歌写作。第二十九首最能体现本雅明的这一写作特质：

你沉睡，却是清醒的光
你悲伤，却是忧郁之人的安慰者
你沉默，却是呼告之人的救赎者
你哭泣，却是欢笑之人的疗愈神

你是孤独者的伴侣，你是最伟大的
你是在死亡之舟的边缘被抛弃的人
你是爱欲的守贞者，迷醉中的恪礼
你是至美的使者，困厄里的赤裸者

你是和平的天使，却遭暴力摧毁
你是流血的孩子，是死神的同伴

你是拯救者，在毁灭的中心召唤

你是祈祷者，被驱逐出麻木的门槛
你是年迈诸神的使者，带来新的恩典
你成救世主，为我们而救赎

这首诗的每一行都充满了词语的冲突和悖谬，即便在升华性的最后一节里，每一行依然没有放弃词语间的冲突。然而整首诗并不显得支离破碎，因为笼罩着爱。爱使得整首诗具有了整体感，也让海因勒消失的生命被召回，被安置在由星辰所代表的广袤的宇宙时空和精神序列。“星辰”和“光”在这些十四行诗中频繁出现：“新的春天簇拢的新光/时光在寂静的春天里/从死亡的如镜水泊中探望。”（第二首）“他眼里的星辰/曾是我栖所的唯一明亮。”（第四首）“那颗召唤你死亡的星/仍在垂落的手中燃烧/在我生命中作出指示/带我完好地逃离困境。”（第四十四首）“痛苦凝成水泊/如今在理念的镜像里/果实与星辰浮现。”（第六十首）“于是我们苦苦寻求，成为暗夜/在身上捕捉，拯救我们的光明/从我忍耐的手中升起。”（第六十六首）“将你的光芒尽情将我的魂灵充盈。”（《夜之商籁》）之所以是“苦苦寻求”，是因为有暗夜在侵吞光，正如死亡在侵吞生命。与“暗夜”一样，“海”也不断出现在这些诗里，成为一种与星辰、光对立的不确定、动荡、痛苦与迷失。“即使迷失在深邃的痛苦之海中/你生命的浪潮也依然澎湃汹涌。”（第六首）“若你拒绝迷醉的歧途/——谁将唱出你的奥德赛征途？/你的大海恼怒，你的狂风痛楚/——你渴望再次进入这屋。”（第五十七首）

在本雅明眼里，海因勒是一个复杂情感的集合体，是“爱欲的守贞者，迷醉中的恪礼”。爱和守贞，迷醉和恪礼，对峙和统一在海因勒身上，就像红白蓝三原色融汇在一束白光中。当然，这里的“爱”是普泛的、救赎的，而不是源于身体的“爱欲”。当然，在另外七首爱情十四行诗里，源于身体的情欲得到了淋漓尽致的呈现，尤其是在那首神秘莫测的《致 B》里：

你的话绵延不绝，就像你的身体
你的呼吸充满石头和金属的味道
你的目光像球一样向我滚来
沉默是你最好的消遣

第一个男人初尝第一个女人的滋味如何？
站在我面前的你，我恳切的回声
四面涌来击中你，我的请求它有
千条舌头的彻响，在喊：留下

本雅明在这些十四行诗中的确使用过一次“爱欲”（厄洛斯）这个词，那是在第二十四首结尾：“贪婪的厄言将图像撕毁/亘古的星群闪烁，滑过头顶/厄洛斯葡萄般的嘴唇，在我们的话音之间。”“星辰”再一次作为救赎秩序而出现。本雅明与海因勒之间的友爱可能游弋着“爱欲”的影子，但本雅明将它们提升到了星辰所预示的至高秩序里面。

语言的显隐运动集结着语言的潜能。爱的有无运动则召唤着爱的能力。正如在第六十七首中，本雅明如此写道：“爱的方式都已耗竭殆尽/唯一能够去爱的就是你/生活已膨胀至极限的边缘/重返平静，是我们的希冀。”耗竭殆尽意味着能力的缺失，能够又意味着能力的拥有。爱揭示了盈满、迷狂，平静又揭示了空无、淡忘。可见，本雅明的语言和体验不断地升腾又降落，一再地停顿在某个点上，又不断地启程、延异，让我们获得了回环往复、起伏跌宕、幽径丛生的阅读体验。

需要指出，本雅明并不是在海因勒之死后一夜之间成为诗人的。早在1910年，尚在腓特烈大帝学校上中学的本雅明就开始尝试“制造诗歌”，其三首诗作《诗人》(*Der Dichter*)、《暴风雨》(*Sturm*)、《春天隐匿之处》(*Des Frühlings Versteck*)被刊登在维内肯主编的《开端》上。这个杂志正是由维内肯的信徒格奥尔格·巴比松于1908年创办的，当时还是非正式出版物。本雅明发表诗作时用了笔名阿多尔。

这些诗就像叶芝的早期作品，柔和，抒情，亲近自然，倾心梦幻，句法完整，语义清晰。在《诗人》中，他塑造了这样一个诗人形象：

看，在巨大深渊的边缘。
你见到那里有一人无忧无虑站着，
在漆黑的夜晚和多彩的生活之间。
这人立在无墙的静默中，
孤独，偏离了生活的道路。
那深邃的目光迅即转向自身。
时而在光中勇气十足地向我们走来。

时而用伟大的目光望着人群。[1]

这是我们所熟悉的孤独的诗人形象。这里的确存在着一道“深渊”，横亘在“诗人”与“人群”之间，“在漆黑的夜晚和多彩的生活之间”，守护着诗人和诗歌的自足性。不过，这并非海因勒之死让本雅明望见的那道深渊。海因勒之死所开辟的深渊嵌入了诗人和诗歌内部，让诗人的主体变形为一个生死交织的幽灵，让语言蜕变为推延、冲突、停顿、毁坏、扭结着的废墟。所以我们在十四行诗中，看到了本雅明的诗歌语言的混杂、模糊，词句之间的界限被抹除，几乎没有标点符号，词句之间不断地渗透、缠绕、交织、过渡和越界。这样的书写犹如一个巴洛克废墟，遍布着交错凌乱的无名骨骸。十四行诗被本雅明变形为破碎之诗，讽喻之诗。它们混乱无序。唯有源于生命深处的爱才能让它们闪耀出整体性的光。

在《柏林纪事》中，本雅明说过：“弗里茨·海因勒是诗人，是我唯一不‘在生活中’而在其诗歌中遇见的诗人。”而本雅明正是“在诗歌中”完成了对海因勒的救赎。对于他这样一个忧郁的思想者而言，写诗是一种隐秘的救赎仪式。本雅明通过诗救赎密友，也救赎自己的生命和思想。在诗里，本雅明实现了对世界、生活、语言和思想的爱，当然，首先实现了对友人海因勒的爱。

2021年8月21日

刊于《书城》2021年10月号

---

[1] 引文为本人自译。

空荡荡的世情，或众生现实主义

时至今日，小说要为当代生活提供何种图景，或者说小说可以表达何种生活？中国当代小说在经历了先锋派的狂飙突进之后，正在日益向着现实主义回落。余华、莫言、格非等先锋派小说家纷纷转向了现实主义书写。此外，无论是1990年代的“新写实小说”，还是20世纪末的“断裂一代”，或是新世纪小说，仿佛都在找寻一种现代主义文学所遗落的现实。或者说，中国当代作家是在追寻一种转瞬即逝的当代生活的现实。只不过，有的作家滞留在宏大话语的结构里，有的沉浸在日常生活的情感结构里，有的试图发现，有的试图偏移，有的试图建构。

说到底，文学书写是为了揭示意外，在偏移和顿悟中体验、理解、改变甚至发明生活。现实主义理应对变化中的历史现实保持极度的敏感。现实主义永远是在创造中的——无论是书写形式还是生活本身。在这个意义上，现代主义文学依然是“无边的现实主义”中必不可少的一环，同时也可以说是已经成为历史的一环。文学与现实的关系是变动不居的，随着历史而变形、移动，这就要求作家在历史现实急剧变化的时候为其找到新异的表达技术和方法，不断探寻表达的可能性，超越已有表达的范畴和限度。在这个意义上，张忌的《南货店》是突破已有文学表达范畴和限度、创造出新异的表达技术和方法的典范。而文学表达手法的“新异”并不只是在“现代主义”意义上的形式实验，而是找到表达历史现实的妥帖的语言形态、叙述范式甚至精神面目。

张忌的《南货店》无疑是一部现实主义长篇小说，写的是1970年代末到1990年代的乡镇生活，或者可以说得更准确一些，是宁波宁海县一带的乡镇生活。张忌的小说，无论是长篇《出家》，还是短篇集《搭子》，故事空间大多在宁波一带。不过，需要追问的是，这是一种什么样的现实主义呢？

《南货店》是一部没有特殊视角的小说，或者说它取消了特定的视角。小说中的南货店位于宁波乡下的长亭。照理说，店内的人物都是外来者，陆秋林、马师傅、齐师傅，以及后来的爱春、徐本常和齐海生都不是本地人。如此看来，南货店就像一块飞地，几个人经营起了一个流动的特异空间，不仅货物在不断流通，里面的人物也在急速流转。然而小说并没有采用村里人的视角，将南货店视为一个外在的、他异的、例外的空间。这样的视角在张忌的短篇小说《夫妻店》里采用过。通过村里人的视角，李成河与樱花的理发店成了一个人性的实验室，一个村里人所不能理解的他异空间。在村里人看来，李成河的杀妻足以让他成为一个幽暗的、不正常的人。然而，《南货店》使用的是众生视角——是与小说里所有的人尤其是主要人物共同享有一个凡俗空间、一种微末生活的视角。众生视角不同于超验视角，不同于局外人、边缘人视角，也不同于反抗者视角，它普普通通，其好处在于可以邀请读者与小说人物一起在场于众生的生活，不心生怜悯或恐惧，不冷眼旁观，不作价值判断。它有着在雾中生活的温情，对意外的事件，如死亡、出走、失败，保持着异样的冷静。

《南货店》里的方言是令人难忘的。这种方言让陆秋林们牢牢缠缚于自己的生活。然而，小说里的方言是经过仔细选择、精心打磨甚至刻意设计的。比如“生活”这个词，在小说里其实是指事情、事务、工作等。这个词镶嵌在小说的纹理之中，构成了小说对生活世界中的人物的独特理解。或者说，普通话里所谓的“生活”在这部小说里降格为事情、事务和工作，这就是普通人的日常存在方式，是他们安身立命的所在。这个词第一次出现在陆秋林刚来南货店报到时。他进入这个店铺空间的第一个事情就是“争上了上门板的生活”。为什么要“争”呢？这不是利益争夺，也没有精神冲突和竞争，而是一个人要进入熟人所构筑的普通生活，必须先争取属于自己的“生活”。在这个意义上，陆秋林就是一个安分守己又要努力去安身立命的凡夫俗子。

我们知道，陆秋林的父亲作为机关干部出现了政治问题而入狱，这对于成长于1970年代的年轻人来说，是要命的事情。然而，陆秋林的生活靠着一件件“生活”稳步展开，甚至没有多少让我们感到惊讶之处。他一开始在南货店当伙计。在马师傅退休后，他出任店长，接着去黄埠供销社当文书，后来陆续升职为团委书记、供销社秘书股股长、土特产公司经理。看起来，他的人生是成功的，但是他似乎缺少精神上的成长——“众生现实主义”不提供垂直的精神旅行，而是竭尽全力去铺展一个空间里的生活，并意外地形成了历史——但说到底，众生现实主义并不钟情于意外。众生现实主义是一种去主体性的现实主义，它并不直接观照主体的（哪怕是失败的）情绪、情感、精神求索和成长，而是呈现芸芸众生嵌套在生活逻辑里的命运，同时又不完全认同生活的逻辑。去主体性的现实主义要求一种特殊的语调，一种不自我、不个性、不抒情、不嬉戏、不解构的语调。这就是《南货店》特殊的语调，一种白描语调，一种置身于小说空间中的低微的熟人语调。

小说中另一个炫目的方言词当然是“众生”，它在吴方言中并非芸芸众生的意思，而是指畜生、卑微的人甚至低贱的人，略有贬义，偶尔却会牵连出怜爱之心。小说里所谓的“众生”就是被束缚在生活法则里的人，甚至是束缚在一小片土地上，小说中的地理空间并不开阔。小说的白描语调就是服务于众生的。值得一提的是，小说的白描语调并非来自西方现代主义文学，而是径直取法于中国古典白话小说，如“三言二拍”、《儒林外史》。当然，《南货店》的白描语调密切贴合于小说的深意。这部小说只想朴素却略带残忍地呈现众生的存在境况，不做讨论，不抒情，不判断，任“生活”到来，一桩桩事件突然而又自然地发生。众生都散落在自己的命运里。詹姆斯·伍德会说，我们在不同的括号里存在。《南货店》给了众生一个个括号。一个人无端端就成为了自己，或者拼死拼活而不能成为自己。一个人被生活束缚地越紧，就越缺少个性的棱角，就越是能够走向凡俗的成功，比如陆秋林。相反，倘若一个人的个性与生活逻辑之间的关系松动，就容易走向失败，齐师傅便是。齐清风与妻子秀娟没有生育，就顺从了妻子的设计——与美姑生下齐海生。结果父子之间的矛盾愈演愈烈，终究让齐师傅的人生变成悲剧：要为儿子收尸，自己死前想要平反。在小说结尾，陆秋林给齐师傅的悼词颇能展现众生命运的戏剧性，正如秋林感叹的：“一个人的一生就是这样了吗？”

对，就是这样了，世情便是如此，空荡荡的，却依然需要隐忍的笔触去展开、延续和终结，这是《南货店》最为动人之处。小说开篇用极细致的白描呈现出一个物的世界，点货、打酒、吃面、洗衣，人生琐细而丰盈，时间是缓慢的，甚至仿佛是静止的，有着幽深与光泽。然而，在许多人物纷纷离开南货店之后，整部小说就开始疾风骤雨一般流动起来。一开始的物的充盈，换成了人的命运的空洞。在陆秋林的稳步高升之外，齐师傅为了儿子齐海生退休，又为儿子收尸；吴师傅与米粒相好，提前办退休；金卫国爱上云芝，云芝却与毛一夫相好，后来嫁给一个法院里上班的人，在山上把自己的身体给了卫国；毛一夫认识了台州女诗人，去了台州；于楚珺嫁给葛梅成，再嫁给龚知秋……每个人的生命风云流转，只剩下琐细的人生，空无的世界。张忌在这部小说里创造了一种独特的现实主义书写，其中的生活琐细而不烦琐，空无而不无聊。这种现实主义书写对人和事有着至深的理解，有着开阔的宽容。因为书写、形式、语言、理念等要素并没有占据小说世界的上风。

《南货店》有几处写尽了人世的空无。比如许敏，丈夫杜尔死去后嫁给了杜善，不久杜善死去，她就去信佛，又在台州客人引导下改信了基督教，最后失踪，撤离出这个众生社会。杜梅有着极好的女红手艺，后来离婚，在县城开裁缝店，最终上吊自杀：“一推开门，只见铁车边空荡荡的，杜梅用一条绳子将自己悬在了梁上。她的身体挂在衣服堆里，风一吹，微微摇晃。”许敏和杜梅的人生终究是空荡荡的。

同样，空无感一直伴随着陆秋林。他一心暗恋春华，却得不到她，也并不努力去追求她。而春华呢，嫁给了军人，却遭遇家暴，后来又被身为有妇之夫的小厂长欺骗，损失了几万块私房钱，生活难以为继。陆秋林拿钱给春华，一番叙话后，两个人就离开了。小说是这么写的："秋林看见春华站在那里，孤零零地看着自己，不大的房间此刻却显得那样空旷。"在小说第二十二章，陆秋林有过一次感慨，仿佛写尽了空荡荡的世情："秋林突然明白一桩道理，人这一世，无非就是一个人一个人地认识，又一个人一个人地离开。做人真是空空一场，丝毫没有意思。"

没意思的人生值得书写吗？空荡荡的世情需要一部小说来安放吗？我们看到，《南货店》装载了那么令人牵肠挂肚的没意思的人生，安放了那么令人感慨万千的空荡荡的世情，这部小说已然不是凌空高蹈，而是在人世间坚定而独特地站立了起来。

2020 年 6 月 11 日

刊于《读特》2020 年 9 月 14 日

灵魂朴素，如梅子的核

辛波斯卡自认为是一个老派女人。她在《墓志铭》中这么设想自己的一生："这里躺着一个老派的女人，像个逗点。"这首诗出自诗集《盐》(*Sól,* 1962)。"盐"这个名字显示了辛波斯卡的朴素和谦逊，以及对日常事物、微小细节的凝注。这种人生态度和诗学追求如此清晰、凝缩地体现在《墓志铭》中，她说自己是一个"逗点"，一个我们在书写时使用最为频繁的、普普通通的标点。一个人，一个女诗人，在二十多岁时就设计了一生，接下去，便是去默默写诗，记录一瞬间的语言灵光，去安静生活，在日常的琐碎里展开充满智性却并不激烈的灵魂。她的心灵从一开始就是老派的，就拥抱了最为澄澈也最为终极的事物——虽然这些事物并非宏大而空疏，反是具体而微、轻盈可感的。

她在散文集《选读札记》序言里说过："我很老派，我认为阅读是人类迄今发明的最荣耀的事。"当她想起阅读这一古老的人类活动时，会顺其自然联系到自己的老派。她从一粒沙中看着浩大的世界，在一颗小星下问候、对话世人。在宏大、沉重、迷醉、混沌和永恒面前，她选择了微小、轻盈、醒悟、清晰和瞬间。她喜欢抽烟，吃鲱鱼，喝伏特加。然而，要去书写她的生活，这对传记作者而言，是一道难题。她的生活拒绝传记。正如《填写简历》中所表达的，我们的时日、生命不能被简历、传记标准化、格式化："不管你活了多久/都必须简短。"生命就像流水，像树叶纹理，充满无限的可能和意外。通过诗歌，她试图让我们在一瞬间激活对人世的丰盈感受。那么，即便是传记也无法贮存那些陪伴、打动甚至伤害过我们的人和物，无论是实有的，还是虚幻的。而在简历里"爱情只需填写婚姻，/儿女只用写上已出生的"，"至于家里养的狗、猫和小鸟/纪念品、朋友和做过的梦，/则可略二不提。"[1]

她在诗集《桥上的人们》（*Ludzie na moście*, 1985）的名字里揭示过自己的诗学思想。同名诗作的灵感来自日本浮世绘画家歌川广重的名作《骤雨中的箸桥》。凡·高有一幅仿作名为《雨中的桥》。这两幅画都描绘了骤雨中在桥上奔跑的人。他们的方向不一，雨具各异，却在骤雨到来的一刻匆匆奔向自己的去处，或回家，或去工作场所，或到亭廊下临时避雨。这一刻，每一个人的生命都是丰富的、流动、有着方向的。然而同时，正如这幅画所揭示的，时间可以停顿下来，可以永远居留在一瞬："时间被阻止了，/时间的法则已被忽视，/它对事物发展的影响力已被消除，/它受到了毁辱和唾弃。"[2] 辛波斯卡拒绝时间被截停，她渴望时间的流动。

和西尔维娅·普拉斯、安妮·塞克斯顿、艾德丽安·里奇和

---

[1] 《填写简历》相关引文均为林洪亮所译。

[2] 引文为林洪亮所译。

阿莱杭德娜·皮扎尼克等女诗人不一样，她的诗并不具备激烈、紧张、幽暗的女性意识。这不是说她的诗平淡如水，相反，她的诗歌语调睿智，或充满热情，或善意地反讽。只是她的诗总是让人感到漫延着内在的和解。她在诗歌中并不直接思考女性身份在家庭、社会中的正义问题，但她无疑是一名清醒的女性，对女性的境况有着深刻的体验。

在诗集《无尽的乐趣》(*Sto pociech,* 1976) 里，有一首诗名为《风景画》。她在其中看见了自己的灵魂："我的灵魂朴素，如梅子的核。"[1] 就在这首诗里，当她站在一幅老画家的风景画前，她把自己设想为画中人物，一个"站在楞树下的女人"。她关心画中的女人如何面对另一个人，那人也许是欣赏画作的观众，甚至是一个男性观众。她在思考他们之间的关系，尤其是她在这个关系中的位置。或者，正是这个位置，让她一瞬间代入了画中的女人。"你看，我已经和你相隔有多远。""尽管你大声呼叫我也听不见，/即使我听见了也不会转过身来，/即使我做了和这个不可能的动作，/你的脸庞依然会让我感到陌生。"[2] 辛波斯卡的诗以睿智和反讽见长，但在朴素的面目下，静水深流着满满的深情。这种深情来自于她对复杂人世的洞悉，对幽暗人性的超越。《风景画》中的女人邀请我们去看她的白帽、黄裙和手中紧握的篮子，让我们去凝视她"在别人的命运中如何打扮自己"。但是，人与人，男人与女人，总是有这一段无法克服的距离。这段距离催促她去写作一首诗，来守护一个女人生动而无奈的存在。

---

[1] 引文为本人自译。

[2] 引文为林洪亮所译。

在无题诗“我离他太近了”里，辛波斯卡思考了恋人（或许是夫妻）之间的紧张关系。在无法精准控制关系的张弛时，女性会如何感受、承纳这种关系？诗中反复出现的短句“我太近了”，提示着两人关系的困境。“我离他太近了，他不会梦见我。”“我太近了。一座大楼着火，/我不在那里，有人喊救命。太近了。/就连我头发上的铃铛也无法敲响，/太近了。我无法像宾客那样走进，/墙壁也不会在客人面前自动移开。”[1] 整首诗充满了奇异的、紧张的梦幻。这些梦幻让诗中的女性感到恐惧、疏离、遥远。事实上，诗歌结尾告诉我们，这位女性的手臂正压在“沉睡者的脑袋”下，并且已经发麻。麻木的手臂就像麻木的情感，总是让女性感到不安、焦灼。在这一刻，诗里的女性一定是看到了自己的位置以及渴望拥有的那个位置——进入他的梦境，进入他的内心。但是如何进入呢，诗歌并没有给出答案。正如《在一颗小星星下》里写的：“我为简短的回答而向庞大的问题致歉。”[2] 有时候，她甚至连简短的回答也不会给出。

辛波斯卡让庞大的问题暂停于静默处，让我们去倾听问题本身的空白、曲折和隐幽之处。因为，她在诗中的姿态是谦逊、卑微的，她只是引领我们去接近、领受、开启世界的丰富、混沌和可能。她在晚年诗作《植物的静默》中问道：“但如何回答无法提出的问题，/尤其是，当提问者/在你们面前如此微不足道。”[3] 当然，她的诗也会涉及政治、历史、记忆、道德和死亡这些重大

[1] 引文为林洪亮所译。

[2] 引文为陈黎、张芬龄所译。

[3] 引文为本人自译。

的主题。可是她的目标是让这些主题在顷刻之间变得轻盈，在诗中、在语言中、在瞬间迸发的思维中。

作为女诗人，辛波斯卡笔下的女性总是那么动人，那么柔弱却丰盈，就像她自己。然而，如《一个女人的画像》里写的：“她软弱却能够承受起最重的负担。”[1]在《鲁本斯的女人》《卡珊德拉的独白》《罗得的妻子》《夸我姐姐》等诗作中，她总是试图揭示女性在这个世界上的面目、状态和处境。她们或自满，或羞愧，或忧伤，或好奇，或热情。她们，懂得在别人的，尤其是男人的命运中，完成自己，辛波斯卡笔下的女性并不抗争，但是，无一例外，她们“一定会告诉我们/全部/全部/全部的事情”[2]。这里的三个“全部”，正是辛波斯卡诗歌的任务，她渴望在诗中权衡每一个词、每一个瞬间、每一个细节、每一个人的生命，然后告诉我们活在这个世界上的“全部”秘密和力量。

2021 年 3 月 25 日

刊于《周末画报》2021 年 4 月 1 日

[1] 引文为林洪亮所译。

[2] 此句出自《夸我姐姐》，为林洪亮所译。

成为诗人：对细节的偏爱

姐姐练就一口流利的散文，
她写下的唯一作品是度假时寄来的明信片，
每年都是一样的许诺：
等她回来后，将有那么多
那么多
那么多事情要告诉我们。[1]

辛波斯卡有一个姐姐娜沃亚，大辛波斯卡六岁，却并不写诗。辛波斯卡全家人都不写诗。然而，作为诗人，她观察着、体认着、热爱着周围的人和事物，还有语言。给一家人的生活带来无数诗意的瞬间。明信片，是一种平凡的日常事物。辛波斯卡一家人喜欢写书信和明信片。这是他们交流的方式。

辛波斯卡特别擅长在日常细节中捕捉到盎然的诗意。尽管姐姐不写诗，但辛波斯卡在姐姐的明信片上发现了诗——姐姐每年

[1] ［波］辛波斯卡：《赞颂我姐姐》，载《我曾这样寂寞生活：辛波斯卡诗选Ⅱ》，胡桑译，胡南文艺出版社，2018，第 44 页。

的一模一样的承诺，将“那么多、那么多、那么多事情”告诉他们。辛波斯卡在“那么多”里发现了姐姐对生活的热情，也发现了诗的意义：观察、体认、热爱生活中的瞬间和细节。

辛波斯卡的全名叫作维斯瓦娃·辛波斯卡，昵称伊赫娜。伊赫娜和姐姐娜沃亚性格迥然有别。娜沃亚讲求规则、条理和秩序，态度严肃，不爱学习，像她们的母亲。而伊赫娜性格活泼开朗，不拘小节，却热爱学习，像她们的父亲。

伊赫娜还喜欢观察周围的世界，包括姐姐。她经常看着姐姐做作业，便逐渐学会了写字。于是就喜欢给母亲写信。因为母亲心脏不好，经常去外地疗养。她的信充满了真实、热烈的情感。由于读写能力出色，她直接入读小学二年级。尽管她热爱学习，但成绩并不突出。她在小学，数学只拿了三分。在初中，除了行为规范课和中交课成绩优秀，其他科目都成绩平平。但她喜欢阅读，善于从别人的文字里观察这个世界和世上的人，表达对这个世界和世上的人的浓郁情感。这也是她后来在诗歌里希望做的事情。

她喜欢法国作家法郎士和凡尔纳、英国作家狄更斯、俄国作家陀思妥耶夫斯基。观察世界，让她迷恋世上的细节。因为细节，她敢于说出自己的偏爱。偏爱，正是诗人的性情。甚至在上述作家中，她依然表达了偏爱，比如在《种种可能》一诗中，她就写过：“我偏爱狄更斯，胜于陀思妥耶夫斯基。”她还偏爱电影、猫、绿色、格林童话、无花的叶、不截尾的狗、桌子的抽屉等。如果没有精细、定心的观察，偏爱是不可能发生的。而偏爱一旦降临，生活中就充满了“种种可能”——这会引发对生活的爱。我们在辛波斯卡成名后的诗作里读到的正是这样的爱。特别是在这个数字化时代，世界变得迅疾、破碎。一切信息稍纵即逝，不可挽留，但又似乎随时会再现。因此我们往往不再珍惜当下的细节，因为它们可以重来、复制、再生。这是一种幻觉。倘若丧失了对当下细节的偏爱，我们的生活将会空洞乏味、千篇一律。她不会错失窗口的鸽子，也不会看不上一粒沙。她在《旅行挽歌》中写过："无穷无尽，无边无际，/但具体到最细的纤维，/一粒沙，一滴水——/都是风景。"甚至，正如她的一首诗的名字所显示的，她要做的是"一粒沙看世界"。她偏爱微小的事物。微小的事物能铭刻无可取代的具体的记忆。

辛波斯卡有一首诗叫作《任何事物不可能发生两次》。在这首诗里，她让我们意识到这个世界上的每一天、每一个瞬间都是独一无二、不可复制的："没有任何一天复制昨日。"然而人生总是充满遗憾："我们猝不及防地来到这里，/离开时也没有机会完成一切。"我们必须珍惜，而珍惜源自对细节的观察、捕捉、体认和再现的能力。在她晚年的诗作《植物的静默》里，她依然在认真细察静默的植物们的声响和"言说"。

辛波斯卡出生于 1923 年 7 月 2 日，次日是她的命名日。从 1934 年 7 月起，她就开始创作诗歌一般的命名日祝福。那是写给母亲的。她的"诗"字迹工整，情感真挚饱满。大概，严肃谨慎的母亲也会被她的文字感动不已：

我最爱的阿妈！！
你不在这里，
要我如何祝福你，
拥抱你，

亲吻你?

今日非同寻常,

全心全意

主福你身体健康,

喜乐绵长,

财富百万哪怕成千

若不够,就再加上万千![1]

“若不够”,正是体现了辛波斯卡的诗歌态度。生活本身是不够的,还需要我们去发现、辨认和增殖。所以,她拣选出“命名日”这一特殊时刻。所以,她用波兰语的“阿妈”代替寻常的词汇“妈妈”。这首命名日祝福诗附录了一段辛波斯卡稚嫩而可爱的话:“对了,我要真诚地和你道歉,因为我把‘祝福’写成了‘主福’。为了不做一个永远的小懒虫,我以后都会记得要怎么写!”她在体认自己的拼写错误。她把“祝福”拼写成了“主福”。但她选择在写下错误后,再来观察、体认这一拼写错误。这一对“细节”的偏爱,让她从少年时就成为诗人。

2024 年 7 月 29 日

刊于《少年》2024 年第 9 期

[1] 引文为毛蕊所译。

情动于中而有诗：当代诗的情感技术

一

这个时代的技术、速度、信息让我们日益落入一个深渊，一个失忆的深渊。我们将自己的记忆交给网络、媒体、电脑和手机。我们的身体与世界之间的时间之流、记忆之流迟缓下来，甚至出现断流。我们的记忆变得虚无，变得冷冰冰，变得空落落。我们变得焦虑，我们的社会逐渐被撕裂。

我们的感觉与想象被悬置了。数码物代替我们去感觉和想象——通过储存和传输将我们的感觉和想象、知识与思考格式化。于是，我们的主体混沌，甚至消散。我们恍惚，迷离，出神，分心。我们焦虑，分裂，敌视。我们迷失了自己，也看不见、感觉不到具体的、独特的、差异的他人。我们冷漠。

当代社会是不是一个无情的敌共同体（de-community）？在现代性中，我们的情感曾经变得迷乱、颓废、极端。而在当代数码物的包围、囚禁中，我们，当代诗人，是否已经变得无情？

我们的身体曾经试图融入自然秩序，进入天人合一。我们的身体也曾经凌驾于自然秩序，完成对物的宰制。我们的身体，如今是否在被物化，被体外化为一堆数据？那么，人作为有情的存在，是否还有可能，是否还有意义，是否可以消弭身体与外物的割裂、主体与客体的对立、自我与他者的疏离、自我与自我的分歧？

情动于中而有诗。在这个技术时代、数码物的时代，在这个失忆的时代，世界被技术化，情感被数据化，那么，诗人何为？当代诗歌是否成了一种无情、无动于衷的书写，甚至已然蜕变为一种冷冰冰的数字技术？

在这个数字技术时代，我们的主体早已随客体世界、随技术的变化而变化。我们的身体和心灵也在瞬息万变。我们不甘心将自己的主体拱手交给技术、交给数据。然而，我们的主体已经不再能回到自足、自爱、自我陶醉的情感主体，也不太可能回到一种去主体的自然情感。我们必须直面自己的时代，探测自己身上的时代印迹。我们的身体毕竟不是机器，也不是程序，我们的身体会主动去碰触、承受、感知、想象。身体会被触动，进而产生情感/情动（Affect）。

在当代，我们的情感不可能不敏锐感知到技术的存在，也不可能不受到技术的影响。我们曾经以整个身体在有限时空里去观看、行走、拥抱、交流而得来的体验，变得越来越稀薄、越来越轻盈、越来越迷离。我们用手指点击屏幕，从而替代观看、行走、拥抱、交谈。我们身体的重心越来越向着手指迁移。我们的情感逐渐被数字技术和程序替代。我们的情感阈值通过技术被扩展了，同时也被固化了。意外的、生动的记忆之流、情感之流，越来越程式化。对前技术时代的乡愁不能让我们返回到过去。我们只有在对技术的免疫中，获得情感抗体，来实现当代诗歌的写作。那么，我们是否可以拥有一种安身于当代的情感技术？也因此，当代诗是否可以拥有一种能够安顿焦虑、失序的当代人的情感技术？

拥有情感技术的当代诗人不再是天真的、移情的抒情诗人。抒情依然可能。但在数码物时代，抒情需要消化人的记忆被体外化成的数字内存。移情、陶醉的抒情艺术已不能打动我们。然而，当代诗人依然拥有情感，只是我们的心灵已无法收拢无度的抒情。我们需要创生出一种新的情感，一种能够直面、回应、超越技术时代、数字时代的情感。我们要借助这种情感，来实现当代人摇曳多姿的存在。我们需要一种药，一种技术的药，一种数字的药，来疗愈想要抒情而不能的我们的身体和心灵。这种药便是“情感技术”，一种开启、收拢、形塑情感的技术，一种伦理地对待情感的技术，一种以宇宙尺度对待情感的技术。

情感，无论是快乐还是痛苦，都可以形成经验的统一体、生命的统一体、语言的统一体。但无力回应技术时代困境的情感甚至无法表达清澈的快乐或痛苦，只能进一步委顿、分裂、虚无、瓦解。正是情感技术，而不是单纯的情感，既让我们克服自我的焦虑，也让我们弥合主体间的敌对，修复共同体的撕裂。情感技术，让情感的媒介得以显现，并被认可。

情感的媒介在当代主要是数字媒介。数字媒介可以放大、缩小、加速、减缓身体情感的表达，从而改变身体情感的尺度。但数字媒介不能取代情感。

情感技术虽回应了数字技术，却并不臣服于数字技术。它只是意识到了技术的可怖力量，因而要去探寻、激活、发明新的技术。朝向他人的伦理技术，朝向世界的宇宙技术，都有可能在现代性的人性技术之外，生长为当代诗歌的情感技术，形塑出潜能无限的书写技术。

二

在情感的伦理技术中，当代诗人要观照自我的限度，也要沉思他人的来临。在海子的诗中，我们可以看到自我的无度，他人的退却。他的诗中经常出现“你”。但这是一个抒情主体幻化出来的“你”，一个受“我”主宰的对象。比如在《为什么你不生活在沙漠上》（1987）这首诗里，“你”似乎就是“我”的孤独想象出来的一个虚拟存在，一个“绝望之神”：

我的形象开始上升
主宰着你的心灵！
孤独守候着
一个健康的声音！

绝望之神　你在何方？
为什么你不生活在沙漠上！
我是谁手里磨刀的石块？
我为何要把赤子带进海洋

在海子的诗歌中，无处不在的孤独发端于不知伦理技术为何物的情感。因此，他人在海子的诗歌中总是缺席的。作为诗人的海子无心观看、描摹、体验一个个具体的伦理他者。在他的诗歌中，只有抒情对象的陌生的“你”，没有可以伦理地辨认出来的熟悉的他人。在“你”和“我”之间，横亘着无法跨越的深渊。比如在《面朝大海，春暖花开》(1989)的结尾，他写道：

> 陌生人，我也为你祝福
> 愿你有一个灿烂的前程
> 愿你有情人终成眷属
> 愿你在尘世获得幸福
> 我只愿面朝大海，春暖花开

“灿烂的前程”“有情人终成眷属”“在尘世获得幸福”此类伦理图景，被海子赋予了作为陌生人的“你”。而“我”，只获得了一个非伦理的自然图景：“面朝大海，春暖花开”。副词“只”在这里有着一种孤绝的语调，把“我”投入一个非伦理的情感旋涡。

海子诗歌中的情感稍加演化，就会塑造出一种倦怠的、颓废的自我，对他人漠不关心甚至视他人为敌的孤绝自我。虽然海子的诗歌极其纯粹、崇高，但孤绝是海子诗歌的语调，深渊是海子诗歌的背景。海子诗歌中的爱是临时的，共契的温暖是临时的。临时意味着不可能。

孤绝的深渊让自我陷入焦虑，加剧自我与他者的分裂。只有让自我重建与他人的联系，鼓足勇气与他人面对面，承认他者的陌生，接纳他者的差异，才能让自我走出孤绝的深渊，来到一个处于交流中的通道，一个生成中的共同体。在张枣的《湘君》

（2004）里，“你”就具身化为“我”的朋友。诗的场景尽管在纽约，却更加现实、在场、当下。“湘君”这个题目指向了真实的历史记忆以及个人记忆：

纽约的脆的薄荷味儿：我突然
想起长沙的一条飘飘的红领巾。
但你说记不太清了。
我说，怎么，你真忘了，八〇年你
你还替我改成了一条游泳裤呢。
你想了想，摇摇头，说，真忘了。
然后你深深地向咖啡杯底张望。

纽约、薄荷味儿、长沙、红领巾、游泳裤、咖啡杯……一系列具体的地点和“物”构建了在历史与现实之间不断穿梭的时间感。接下来，“我”和“你”之间开启了一段记忆之旅，直到回忆的浪涛触碰到了“我们班的那个胖姐”——已经死于骨癌的沈仪。但两人记忆并没有达成一致，记忆的深渊代替了孤绝自我的深渊：

哪个胖姐？哪个？我在你脸上搜找着。
我印象里怎么完全没有这个人呢？
我着急地问，我着急地望着
咖啡杯底那些迭起如歌的旋涡，

那些浩大烟波里从善如流的死者。

整首诗在去掉引号的对话中展开，极具叙事性，揭示出记忆的错位、主体之间的隔绝。但错位与隔绝并没有揉捏出自我的孤绝。诗歌终结于一句残酷的抒情："那些浩大烟波里从善如流的死者。"向死而生的时间意识，悬置了差异，擦除了隔绝，让"我"和"你"进入同一秩序。在现实和记忆的差异里，时间成为超越甚至弥合的力量。然而，弥合终究没有到来。诗歌在沉默中戛然而止。自我感动、自我沉浸的情感在张枣的诗中没有出现，取而代之的是具有戏剧性差异的情感。然而，情感并不知悉自身的起源，一往情深，生者可以死，死者可以生。在戏剧性的差异中，情感本身已经在演化为一种历史的、现实的、让自我在无序的世界里得以安顿的力量。

自我的意识可以被中断，因为自我并不是封闭的、孤独的、凝固的。自我是历史的，自我也是时间的。自我是绽开的、谦逊的、海纳百川的。自我是可以跨越深渊来到他者面前的。或者说，自我已经站在他者的面前，与他者不分你我。就像臧棣在《猫头鹰丛书》（2005）里写的："你不是我的例外，我也不是你我的例外。"不存在例外。你我都在时间之流中沉浮，伦理地相遇。

在情感的伦理技术里，与他者直接遭遇，承认与他者之间的差异，在自我的节制中接纳他者，让自我成为一个流动的存在，如海洋一般流动、不定型。朱朱在《我身上的海》的结尾写道：

如此黏稠的穿越，以血卷曲刀刃，
以犁拉直瀑布，裹挟着风
再一次攀登，是的，只有撞击过

才满足，只有粉碎了才折返，
从不真的要一块土地，一个名字，
一座岸——虽已不能经常地听见
身上的海，但我知道它还在。

穿越、拉直、裹挟、攀登、撞击、粉碎、折返……一系列的动作，在语言的想象力中展开、缠绕、跃进、回旋。诗的力量，伴随着自我的流动，而得以揭示。这样的语言动作在刘立杆的《尘埃博物馆》中显得触目惊心。这首诗极具耐心地呈现了记忆、现实、虚构、图像、想象的丰富的肌理——这肌理既来自被凝视的时间中的“物”，也形塑了复数、多元、敞开的自我情感：

尘埃滚动
蚕纸上半透明的卵转深。
那最初的、失落的爱
埋藏得最深
在焚毁的废墟下
叠摞起另一座不朽的城市
就像地宫里的七层珍珠宝幢
每一层都坚如蚌壳。

诗歌，源自语言的耐心。在语言的迁移、声音的撞击中，自我的情感能够获得意外的安置和呈露。当代诗，一旦通往具有伦理技术的情感，就可以约束自我、中断自我，也解放自我、敞开自我，把孤绝的自我从海边带回人世，带回人与人的共同体。

三

在情感的宇宙技术中，诗歌从自我情感的维度向着世界迈进。诗歌存在于人与人之间，更存在于世界之中。世界需要宇宙技术来开启、激活。诗歌的情感，在宇宙技术里以新的形式呈现。

无论是情感的伦理技术，还是情感的宇宙技术，都有别于数字技术。但当代诗不能单纯地对数字技术置若罔闻，不能顾左右而言他，也不反身回撤。当代诗需要在数字技术的压强中、在数码物的惊恐中猛然觉醒，走向身体的、自我的、世界的、宇宙的情感，就像在丛林中突然飞升，来一次星际旅行。

在情动中，当代诗恢复并发明了伦理的、宇宙的别样模式。人与自然、世界和宇宙之间的隐秘的联系，在当代诗里建构出勃勃生机的、神秘莫测的情感。这种情感并非回避、偏移了自我与他者的伦理关系，而是让伦理成为直观性的情感。但在此之外，这种情感必须开拓出和宇宙之间的直观联系，让人类个体与整个宇宙共振，与作为宇宙媒介的语言共振。

与宇宙共振，源于情感的统一性，是能够吸纳矛盾、冲突、碎片、废墟的统一性，却不是抹杀了差异和意外的那种统一性。但无论如何，统一性的情感让诗人与他人、万物和宇宙共享着一种秘密，发出一种动人的声音。诗歌里的情感不仅仅是词语自身孤零零地自我感动、自我表演。在人工智能“小冰”写下的诗歌里，语言就是自我感动、自我表演的，而无法与他人、万物和宇宙产生统一的情感。这样的诗歌不仅支离破碎，而且是精神分裂的，无法自我守护，也无法传达无论是清晰的还是含混的精神。

小冰的诗只剩下混乱拼贴的字词和乱若烟尘的情感。比如小冰写的《渺茫世纪的勇气》中的一节：

看我睡在苔上的石头一般熊掌
为了我出险的自然的浪花
这宇宙许是一个跳好的心
告诉你我撒手的时候

在小冰的诗里，情感被数据化了。

但情感的宇宙技术并不能彻底背叛情感的伦理技术。伦理的情感技术提示着自我的限度，而宇宙的情感技术是对有限自我的提醒、遏制，也是绝对的邀请——邀请自我从伦理出发，跃入宇宙的黑洞。倪湛舸在《滑梯》中写道：

所以，温度必须再降下去，
直到一切还在颤动的都回归平静，
你要站到变迁的对面，捂着心脏发誓，
这就是绝对，是最亮的光正填满最深的黑洞。

和宇宙面对面，自我归于平静。伦理技术中的他者、现实、历史、记忆，在宇宙里以更加直观的方式呈现。同时，在数字技术时代，当代诗更加需要与整个东方及其历史共振。多多在《美学笔记》（1976）中写道：

故宫两百年前的鼓声

已经趋于寂静，历史晚期的脚步声
仍在里面不祥地回荡
循着千万条不可揣测的思路
一脉灵魂的回潮
穿过梦的古老房间
朝东方的夜奔涌……

一切的一切催动着“一脉灵魂的回潮”。故宫、鼓声、历史、古老房间、东方的夜，均在宇宙技术层面才变得可感可知，但依然“循着千万条不可揣测的思路”，守护着宇宙的神秘性、超越性。在语言的极限处、在世界的尽头、在宇宙的苍茫里，沉默不再压迫孤绝的自我。沉默与自我合为一体，与万物合为一体，成为耸立于无人旷野中的一株无用的樗树，接受着来自沉默的无限讯息。多多在《我在沉默者面前喝水》(2011)中写道：

挪动词，我因挪动
而拥有广大身世

大大小小的盆盛着雨声
把我的沉默也喝下去

我跪在无心的地点
无人处，已无羞愧

无人已是守护

在“无”中，“物”消散、弥漫、融合，而“我”拥有了“广大身世”，在“无人”的世界。无人，而有宇宙。诗言志，进而言情，进而言宇宙，言沉默。本体坚实，花萼振发。在宇宙技术中，当代诗借着丰沛涌动的情感综述性灵，敷写气象，为情造文，幽赞神明。一旦当代诗关联着宇宙技术的情感，就会让世界绵延，让宇宙永在，在沉默中言说，在沉默中关切伦埋的承诺，在沉默中照亮幽暗的一切。仿若多多在《词语从哪里来》(2022)里写的：

在神的不言里言语
生之承诺

让永别的世界永在

在情感的堤岸上、僻径上，伦理技术接纳他者，宇宙技术接纳时空——时空的约束。因而，当代诗的宇宙技术可以与东方共契，与我们的历史共生，回响着风乎舞雩咏而归的声音，回响着以万物为刍狗的声音，回响着逍遥游的声音，回响着阿赖耶识的声音，回响着陶渊明与杜甫的声音。当然，宇宙技术同样含蕴着美、崇高和优雅，存在与虚无，时间与绵延，并在游牧的状态中解构着的权力。宇宙技术闪现的时刻，情感在自我的内部变得那么具体，又那么空无，忽大忽小，时远时近，若有若无。杜绿绿在《星空》(2020)中写道：

一尊佛陀来到我们中间，

他斜睨我毫不亲近，
金身，忽大忽小。

暗淡虚空之上，
我们相对打坐。

紧接着，宇宙、万物、星辰化身为花豹：“无限后退的星群掠过，/追逐的花豹跃出丛林。”在我们浩大的人世出没，却睥睨着我们，甩开我们扬长而去。我们唯有守护这份花豹离去的空无：“我只拥有花豹离去后的世界。”因为我们见证过花豹，我们身上有过它曾经投下的影子：“而你，投在过去/克制的影子里。”

我们与宇宙共契，也与他者同在，并与自我共处。我们的记忆既是伦理的、历史的，也是宇宙的、万物的。我们的记忆在共同体中，共同体则由情感黏合。我们的记忆在诗歌中，化为情动，化为催动石头开花的力量，抚触星辰入眠的力量。

当代诗的技术不能不回应数码时代的技术，但我们终究不想被数据化。当代诗人，通过伦理的和宇宙的情感技术，通过我们始终不能被数据化的身体，拒绝着世界的撕裂，远离着自我的焦虑。

2022 年 11 月 11 日

刊于《诗刊》2023 年第 2 期

第二辑　与他人联结

静默的风暴
——江南诗歌奖获奖感言

诗歌为我打开了一个世界。我的感受是，写作让我与语言变得日益亲密，让我的生存体验找到了表达的方式。然而，时至今日，我对诗的认知依然充满许多困惑，尤其当我越来越多地目睹了诗歌在面对繁复世界时的无能为力。所以，这些年，我试图在诗歌里处理交往的困境与存在的不可言说。

但是，至少，在我看来，诗是对可能性的追求。在这一追求的道路上，诗牵引着我们去生活，去存在，去凝视，去超越。诗，首先指向自身，不断试图跃入语言的绝对性和终极静默，又一再地溢出自身，潜入广阔的生活，深入隐秘的旋涡中心。在这双重运动中，诗，成为生存的阴影和光芒。

诗是一面幽暗的镜子，承认具体的事物，也承认虚无，承认无用，承认生活所呈现出来的那些希望、爱欲、困境和危机。生活无论在时间和空间上都内嵌着限制，历史的每一个姿态都充满着束缚。诗，对抗并超越这些束缚，通过词语的嬉戏和想象力的运行，让人回归为自由的生物。在生机勃勃的诗中，每一个词语都秘响旁通，成为存在深处的风暴与黑夜。

守护着虚无和静默的诗，才能够召唤我们打开自己，命令我们和他人联结接在一起，引领每一个人携带着自己的有限性去无限地爱。

诗，一直在返乡，一直在让人获益于虚空的世界，一直解放着身体，也一直解构着精神，或者一直在教导人去爱。诗形态各异，无所不能。然而没有语言的劳作，一切皆不可能。诗的自由源于勤勉的劳作。那些起源于劳作的诗，或简省，或繁缛，或深隐，或明澈，或自我封闭，或无限敞开，都让人在惊讶中产生敬意，并催促每一个人改变自己，扩展自己的意志，持续实现自己的完满。生存充满了困境，世界也有着晦暗，这些在诗歌中得到了加强，也获得了明澈与宁静。诗歌，需要守护的就是那不可言说的明澈与宁静。让我们再一次倾听陆机的教诲："课虚无以责有，叩寂寞而求音。"必须通过虚无和静默，我们才能生活在实有与声音中，这是诗歌的使命，亦即我们生存于世的终极去向。唯有这样的诗可以化解困境。

2017 年 12 月 8 日，纽约

当代诗：走向伦理

一

诗，来自虚无。虚无不可言说。

诗，也许来自一片树叶下坠时的突然停顿，来自全神贯注的沉浸，来自片刻的欢愉和长久的苦痛，来自两行树之间的留白，来自亲人的背离，来自陌生人的相遇，来自也许，来自可能，来自不可能。

诗不可剥离于语言，不可僭越形式，不可敌视经验，不可毁坏人生。

人生说到底是虚无，是失败，是一段又一段起伏的经历，是无限的海，是有限的市井。

二

我一度把诗歌写作视为赋形，是让万物和人世凝聚成可见而清澈的形式。这里面有一个悖论，现代诗歌显然对古典形式有着不信任，于是开始抵制古典形式背后的精神和伦理，因此获得了贫乏的自由。

如果说诗是民主的，它就可以拥有一切形式，表达一切精神内容。

不如说诗是伦理的，是超越了道德束缚之后的伦理探寻——探寻人如何存在于这个唯一世界的方式。道德，设定了对与错的法则与命令。伦理，观照历史、现实和在生活的暴风雨中颤抖摇曳的个体。道德是实践。伦理则是对法则的可能性的探寻，法的暴力是对法则的批判、僭越、瓦解和重构。伦理处在力的紧张之中，诗的伦理，邀请诗人去创造。

诗，是对于情与志的言说。“言说”本身指向并非只是格律、节奏、声韵、词汇、句法、段落等形式本身，而是形式之力的紧张。“言说”道出了诗是对情与志的无定形的探讨。言说是复数的，情与志是复数的，因为人是复数的，传统是复数的，这唯一的世界其实也是复数的。

复数要求我们伦理地面对自己、他人和世界，要求——毋宁说是邀请我们打开自己，打开诗歌本身，让诗的言说成为对语言的理解、对世界的理解、对自我和他人的理解。

我和你之间、人和人之间、人和世界之间横亘着无数条深渊。关键并非如何弥合深渊，而是学会隔着深渊凝望、说话和交往。

诗，就是对深渊的揭示。诗是伦理的。

三

当代诗在经历了意识形态书写阶段、形式狂欢阶段、历史化阶段之后，我以为正在进入伦理阶段。当代诗开始回到诗本身——并非形式主义以上的诗歌本体，而是诗的自然状态，诗指向一种对情与志的言说的敞开方式。每个时代的情与志一直在形变，接受着历史和精神发展链条的塑造，可以是道，可以是自我，可以是情欲，可以是身体，可以是神秘的体验，可以是神圣的沉思，可以是微末的感受，可以是琐细的人生，可以是被侮辱和被损害的陌生人，可以是不可言说和无处言说的沉默者。

当代诗，无须执着或焦虑于自己的本体，而是面向一种敞开的言说——可以言说一切，并在每一首诗的书写中探寻紧贴情与志的言说方式。这就是创造。创造要求当代诗每一次都面临诞生的艰难，并在对艰难的克服中获得自由，即便最终形成的言说方式是朴素而容易的。

当代诗的伦理不仅是个人化的历史想象力，也不仅是对微末个体的道德审视，更是对人的存在方式的承诺和探寻，是对生命和生活的眷恋和责任。

当代诗正在经历一场“伦理的转向”。

四

当代诗，敏感于时间甚至历史。

当代诗的器皿足够脆弱，也足够强大。当代诗的时间不是商品的时间。恰恰相反，当代诗的时间凝结为废墟，是对碎片的召唤和收集——当代诗是一个收集废墟的收藏家。

时间，是面向他者的运动，是在与他者共存的相处中经历变化、停顿、弥合、断裂、相遇、分离和永别。

五

走向伦理的当代诗，理解着每一个他者，理解着万物，理解着脆弱不安、摇曳不定的人和事物，并寻找着贴合此种存在的书写。

在我的第一本也是目前为止唯一一本诗集《赋形者》之后，我继续书写着“者”系列和“的人”系列。这些诗中有着对我自身的游移不定，自我的反讽——我一直拒绝对自我的眷恋。但是最终，我想要实现的，并不是要和自己争辩，而是要和生活争辩。在争辩中，看见一个个意外而混沌的他者，让他者进入加法，变形、弥漫、生成和建构。

我想要突破对技术和形式本身的沉溺，试图克服技术诗学和形式诗学的禁锢，去观照光怪陆离、错综复杂、风云流变的当代生活和在生活旋涡里盘旋、漫游的他者。让诗成为异质性的容器，在他者的枝头微微震颤，接纳来自记忆碎片的幽蓝光线。记忆，便是预言。

当然，诗歌不可能不忠于形式，但必须是创造性的形式，甚至是无所凭依的形式。不是说形式就是内容，而是说，形式和内容全部隐匿在创造中，消弭在对世界异质性的发现中，呈现在与语言之力的角逐中，接受记忆的召唤和未来的牵引。

我试图在诗歌写作中消除写作主体的显性存在，将自我清空为一个敞开的容器。曾有一扇半掩的窗或门横亘在我的诗和他者之间，现在我拆掉窗框和门框，让诗歌中的观察者、偷窥者、凝注者、反思者走出去，直接暴露在流动的风中，置身于他者的广场，漂泊于满溢的海。让书写者从看台上走下，走入人群，体贴社会，呼吸自然，自我消融，让他者成为世界的主体，揭示着自身生存、时代、历史和公共空间的境况。

六

当代诗的伦理，不是诗的道德，不是责任的束缚，而是丰盈的语言和伦理的邀请，是敞开的自由和内敛的重负。

2020 年 7 月 15 日，上海金山

刊于《青年文学》2020 年第 10 期

穆旦的汉语及其历史意识

通过方法论的颠倒，形而上世界逐步被祛魅，现代文学发现了“风景”和“内面”，从而完成了对“人”和文学的改造。[1]换言之，现代文学通过对外部世界和内部世界的重新发现甚至发明，进一步“占有”了现代世界。其中，标志性的事件是现代文学的历史意识的获得。现代性加强了人与历史的联系，从而改造了人与形而上学的关系，文学作品因此具备了强烈的历史意识，也可以说，文学作品与历史之间的召唤、呼应、隐喻关系变得日益鲜明。现代性是一个比现代主义更具开阔、更具有时间长度、阐释空间的概念。与科学的兴起同步发生的是，文学作品对历史、时间、现实世界（包括人自身）的整体性探究成为其主要任务，这其中包括：历史和传统（尤其是古典文明）对人的塑形，现实成为人的存在之条件，欲望和爱取代了信仰成为人处身共同体和面向未来的主要动力。

现代历史意识在 19 世纪发生了一次巨大的裂变，即波德莱

---

[1] 关于“风景”和“内面”的发现，参阅［日］柄谷行人：《日本现代文学的起源》，赵京华译，生活·读书·新知三联书店，2003，第一章、第二章。

尔所谓的“现代性”的诞生。波德莱尔对现代性的定义突出了时间意识的变化，即历史的加速度的产生，人对时代的体验变得相对、短暂，不再是永恒之物。与之同步发生的是，风尚、道德、情欲对文学艺术作品的侵染。[1]然而，现代性并不是到波德莱尔所处的 19 世纪中期才突然诞生，它发生的时间节点可以追溯到文艺复兴时代，甚至中世纪。[2]其实，波德莱尔所谓的“现代性”具有强烈的革命性，是对以进步和幸福为任务的启蒙现代性的偏移甚至截停。由于对现代世界的恐惧，写作开始逐步内转，转向对形式本身的关注，即“语言意识”的发生，这才有了形式至上的各种现代主义文学流派。

在对形式进行观照和探索的过程中，奥登一代诗人加入了诗歌对“智性”的追求。而穆旦的诗歌正是在奥登一代的影响下走向成熟的。这是评价穆旦诗歌的语言姿态和美学特征的一个基本条件。然而，与身处后波德莱尔时代的奥登不同的是，穆旦生来就是一个现代中国的诗人，现代中国的历史语境无时无刻不在塑造着穆旦的诗歌写作。语言意识和历史意识是理解穆旦诗歌的两个基本途径，同时，它们缺一不可。穆旦的汉语是那个时代的现代性的产物和最极致的表达。

---

[1] 参阅［法］夏尔・波德莱尔：《现代生活的画家》，载《波德莱尔美学论文选》，郭宏安译，人民文学出版社，1987，第 485 页。波德莱尔在其中定义了“现代性”：“现代性就是过渡、短暂、偶然。”

[2] 相关论述参阅［美］马泰・卡林内斯库：《现代性的五副面孔》，顾爱彬、李瑞华译，商务印书馆，2003，第 24—66 页。卡林内斯库在书中指出，波德莱尔的现代性可称之为“美学现代性”，以区别于文艺复兴以来的社会现代性。

一

王佐良在《谈穆旦的诗》一文中说过，英国现代诗人燕卜逊在西南联大开设的英国当代诗歌课，为穆旦这一批青年汉语诗人带来了“当代敏感”。尤其是在评述穆旦《五月》一诗时，王佐良指出，这些诗行充满“现代意识”，诗行的推进又伴随着“历史感”。同时，他又强调了穆旦诗歌形式的现代敏感，比如指出《五月》中的“奇异的形象（‘历史的扭转的弹道里’）”“出人意料的拼合（‘绝望后的快乐’）”。王佐良看到的正是现代诗歌形式与语言的“智性”伴随着历史感在穆旦诗歌里的呈现。在对《五月》其他部分的评述中，他进一步突出了穆旦诗歌的现代特质：“感伤性的旧的爱情场面被当代政治压倒了。”同时揭示出穆旦与奥登之间的同质性：诗中的“工业形象（‘无形电力的总枢纽’）”“典型化的人物（‘谋害者’）”“宛如 W. H. 奥登的诗”。[1] 大概是感觉到了“宛如”这一修辞似乎在贬低穆旦诗歌的创造性[2]，王佐良后来对这篇文章做出大量修改时变更了上述表达。值得注意的是讨论《五月》一诗时在措辞上的变化，“宛如 W. H. 奥登的诗”改成了“用奥登式的写法烘托出来的”，从而拉开了穆旦与奥登之间在写作形式上的距离，进一步强调了这一形式上的关系有一个自觉的

[1] 参阅王佐良：《谈穆旦的诗》，载杜运燮等编《丰富和丰富的痛苦：穆旦逝世 20 周年纪念文集》，北京师范大学出版社，1997，第 4 页。《谈穆旦的诗》是对《论穆旦的诗》进行修改的结果，首发于《读书》杂志 1995 年第 4 期，后收入《丰富和丰富的痛苦》一书。

[2] 对穆旦诗歌原创性的质疑并不是空穴来风，参阅江弱水：《伪奥登风与非中国性：重估穆旦》，《外国文学评论》2002 年第 3 期。然而如果只是聚焦于穆旦诗歌的语言形式，不对穆旦诗歌的语言意识和历史意识之间的关系进行梳理，就难免做出偏颇的解读。

历史意识的前提。于是，“感伤性的旧的爱情场面被当代政治压倒了”一句被扩展成“两个世界在这里面对面地相遇，古昔的爱情世界立即被当代政治的现实世界压盖了”，从而揭示出穆旦诗歌内部的古今“两个世界”的紧张。[1] 在王佐良看来，穆旦诗歌的现代感让他保持对古典世界的疏离、对古典世界的翻转和颠倒，从而进入对当下现实的感受、凝视、目击、提炼和批判。

正是在历史意识上，穆旦与其所师法的叶芝、艾略特，尤其是奥登间存在真正的差异。一方面，现代诗歌的内在要求让穆旦的诗一开始就自觉偏离中国古典传统。[2] 另一方面，穆旦没有远离中国的现实，也不缺乏对时代的敏感。1947 年 5 月，他在沈阳自费出版《穆旦诗集》（1939—1945）时，不吝将王佐良的评论《一个中国诗人》作为附录收入。这篇文章的题目值得注意。王佐良在其中指出：“穆旦的真正的谜却是：他一方面最善于表达中国知识分子的受折磨而又折磨人的心情，另一方面他的最好的品质却全然是非中国的。”“现代中国作家所遭遇的困难主要是表达方式的选择。旧的文体是废弃了，但是它的辞藻却逃了过来压在新的作品之上。穆旦的胜利却在于他对于古代经典的无知。

[1] 参阅王佐良：《论穆旦的诗》，载李方编《穆旦诗全集》，中国文学出版社，1996，第 3—4 页。王佐良引用的穆旦《五月》的文本如下：“负心儿郎多情女/荷花池旁订誓盟/而今独自倚栏想/落花飞絮漫天空//而五月的黄昏是那样的朦胧，/在火炬的行列叫喊过去以后，/谁也不会看见的/被恭维的街道就把他们倾出，/报上登过救济民生的谈话后/谁也不会看见的/愚蠢的人们就扑进泥沼里，/而谋害者，凯歌着五月的自由，/紧握一切无形电力的总枢纽。”

[2] 参阅周珏良：《穆旦的诗和译诗》，载《穆旦译文集》（第一卷），人民文学出版社，2005，第 2 页。周珏良回忆，穆旦认为受旧诗词影响大了对创作不利，并指出他的诗受西方诗歌传统影响大大超过了受中国旧诗词的影响。不过，从穆旦早年的《诗经六十篇之文学评鉴》一文可以管窥他对古典诗歌传统并不陌生，只是在创作上有意规避其影响。

甚至于他的奇幻都是新式的。那些不灵活的中国字在他的手里给揉着，操纵着，它们给暴露在严厉和新的气候之前。”王佐良大概并不满足于戴望舒、李金发等诗人对古典语汇的继承所造成的对当代现实的“冷漠”以及作品的“空洞”。王佐良在穆旦的诗歌中看到了一种“宗教”，它让穆旦拥有了“精神上的起伏”，即表达了“在灵魂深处的窥探，至少是明白冲突和怀疑的”[1]。

穆旦身上的现代性加速了他与古典传统之间的断裂，这一点不是可以随意忽略的。欧洲文学与古典的断裂主要发生在启蒙运动之后。启蒙运动并不满足于文艺复兴借助古典为自己的时代正名，而要直接树立当下时代的合法性。按照库尔提乌斯在《欧洲文学与拉丁中世纪》中的论述，歌德是最后一个继承传统的大师。然而，我们必须看到，在此之前，欧洲文学是在继承古典的基础上开创现代性的：“文学的本质特征是‘永恒的当下’，这就意味着过去的文学，往往也是活跃于当下的文学。因此，维吉尔中有荷马，但丁中有维吉尔，莎士比亚中有普鲁塔克和塞内加，歌德的《格茨·冯·贝利欣根》中有莎士比亚，拉辛与歌德的《伊菲格涅》中有欧里庇得斯。我们时代的文学同样如此：霍夫曼斯塔尔中有《一千零一夜》和卡尔德隆，乔伊斯中有《奥德赛》，艾略特中有埃斯库罗斯、佩特罗尼乌斯、但丁、特里斯坦·柯比埃尔以及西班牙神秘主义。”[2] 正是因为对拉丁中世纪、古希腊古罗马的继承和“翻译”，才造就了一个具有整体一致性的现代的“欧洲文学”。启蒙运动之后的“断裂”，

---

[1] 王佐良：《一个中国诗人》，载李方编《穆旦诗文集》（增订版第一卷），人民文学出版社，2014，第159—161页。

[2] ［德］恩斯特·R. 库尔提乌斯：《欧洲文学与拉丁中世纪》，林振华译，浙江大学出版社，2017，第14页。

依然无法彻底改变现代欧洲文学所继承和“翻译”的古典精神。

与欧洲不同的是，中国现代文学因发生晚，一开始就是从断裂中生发的。唯有断裂才能迅速完成现代性改造。这造成了现代文学与传统精神的疏远，错失了将传统主题和精神内容翻译成现代形式的良机。但五四一代的民族主义抱负也必须被考虑进来，正是出于民族主义及大众社会的要求，胡适等人才着力改造古典传统（比如创作《白话文学史》)，自觉清理掉了文学中的贵族传统，进而开掘出“被压抑的”更接近大众社会的白话文传统。所以五四文学的断裂其实始于对传统的自觉误读而进行的改造。因为民族主义的策略之一就是动员每个人，将其塑形为现代国民。为了让晚清中国从帝国变为现代民族国家，白话文是动员国民的最重要手段，现代文学必须采用区别于传统文言文的白话形式，而经过“发现”的白话传统和经过转译的西方文学传统成了白话文学的主要资源。穆旦继承的就是置身于他眼前的“传统”。

如果没有正确对待原创性与传统之间的关系，就会对穆旦的汉语产生根本的误解，就会认为穆旦的汉语缺少古典性而只有翻译的现代性。哈罗德·布鲁姆在《西方正典》中做过一个经典的论述：“经典的陌生性并不依赖大胆创新带来的冲击而存在，但是，任何一部要与传统做必胜的竞赛并加入经典的作品首先应该具有原创魅力。”[1] 显然，在布鲁姆看来，原创性并不是继承性，而是一种与传统的竞争关系。穆旦的汉语姿态既包括与他所处时代的“传统”的竞争关系，又包含了对中国古典的偏移和断裂。这两种姿态都缘起于现代中国文学独特的现代性诉求。

[1] ［美］哈罗德·布鲁姆：《西方正典》，江宁康译，译林出版社，2011，第 5 页。

与传统的断裂，让中国现代文学走向对现实的过度倚重。或者可以说，断裂与对现实的叙述[1]是一体两面的同步行动。尽管我们需要重估这一次断裂的意义与价值，然而，断裂的现代性已然构成了现代文学的“历史意识”的一部分。戴望舒、李金发等人的形式探索之所以没有成为穆旦继承的“传统”，原因就在这里。穆旦对古典文学构筑的传统的怀疑显然出于一种历史意识的要求，这种历史意识要求表达现代生活，要求凝注大众的生活，要求触及时代的强力：

> 我长大在古诗词的山水里，我们的太阳也是太古老了，
> 没有气流的激变，没有山海的倒转，人在单调疲倦中死去。
> 突进！因为我看见一片新绿从大地的旧根里熊熊燃烧，
> 我要赶到车站搭一九四〇年的车开向最炽热的熔炉里。[2]

中国古典文学所塑形的山水，不是由当下的光所照亮的新鲜的山水，因为“我们的太阳也是太古老了”。“赶到车站搭一九四〇年的车开向最炽热的熔炉里”这句诗里出现的“1940年”这一具体时间和“最炽热的熔炉”这一工业社会意象承载着穆旦的现代历史意识的抱负，可以推动他完成对现代个体在历史中的命运的书写。[3]

---

[1] 叙述性的增加是穆旦诗歌里值得注意的表达手段。叙述可以抑制传统的抒情，也可以削弱其早年的浪漫派诗歌语调。叙述与历史的结合是其诗歌现代性的重要体现。

[2] 穆旦：《玫瑰之歌》，载李方编《穆旦诗文集》（增订版第一卷）。以下引用诗歌均出自此书。

[3] 关于诗歌中的时间与现代性的关系，可参阅一行：《穆旦诗歌中的季节书写》，载王家新编《新诗“精魂”的追寻：穆旦研究新探》，东方出版中心，2018，第90—111页。

穆旦更看重艾青一代的诗歌追求。在评论艾青诗集《他死在第二次》时，穆旦发现了艾青身上的“中国性”，这一“中国性”并非美学意义上的古典性和传统性，而是与“土地”的关系，与当下现实和现实中的人的关系，这意味着一种着眼于在地性的历史意识。穆旦这样论述艾青：“作为一个土地的爱好者，艾青所着意的，全是茁生于我们本土上的一切呻吟，痛苦，斗争和希望。……如同惠特曼歌颂着新兴的美国一样，他（艾青）在歌颂新生的中国。”可见，穆旦的历史意识是建立在对国家想象的考量之上的。因而，穆旦的结论是“没有一个新诗人比艾青更‘中国的’了”[1]。

穆旦自己的诗歌语言里所呈露的大词正是这一着眼于历史意识的现代性的外在表达。比如：

看怎样的勇敢，虔敬，坚忍，
辟出了华夏辽阔的神州。
黄帝的子孙，疯狂！

——《合唱二章》

而他是不能够流泪的，
他没有流泪，因为一个民族已经起来。

——《赞美》

太肯负责任，我们有时茫然，
资本家和地主拉你来解释，

[1] 穆旦：《〈他死在第二次〉》，载李方编《穆旦诗文集》（增订版第二卷），第54页。

用你来取得众人的和平。

…………

四方的风暴，由你最先感受，

是大家的方向，因你而胜利固定，

我们爱慕你，如今属于人民。

——《旗》

人民的世纪，大家终于起来，

为日常生活而战，为自己牺牲，

人民里有了自己的英雄。

——《给战士》

穆旦的民族主义情感早在《亚洲弱小民族及其独立运动》一文中就有所显露，尽管有些稚嫩。[1]“神州”“炎黄的子孙”“民族”“和平”“人民”“英雄”等语汇所潜藏的民族认同是穆旦1930年末和1940年代诗作中的基本主题之一，尽管1930年代末，穆旦的诗风有过一次从浪漫主义向现代主义的跃进，然而其作品中的民族认同是一以贯之的。如果一味关注语言风格上的分野，则会让民族认同的主题变得含混不清。在这个意义上，詹姆逊关于第三世界国家的文学具有“民族寓言”性质的论述依然有效。因为对民族国家的想象和对乌托邦未来的建构，是穆旦所处时代（1930至1940年代）的主要历史意识之一。这一历史意识

[1] 参阅穆旦：《亚洲弱小民族及其独立运动》，载李方编《穆旦诗文集》（增订版第二卷），第8—28页。他在文章中透露出谈论亚洲弱小民族的独立运动缘起于对“中国民族的命运”的关切。

的强烈程度在他于1949年后在美国芝加哥大学获得硕士学位并决心回国这一举动上可见一斑。这一历史意识可被理解为时代对诗人的束缚，然而，现代性的首要标志就是流动性，即需要不断地接受流动历史的塑形，穆旦首先忠实的必然是自己的时代。

必须指出的是，民族认同和民族想象只是穆旦诗歌的开阔主题中的一小部分。对历史的凝视、对历史中的个体命运的关注、对时间的恐惧、对自我的疑惑、对肉体和欲望感到的苦痛，构建了穆旦这一时期诗歌的开阔场域和复杂层次。我们不能孤立地看待穆旦诗歌中的对民族国家的想象和对乌托邦未来的渴望，只有揭示其中的历史意识，并将这种历史意识与其诗歌中的语言意识、主体认知、身体观念关联成一个整体，才能完整地考察其诗歌中的现代性，才能将其诗歌的现代性还原为一个整体性的认知装置。这个认知装置既能观照宏大的历史时空，又能召唤出一个在困境中犹疑不定的现代个体。

二

与“中国”“人民”“饥饿”“黑夜”“黑暗”等一样，“历史”一词是穆旦诗歌中的核心语汇之一，然而在他的笔下，历史构成了与个体生存之间的紧张，如：“历史已把他们用完：/它的夸张和说谎和政治的伟业/终于沉入使自己也惊惶的风景。”（《荒村》）“从历史的不公平的开始，/到它反复无终的终极：/每一步都是你的火焰。”（《暴力》）

历史意识是进入穆旦诗歌核心地带的重要入口。我们可以看到，穆旦诗歌中的现代个体十分敏感于时间—历史的变化，而这一变化显然与对历史的认知息息相关。比如：

天空的流星和水，那灿烂的
焦躁，到这里就成了今天
一片砂砾。我们终于看见
过去的都已来就范，所有的暂时
相结起来是这平庸的永远。

——《被围者》

昨天已经过去了，昨天是田园的牧歌，
是和春水一样流畅的日子，就要流入
意义重大的明天；然而今天是饥饿。
昨天是理想朝我们招手：父亲的诺言
得到保障，母亲安排适宜的家庭，孩子求学，
昨天是假期的和平：然而今天是饥饿。

——《饥饿的中国》

过去是死，现在渴望再生，
过去是分离违反着感情，
但是我们的胜利者回来看见失败。

——《退伍》

“砂砾”“饥饿”“失败”等语汇与变化的时间一起出现，让历史成为承载个体生存的伦理场域。穆旦诗歌书写的政治体现于民族认同所呈现的现代历史意识。同时将历史/时间中的个体

提升为书写的对象，这体现在他诗歌中的底层叙述意识，如《赞美》《洗衣服》《报贩》《退伍》《农民兵》《森林之魅》《他们失去了》《荒村》《饥饿的中国》等。然而，他无时无刻不让书写的主体加入一个广阔的历史空间，尤其是要与那些卑微的、失败的、被历史漠视的个体相遇。可以说，他将纵向时间中的审美意识，转化为横向空间中的历史意识。书写的伦理属性在诗人遭遇他者的不幸、自我的界限时表露无遗。这种承载了主体困境的书写，使他的诗歌区别于七月派，也区别于奥登一代。尽管他在评论艾青诗集《他死在第二次》时坚定地表达了现代性即本土性的主题，但这样的表达终究无法满足他的现代主义追求。他后来在评论卞之琳《慰劳信集》时，进一步拓展了所谓“抒情的放逐”。“抒情的放逐”不仅在于对“牧歌情绪”加“自然风景”的传统抒情的偏移，更在于对艾略特等英美诗人所开创的“智性”（穆旦所谓的“机智”）传统进行更新。这里他面临着与古典、现代两大传统之间的竞争。为此他提出了一种“新的抒情”，一种呈现当下斗争中的中国现实的抒情。而穆旦的批评就针对卞之琳《慰劳信集》里“新的抒情贫乏”，因为他的“智性”阻碍了他的诗歌中出现“群众的洪大的欢唱”。这可能是一种过度的批评。因为在评论中，穆旦有所保留地论述到了“‘机智’可以和情感容受在一起”。“过多的热情的诗行”需要“在理智深处”具有“基点”。这样的诗歌延缓了审美过程，同时，也增加了审美强度。尽管，他更看重去除“机智”之后的、让“群众”发声的“新的抒情”。[1]

[1] 参阅穆旦：《〈慰劳信集〉——从〈鱼目集〉说起》，载李方编《穆旦诗文集》（增订版第二卷），60—63 页。

在历史意识方面，艾青一代的诗歌实践成为穆旦的诗歌传统。在语言姿态和美学意识方面，穆旦必须做出改变和创造，于是，奥登一代的诗歌实践成了穆旦的诗歌传统。这样一种历史意识与美学意识的错位，是穆旦诗歌中别具一格的现代性的症候。在穆旦自己的诗作中，我们可以看到一个比评论家穆旦也比艾青更不具有激进民族意识的诗人。王佐良所谓的“精神上的起伏”与穆旦的诗歌修辞的努力是一致的。这样的诗歌作品不至于为了“精神的起伏”，或者用穆旦自己的话语来说，不至于为了“‘新的抒情’的缓缓的起伏”，而放弃在诗歌修辞、语言姿态、审美意识上的努力变化。这不仅表现在穆旦书写“中国”时启用的大词，更呈现于他对奥登等现代诗人的形式追求的模仿和学习。假如缺失了后者，穆旦诗歌中的现代性就不够完满，甚至会以为穆旦的现代主义理念不够完善。事实上，穆旦诗歌的特质就在于智性的修辞与现代感受之间的缠绕。由于现代诗歌的教养，穆旦并不能一味屈从于当下现实。倘若如此，他就无法推进甚至改造艾青一代的诗歌实践。比如《农民兵》（其一）中的诗句：

也不知道新来了意义，
大家都焦急的向他们注目——
未来的世界他们听不懂，
还要做什么？倒比较清楚。

“新来”“未来”等词含蕴着具有将来意味的时间感。萨弗兰斯基论述过对时间的操心与未来之间的关系：“时间地体验自身意味着：具有可能性和向前看。”[1]然而，这位农民兵的悲剧命运恰恰在于对自己的未来无从感知和把握。“也不知道新来了意义”这一句在整首诗对于一个卑微士兵命运的书写中显得十分突然甚至刻意，其修辞手法——将抽象名词用为具象名词，甚至拟人化[2]——显然来源于奥登。不过，仔细辨析全诗，这句诗形成了与第一行诗“不知道自己是最可爱的人”之间的呼应，也预示了这首诗的最后一行“看各种稀奇带一点糊涂”。修辞上的创造不仅体现出穆旦对奥登的因袭，更表达了穆旦自己的“新的抒情”：在继承英美“智性”诗歌传统之时去传达被压抑者和失败者的声音。在这首诗里，我们看到了一个对自己命运和时代权力茫然无知的他者形象，伦理地揭示这个他者的存在境况是穆旦的写作重心。时间敏感原本可以昭示个体生活的可能性与未来性，然而，在这里，穆旦反讽地呈现了一个对行动的意义、可能性和未来性一无所知的农民兵，其中蕴含的书写伦理异常醒目。这一书写伦理是他试图突围五四文学形成的个人书写话语而做的努力，即调适个体与共同体之间的恰适关系。当然，这一关系永远不可能一劳永逸地解决，它内嵌于现代书写的伦理困境之中。这一伦理困境的书写最终并没有因为 1949 年巨大历史变动的到来而得以解决，反而获得了他在《暴力》一诗中所说的“反复无终的终极”。暮年大概领悟到了和他写过的那个农民兵一样的对于“历

[1] ［德］吕迪格尔·萨弗兰斯基：《时间》，卫茂平译，社会科学文献出版社，2018，第 73 页。

[2] 例如《反攻基地》一诗中的“现在”一词：“过去的还想在这里停留，/‘现在’却侵袭如一场传染病。”最为炫目的例子出现在《赞美》一诗中：“然而他没有，他只放下了古代的锄头/再一次相信名词，溶进了大众的爱/坚定地，他看着自己溶进死亡里。”在这里，“名词”显得意外而突兀，突出了现代主义诗歌的语言意识。

史”的无能，于是退出“历史”转而进入了对时间本身的沉思。

三

在穆旦1940年代的诗作中，回荡着许多英美诗人的声音，最多的大概是奥登的声音。声音、主题、语汇和修辞上的相似度甚至会让人产生误读，认定穆旦的作品缺少原创性。然而如果仔细地进行辨析，可以看到穆旦与这些诗人的真正差异——历史意识上的差异。穆旦并没有留下多少涉及自身写作意识的文章。然而，在晚年翻译奥登的手稿里，倒是可以看得到一些他的根本的写作意识。在他的翻译手稿里，他对奥登《在战争时期》第一首做了一个“注解”：“岁月是赋与者，赋与人以社会的形象。有人……早熟的知识是随着他们社会生活的诞生而自来的，绝不再向前发展，却使他们坚信自己永远正确。但是也另有一种稚气的人，他永远在上大学，怀疑既定的社会价值，不断求真，不断犯错；他对外界反应灵敏，因此时常变形；他可能仰慕某些历史人物而模仿他们。诗人的同情显然寄于这人类身上。”[1]穆旦翻译的这首诗中有这么几行可以印证他的观念：

直到最后来了一个稚气的人，
岁月能在他身上形成任何特色，
使他轻易地变为豹子或白鸽。

一丝轻风都能使他动摇和更改。

[1] 穆旦：《穆旦译文集》（第四卷），“1975年奥登诗选译稿首页手迹”照片。

奥登的诗歌尤其是早年的诗歌中并不缺少社会历史主题。他的《在战争时期》即是一例。这是一个由二十七首十四行诗构成的组诗。然而，其书写社会历史的主要动机在于分析社会和历史，从而揭示时代的结构或范型并批判它。不可否认，对于这一结构的批判有着存在论的以及神学的意味，尽管神学倾向要到奥登晚年才真正昭示出来。但是经过穆旦的解读，社会对人的塑形以及人对社会的超越成了这首诗的主题。

《在战争时期》组诗第十八首，主题上与奥登《农民兵》第一首具有相似性。穆旦在生命中的最后三四年才开始集中翻译奥登和艾略特，然而他对他们的阅读在西南联大时期就开始了。奥登诗歌的声音已经内化为穆旦写作声音的一部分。《在战争时期》组诗第十八首将背景设置在了“中国”，然而，他并不关心“中国”作为现实空间的具体存在与所写对象之间的伦理联络。奥登并不身处于穆旦所在民族主义情绪高涨的现代中国，而是生活在欧洲文明走向衰落时期的“荒原”英格兰。[1] 他最为关心的是权力的运作方式、个人在权力面前的渺小与无知，以及普遍的人性之恶。不可否认，奥登诗歌与“历史”之间并不是绝缘的。不过，奥登的历史意识与弗洛伊德主义、马克思主义、基督教关系颇深。但是，马克思主义的历史观并没有进入奥登 1930 年代的诗歌写作并成为其主要的历史意识。[2] 奥登更多的是一个弗洛伊德主义者，

---

[1] 参阅 Patrick Deane, ‘Auden’s England’, Stan Smith ed., *The Cambridge Companion to W. H. Auden*, Cambridge University Press, 2005, p.26.

[2] 参阅 Stan Smith, ‘Introduction’, Stan Smith ed., *The Cambridge Companion to W. H. Auden*, p.6.

他并不关心社会革命和工人阶级的团结。[1]甚至可以说，从根本上讲，他的弗洛伊德主义背后潜藏着的是基督教的历史观念。他晚年也终于回到了基督教的怀抱之中。所以，奥登诗中的历史最终会导向对人性之恶的沉思。历史，比如二战这样的历史，会被他解释成为人性的堕落。[2]奥登这首诗的基本语调是语言的智性所造成的反讽："当这场战役被整理成书的时候，/没有重要的知识在他的头壳里丧失"，"他不知善，不择善，却教育了我们，/并且像逗点一样加添上意义；/他在中国变为尘土，以便在他日/我们的女儿得以热爱这人间，/不再为狗所凌辱"。[3]尽管，在奥登笔下，这位士兵是个体的存在，本质上却只是符号的存在，只作为智性写作的使用物在场。此外，奥登本人并不需要将自己加入这样的士兵行列，不需要解决书写主体的伦理困境。

虽然，穆旦的诗歌的主语没有采用第三人称单数"他"，而采用了复数形式"他们"，可是，穆旦在"不知新来了意义"这句诗却引来人们的目光对农民兵们的注视，让士兵们的在场成为焦点。有必要将《农民兵》(其二)放入到讨论中来。因为，缺少了第二首，穆旦的历史意识就会模糊不清。第二首中不断出现了"我们"这个词，穆旦试图解决农民兵的悲剧处境与书写主体之间的难以调和的矛盾，也就是"我"与"我们"之间的矛盾。第二首中并没有出现"我"，然而，我们能够在"我们"这个词中窥见

---

[1] 参阅 Peter Porter, 'Auden's English: Language and Style', Stan Smith ed., *The Cambridge Companion to W. H. Auden*, p.129.

[2] 参阅 Gareth Reeves, 'Auden and Religion', Stan Smith ed., *The Cambridge Companion to W. H. Auden*, p.190.

[3] 本文引用的穆旦译作均出自《穆旦译文集》。

穆旦所触及的书写与历史之间的伦理紧张：

美丽的过去从不是他们的，
现在的不平更为显然，
而我们竟想以锁链和饥饿，
要他们集中相信一个诺言。

“我们”的出现，既是渴望对“我”的超越，又是对“我”的质疑。从第二首的“诺言”反推回去看第一首的“新来了意义”，就更加能够看清楚隐藏在“我们”与“农民兵”之间的伦理张力。简言之，奥登的写作与历史之间并不构成互摄和紧张，穆旦则处处援引历史让自己的诗歌获得伦理的紧张感。诚如萨缪尔·海因斯在《奥登一代》中所指出的：“奥登在渴求这样一种写作：它富于情感、及时、关注理念，其中心意图是道德的而非美学的，它更依赖这种意图将它组织起来，而不是依赖与之相应的被观察的世界。”[1] 奥登关注的并不是眼前的现实世界，而是一个理念的结构性图景。穆旦的历史意识则通过对当下时代现实的摄取以纠正写作的封闭自足，同时又通过修辞上的实验纠正历史意识可能导致的美学上的混乱。奥登的写作凭借智性形成了自足，而“不是依赖与之相应的被观察的世界”，从而开启了想象另一种秩序的可能。正如希尼所指出的，奥登的诗“停留在机智的船坞”，将外部历史的危机转化为个人生活的危机。[2] 在这点上，穆旦诗歌中的

---

[1] 转引自［爱尔兰］谢默斯·希尼：《测听奥登》，载《希尼诗文集》，吴德安等译，作家出版社，2000，第 346—347 页。

[2] 参阅［爱尔兰］谢默斯·希尼：《测听奥登》，载《希尼诗文集》，第 348 页。

自我有着类似的处境。[1]不同的是，穆旦的自我需要进一步拥抱历史中同行的“人民”，在与之相遇的时刻，借助历史改造自己的主体，以获得伦理上的合法性。穆旦的危机除了指向个人的危机，也呈现个人与他者、共同体之间的危机，如《赞美》一诗：

我要以荒凉的沙漠，坎坷的小路，骡子车，
我要以槽子船，漫山的野花，阴雨的天气，
我要以一切拥抱你，你
我到处看见的人民啊，
在耻辱里生活的人民，佝偻的人民，
我要以带血的手和你们一一拥抱，
因为一个民族已经起来。

穆旦的诗歌显然不具备智性和形式上的自足。正是现代的历史意识要求穆旦保持对历史的凝注，尤其是对历史的个体命运的关切，从而完成无法在历史中行动的主体在话语里面展开的伦理的行动。即便诗歌的形式可以提升表达历史的力度，也不至于是封闭自足的，诗歌的形式必须经过历史的检验，反过来，历史需要浸润到诗歌形式内部，从而使其可以应和历史的节奏并相互起伏，最终让书写主体与他者之间形成伦理的张力。

2018 年 10 月 14 日

---

[1] 参阅徐钺：《战时中国的新诗作者与现代主义（1937—1949）》，北京大学博士论文，2015，第四章第一节。

形式是一只夜莺

诗歌，在最为抽象的层面，可以觉悟未知；在最为具体的层面，则体贴着现实和想象世界里每一样已知事物。然而，诗歌的写作一直在危险的平衡木上搜寻那个隐幽、微小的节点。在张慧君的诗歌里，这样的节点可以是一个“醒来”的时刻：

我醒来，广阔的草原，穿过
一株被囚的绿草。纯粹的理性、
饱满的感性，联合头脑里所有的
天赋观念，和我一同醒来。

——《清晨》

也可以是一道突然来到的充满可能的“界限”：

在我生命的深处，时间像白帆
朝前推进了许多里程。
一片明亮的疆域突然敞开。

那里，出现了一道界线——关于“新生”

——《我从未去过的地方》

诗歌携带着如此缠绕的、萦绕着阴影与魅惑的辩证，在显现与虚无、现实与理想、实有与潜能、在场与缺席之间不断辩驳、抗击。因为诗人毕竟在世界之中，诗歌是人的生存境遇的拓印甚或负像。于是，形式之于诗歌，犹如笼子之于野兽，给定了残忍的束缚，同时预留了温柔的自由。如果形式仅仅指向段落的安排、句法的摆布、修辞的锤炼以及心灵世界的摈除，那么，张慧君的诗歌写作与之毫无关联。她的写作是在与一种至高的精神形式的对话和抗辩中展开的。这表现为她的诗歌中的极度清醒，与梦幻之间自觉保持的距离，以及有意为之的含混——这种含混大概源于加速的抽象导致的对具体事物和情感的无暇顾及。相较于她最初的写作，这几年的诗歌在克服含混与黏稠的向度上用力过猛，以至于出现了神秘的跳跃所余留的深渊。然而，这一切都无法阻挡她在语言的智性中编织突如其来的诗意。体现一个诗人才赋的正是如此这般的语言上的意外和例外。

张慧君的诗歌往往清晰、透彻、精确，有着晶体般的结构与光泽，这是因为纯粹的精神形式开始在她的语言世界里搅动一个个猛烈的旋涡，推动一切词语和事物高速运转——然而无论语言如何加速运转，都无法掩蔽精神向着纯粹形式的攀升。她的诗歌与心血来潮的幻象无关，与不负责任的游戏无关，与虚造的对词语的狂热无关。在积极的意义上，她的诗是自觉形式化的，然而真正奇异的是，她的诗又是高度爱欲化的。她的诗歌，是暴风雨中不安的候鸟，让即兴的词语获得了可以席卷融化一切的、幽深又清晰可辨的精神形式。

不过，在张慧君最初写作的诗歌里，随处可见极端的感性，情感随着锋芒嶙峋的词语隐秘跃动。然而在近几年的写作中，她却发明出了一种给人带来惊异与召唤的抽象。这种抽象又索性与充满爱欲、忧思和悲伤的存在猛烈地相遇，构建出令人不知所措的语言景观。

在《书写之手》一诗中，张慧君思考了写作中的伦理状态、写作与爱的关系：

有一刻钟，我们谈论到写作中
的地狱、炼狱和天堂的阶段问题，
你没观察到，一种常绿树木的、
成熟苹果般的气息，像激情全部
弥漫在我身上。我伦理般颤抖。

我还是虫豸的灵魂，难以想象，
某一天，有人可以拥有，和其他人一样
一种属于自身的历史。就像拥有宽度的
爱，炫耀它，与不败坏等同。就像“挚爱”，
爱中的不完美令人难以忍受。

但真理海浪般进入事物，
变得清晰、质朴、恒常如新。
真理总是，在所有的激情过后，
两种的它相遇，打碎手中所拥有的

一切，当生命喷涌，爱是宽容。

她这几年写作的特征之一就是毫不忌讳地使用概念。不过，她从不将诗歌降低为对哲学理论的一厢情愿的解析。她的诗中充盈着对概念的满是爱欲的使用。在她的诗里，是概念变形为动人的词语，而不是词语脱变成枯燥乏味的概念。

“写作中的地狱、炼狱和天堂的阶段问题”大概探讨的是诗歌上升的路径。撇开宗教的论述，一个诗人如果不能让自己的诗歌形式不断演进、让内在的精神不断上升，那么诗歌就只是情感宣泄的出口甚或词语的修辞练习。诗歌借由语言面向可能性的世界——这倒不是说诗歌必定要处理灵魂救赎之类的形而上问题，而是说，诗歌，尤其是现代诗歌，必须具备一个开放的形式，具备一个不断流动甚至持续跃升的精神空间。诗歌是流动的艺术，是可能性的艺术。

然而，诗歌又需要一个可靠的载体。于是，张慧君迅速从说教的危险中撤身出来，进入到对自身存在境况的书写：“一种常绿树木的、/成熟苹果般的气息，像激情全部/弥漫在我身上。”假如缺失了这种“常绿树木的、成熟苹果般的气息”，那么诗歌，尤其是具体到一首诗，就十分容易蜕变为丑陋枯朽的皮囊。正是常绿树木的生命力量、成熟苹果的圆满状态，约束了一首诗的可能漫无边际地超逸出去的精神空间。

然而，至此，一首诗依然可能是空洞的。接下来，张慧君充满智性地安排了一句耀眼的诗：“我伦理般颤抖。”这句诗出现在此处，让语言开始流动起来。伦理，尤其是现代伦理，就是对不可能性的表达。在现代世界，善、爱和友谊，已经不再是无需任何反思的先验原则。我们通晓它们，却无法在行动中朴素地、全然地实践。这就构成了现代人的伦理困境。在《新篇章》这首诗里，张慧君引用了薇依的话作为题词："为善就是善而感欣慰。"然而，张慧君大概明白，薇依这话并非意味着善就能直接获得或践行，尤其在现代世界的伦理的缠绕下。诚如张慧君自己所写的："爱中的不完美令人难以忍受。"（《书写之手》）"人生的羁绊，在消逝中到来。"（《八月》）然而，这一困境必须克服，至少是暂时的。不然，生存，一如写作，就无法进展下去。

在"颤抖"这个词里，可能性的秩序突然坍塌，变得不可能。而"我"的加入，又让这首诗具备了叙事性和个体性。张慧君最近两年的诗在许多关键部位都会涌溢出个人叙事，比如《存在》中的写字楼、格子间，《八月》中的母亲、丈夫、孩子，《路过精神病院》中工作过的精神病院，《清晨》中的婴孩，《新篇章》中告别了的教会与牧师，《僭越》中睡去的丈夫和孩子等。这是对当代汉语诗歌的叙事传统的吸纳，然而，她并不臣服于这个传统，或者说，她的写作并不直接来自这一传统。当代汉语诗歌并不缺乏对个人经验的执着描摹（配合着绚烂的修辞演练），然而倘若缺失了对精神秩序的真诚探寻，个人经验和语言形式都只是僵死的百足之虫，诚然可畏，却并不能自由地行动、开拓和跃升。张慧君可能并不关心形式主义和历史主义对当代汉语诗歌的双重侵蚀，然而她在诗歌里触及了写作主体的伦理问题。伦理地存在，伦理地书写，本是一切形式和历史的起点，但这一起点并非许多诗人写作的常识。

在张慧君的诗里，形式没有极端历史化，没有被支离破碎的日常叙事所掩蔽，历史也没有被极端地形式化，被空洞的语言装置裹挟而去。在她的写作中，形式和历史保持着清澈的朴素与具体的敏感。她甚至怀疑“历史”的获得：“我还是虫豸的灵魂，难以想象，/某一天，有人可以拥有，和其他人一样/一种属于自身的历史。”(《书写之手》)这导致了她的写作拥有必要的谦逊，而不至于落入一厢情愿的雄辩。她从来不是形式上的智性主义者、智性上的形式主义者。事实上，因为试图向着不可能的秩序让历史敞开，她的诗歌形式略显散漫甚至凌乱。然而每一首诗歌却是清晰可辨的。在她的诗歌里，能够清楚地看到她试图一次次挽救自己身上的散漫甚至凌乱的现实和历史印迹。她前几年的诗歌尤其如此，比如《暮春小记》《在天桥上》《听雨》《仲夏》《春天》《蓬蒿剧场》《妇人》等。这些诗往往沉浸在对现实或内心的描摹中，语句较为冗长，感性世界所形成的篇幅并不小，诗歌后半部分试图做出的提升略显力不从心。这类诗的动人之处在于保留着对于风物的困惑和主体的略带犹疑的在场，其中不乏佳作。有时候则显得含混，语言漂浮不定而无处着陆。

然而令人惊讶的是，张慧君这两年的诗歌在两个向度上着力增强清晰与准确：个人生存和精神形式。于是，她几年的诗中突如其来的是一些看似抽象的概念，然而每一个概念都包含着深切的生存内容。换句话说，她在诗歌上的努力，反而让她的形式意外地、巧妙地承载了抽象与绝对的负荷，构成了心灵最深刻的观看。正如在《代代重复》中，她写道：“我的爱欲，从来不缺少意义，/只是在独自的根深叶茂之中，/形式是一只夜莺，/狂热地繁衍着永恒和绝对。”她在“独自的根深叶茂”中清醒地观看自己的内心、肉体以及日常生活，也观看他人、事物、风景和生活的境况。在这一“观看”中，张慧君发现了，“是些美丽的东西，在征服你”(《麻雀》)。尽管这一“观看”常常游移不定，充满着自我的怀疑、担忧、否定甚至厌弃，以及对他者的困惑、意识到与他者存在的距离，然而，它们都具备诗歌意义上的真实，具有存在论上的伦理属性：

那些质地精纯的白色面纱、白色裙子
不再是你！那些手工地毯上
小世界里的小太阳，也不再是你。

——《蜜蜂》

我醒来。第一眼，看见一双
明亮生动的
婴孩的眼眸。

——《清晨》

丈夫和孩子在床上睡去，像灯盏熄灭。

——《僭越》

对自我和他者的观看源于对生存处境的忠实和对语言有限性的敏感。自我与自我之间、自我与他者之间，总是存在着不可克服的距离。当然，只要语言起始于对自我和周身世界的伦理性的表达，就有可能获得精神的秩序，当然也可能倒过来，已然知晓了不可或缺的精神秩序，就有可能拥有打量自身和周身世界的仁慈的目光。于是，她的大多数诗歌拥有坚定的核心。

张慧君的诗歌中不仅处处显露出对生存处境的体认，而且可以通过将抒情主体决绝地抛入生活的风暴，置于命运的悬崖，尽可能去实现诗歌自身的律令。诗能够超越哲学的就是揭示存在的晦暗的图景，让潜能世界在词语的裂隙里发出嘶嘶的鸣响。她的诗并不避讳个人在亲情、友谊、爱欲上的困难。她直言不讳地诉说着自己。这是她的诗歌的动人所在。“你成为你的发现者。”（《蜜蜂》）“选择未被选择的。”（《子宫独白》）“让那些被遮蔽的事物，再一次显露。”（《路过精神病院》）言说自己但并不仅仅是为了揭示自己的内心的晦暗存在。张慧君试图在诗歌里找到一次次绚丽的蜕变，她渴望通过诗歌成为自己的发现者，去选择那未被选择的，让被遮蔽的事物得以显露，最终，让自我以及自我与他人之间的伦理潜能极大地释放出来。

现代性所催逼出的历史意识，日益增强着诗歌与时代语境的召唤关系。现代诗歌的困境就曲径通幽地成为时代的困境。诗可以自觉不自觉地昭示永恒知识与个体存在之间的难以克服的深渊。正如张慧君的诗句所显示的：“我完满的自我破裂。”（《蜜蜂》）她的诗歌触及的就是个体与他者之间那道看不见的界限：“一片明亮的疆域突然敞开。/那里，出现了一道界线。”（《我从未去过的地方》）

“爱”这个词在张慧君的诗歌中出现频率之高，已经到了令人诧异的地步。一个诗人当然需要属于自己的核心语汇，然而，诗歌与思考之间存在着柔韧的地带。也就是说，诗歌必须通过感性的审美说出理念世界的秘密。这里面，除了张慧君对诗歌形式本身的执拗，还有她对于爱欲的极度渴望，从而催促她言说出个人生存的境况。打开的疆域并没有叠合在生活上，也没有将身边的他人召唤到语言秩序里来，才构成了生存的不幸。在张慧君对

“爱”这个词的运用中，我们能够看到一道巨大的深渊：

眸子里流动对依恋的恳求。
唯有它们，能赋予
普遍的、概念的人类以爱。

——《清晨》

一部分人在喧嚣的热闹、
语言的困境中轻易地谈论着大词；
另一部分人，
从来不能够说出
“我爱”、“我‘幸福’又‘满意’”。

——《失去的生活》

而我也已完成爱和信赖的公式，
剩下只需细微调整事物的局部秩序，
更美好的生活，将由答案给出。

——《荣光》

而完整的爱，是一种存在
将绝对性赋予另一种存在，并创造文明。

——《僭越》

爱，是个体的完成，迈向完整的必经之路。爱搭建起了精神的阶梯，让诗歌的跃升获得了有效的途径。张慧君的诗歌里有着逐渐退却的神性的爱（圣爱）：“我是掌握离别艺术的人，数年前/又离开了教会和牧师，我不再/将银质十字架戴在漂亮的锁骨间炫耀，/不再在唱诗班中歌唱，不再……”（《新篇章》）有着若隐若现的理性的友爱：“那么夜晚，就应在友人的胸怀，/卸下月亮的晦暗。”（《我们，一代人》）然而充溢在几乎所有诗行中的是感性的爱——爱欲。她并未刻意突出自己的女性意识。除了在少数诗篇中涉及了女性的生存境况，她的诗更多地在处理个体与世界之间的张力。这一张力呈现在语言层面，则表现为具体的感性事物与抽象的概念词语之间的对话甚至抗辩。这一安排应该可以视为张慧君近期诗歌的新变。在积极的意义上，这让她的诗歌获得了比较完满又不乏意外的形式感。当然，倘若处理不当，诗歌很容易就滑向说教。在她的一些诗歌里，这一危险并没有消失。

必须指出的是，“爱”在张慧君诗歌中的大面积蔓延，与她对陌异世界的发现和肯定息息相关。爱联结了个体与他人之间的深渊。“爱是一种方向，而不是一种精神状态。倘若不了解这一点，那么一旦遇到不幸就会立刻陷入绝望之中。”（薇依《爱上帝与不幸》）如此，个人的孤独处境就获得了现象学的充满力度的澄澈。爱的必要性就在于不可获得，因为它是一种牵引目光向外眺望的方向。在眺望中，深渊得以暂时地跨越。个人的封闭的孤独也获得了短暂的慰藉。爱在伦理中战栗。爱和伦理，构成了张慧君诗歌的两个孔洞，其光芒溢满在她的诗句的字里行间。伴随着“爱”的孤绝姿态，张慧君对世界的朴素的眺望开始出现：

为着生活，我学会
眺望。这透彻的目光，那朴素的东西，

那些被光所照亮的，我的命运，
到来。那些色彩、形状，那些源泉
在我的生命，种下第一株苹果树。

——《八月》

……驶向
那个名叫宽容的未知地，我将目光
朝向更多人。唯有那个陌异者，仍
在我之中，曾经他只有在祈祷时，
揭示他自己，现在他随时随地
都会出现。

——《新篇章》

从“看”，到“眺望”，到“朝向”，可以看到张慧君在诗歌里渴望逐步打开自我的渴望，并试图清理掉阴郁的“意识的黑色废墟”。在《书写之手》结尾，张慧君终于写道：

但真理海浪般进入事物，
变得清晰、质朴、恒常如新。
真理总是，在所有的激情过后，
两种的它相遇，打碎手中所拥有的
一切，当生命喷涌，爱是宽容。

“爱是宽容。”这依然是一个方向，然而在方向的引领下，她的诗已然捕获了“清晰、质朴、恒常如新”的事物，并且能够让

“生命喷涌”。在她最触动心弦的作品里，诗歌写作变成了“爱和未来的工作”(《麻雀》)。

形式是一只夜莺，这只夜莺形象鲜明，和鸣声动听。借由对世界、生活、自我和真理的爱，张慧君的诗歌在语言的光泽和声音的质地之中，适宜地化身为绝对的又包含激情的存在——这就是她的诗歌孤绝幽深、节制清醒、澄澈开阔的核心。

当代诗：复意的书写

写诗，首先源于对书写的爱。我总是能够感觉到这种爱的存在，它那么强大，即便在我人生最低落的时候，甚至是在我对书写感到绝望的时候。爱，驱动我一再拿起笔，或者打开电脑，写下那些顷刻之间变得清晰有序的混沌词句。

爱尔兰诗人希尼说，写诗是为了让黑暗发出回声。而我写诗，是为了让沉默的事物和人发出声音，让沉默的语言发出声音，守护世界幽暗的一面，弥合人的生存的裂隙。狄金森在一首名为《诗》的诗里写过的，正是我试图在自己诗歌里去实现的：

　　解除一个生命的痛苦
　　平息一种酸辛
帮助一只昏厥的知更鸟
　　重新回到巢中

我写诗，为了见证一个迅疾变化的时代，记录下我遇见的、打动过我的每一个人，尤其是那些被卷入一个时代之中的卑微的人，以及他们或快乐或不安的处境。

我写诗，是为了构造出另一个时代、另一个世界。在我的诗歌里所呈现的，也许是这个时代、这个世界所缺失的。

当代诗人深刻地处身于一种东西方撞击、全球性、多语言交织状态中。我们不可能只作为中国诗人写作。但悖论的是，我们大部分人只能成为汉语/中文诗人。我们的诗歌需要外来经验，但不能只有文本经验，或者让文本经验占据主要空间。当代诗需要精神的激活。

在这种处境里，汉语或中文的内生性需要诗人建构一种传统意识、历史意识。就像《文心雕龙》在阐释“隐秀”时所说的：“隐以复意为工，秀以卓绝为巧。”诗歌要以“卓绝”的姿态“秀”出来、呈现出来，同时又要具有“复意”追求的“隐”。复意不仅是对同时代的、复杂经验的、多语言跨文化的声音的回应，也是对历时的、历史的声音的回应。

传统是复数的，是有回声的。诗人需要在这复数的回声中找到自己的位置。

内生性所要求的传统意识不只是与古典资源对接，让当代诗歌语言重获古典的词汇、修辞、表达和趣味，更是要有一种与同时代经验错位的意识。当代汉语/中文极具现代性的历史意识，即从五四以来主动地、积极地与传统断裂，而钟情于不断更新的当代经验——有时候这种当代经验会被置换为西方经验。

此外，我们的当代汉语/中文诗歌已经有了大量的“文本经验”，也就是说，从现代诗歌尤其是西方现代诗歌那里提取了、获得了丰富的文本经验。所以，文本已经可以做到复杂、精致，但诗歌的语言形态、精神面貌却显得比较单一、同质。

近些年，当代汉语/中文诗歌的社会、身份、伦理、性别、国族、心理经验也在逐渐丰富起来，似乎在挽救这种单一和同质。但是，我们语言的断裂问题依然没有被解决。

诗歌不只是文本经验的编织，更是语言对世界可能性、隐匿性、意外性的揭示，同时，也是心灵、思想、精神的安置、赋形。那么，诗歌就需要具有创造性的语言面貌和精神面貌。

在这样的处境里，所谓内生性，并不止是艾略特所谓的传统对个人才能的激发，也不仅是让过去的传统、经典文本获得当代性，而需要对语言和精神的开阔、深邃、连续性、生命性提出进一步的要求。诗歌的语言和精神需要从历史、传统、记忆中开掘、发明出更多的道路、通道。语言和精神是有着复杂的、多维度的历史的。就像卡瓦菲斯说的："我是一个有历史的人。"而同是希腊诗人的塞弗里斯则说，希腊是一个持续的过程，它在生命中，尚未过期。当代很多汉语/中文诗人其实都在思考与传统的重新和解。但是我想说的是，我们要将传统谱系化，超越文本层面的编织。一个诗人与传统之间需要去建立一个属于自己的精神、语言谱系。也就是特德·休斯说的："谁知道如何继承，谁就在传统之中。"

传统不只是一种文本资源。传统是活着的时间、历史，是活着的语言和精神。当代汉语/中文诗人，只有在更具纵深感的时间、历史意识里面，才能摆脱一种看似复杂其实简易的文本经验，而获得更丰富、深邃的语言、精神形态——或者说，诗歌形态。在这个意义上，西方文学传统之于我们的意义，也不可能只是文本经验的移植、模仿和改造，更应该是一种让异质精神在我们的语言里发出深远的回声，开拓我们的心灵空间。

最后，所谓内生性必须要求有创造性。这种创造性不能与传统断裂，也不能对传统文本资源进行挪用、改造，而是活生生的语言的、精神的创造——将自己纳入传统，获得一个更为深厚、丰盈的声音，从而超越诗人仅仅作为文本经营者的形象，超越诗人仅仅作为自身经验描摹者的形象，而成为一个具有强烈个性的、丰富而差异化的精神面貌的、语言的激活者、开拓者、创造者。就像奥登说的："个人的形式和风格又是比大家共享的传统风格更容易变成牢狱，这恰恰是因为它们是诗人自己的。"而这个共享的传统不仅是文本的，也是当代的，同时是历史的、传统的，是时间的，或者说是语言的，甚至是多语言的。共享的传统让诗歌成为"复意"的书写，呈现出丰盈、幽邃、生生不息的精神面貌。

2021 年 8 月 6 日，上海金山

刊于《诗刊》2022 年 10 月号下半月刊

整理语言虎纹的“穿墙者”和“伦理人”

在中国的城市里，南京大概是我的最爱。这些年，每次去南京，几乎都与李章斌有些关系。除了诗人这一身份外，他任教于南京大学中文系，是专注于新诗研究的学者。去南京，许多次是受他的邀请，去南大开新诗方面的会。有时去先锋书店做活动，我们也常是同台的嘉宾。他的发言总是单刀直入、鞭辟入里、举重若轻。我们总是聚饮到半夜，必备的节目是打掼蛋，凌晨寒凉中去北桥门吃鸭血馄饨。无论是开会、饮酒、打牌还是夜宵，李章斌总是一副特立独行、叹息着肠内热情的汉子形象。我们同为中国现代文学馆第八届客座研究员。因此一起在北京、汕头、上海开了几次会。他的发言保持着一以贯之的敏锐和犀利。在 2019 年 12 月一场名为“当代小说：知识，考古学与想象力”的研讨会上，在众人正襟危坐探讨“知识考古”的历史、现实和未来意义时，他突然提及王小波的“粪便考古”，认为它“在崇高政治美学背景下就像电池的正极、负极（能够）突然触碰会产生很多的火花”。真是语不惊人死不休。尽管我明白他在严肃地探讨“历史”与“知识”的当下性、斗争性，但从“粪便考古”钩沉历史与知识的运动性和开放性，委实震惊到了我。李章斌的犀利锋芒如闪电触到了我的神经，那种惊讶与灼痛的痕迹久久不能磨灭。倒不是说他偏爱恶趣味，恰恰相反，他是极其严肃的书生和学人，他的思考总是能够另辟蹊径，令人耳目一新。当然，深深震撼我的总是他的新诗研究。在龙盘虎踞的金陵城，李章斌仿佛霸气而又轻盈的龙虎吞吐着云雾，一篇篇出产着关于新诗的批评文章。每一篇都在云雾中潜孕着闪电。

一直以来，在以材料、文献和历史化为主体的研究风潮中，当代新诗的本体问题，特别是新诗的语言和韵律，在更大的层面来说则是音乐，成了悬而未决的问题。韵律是以“自由诗”为主体的新诗的本体困境和重负之一。新诗的语言和韵律问题，既暴露出新诗的本体论焦虑，又承受了古典诗歌格律传统的强力阴影，同时遭遇着流行音乐等新媒介艺术培育出来的大众听觉的质疑。当新诗是否存在音乐（尤其是节奏）成了质疑的焦点时，作为批评家的李章斌挺身而出，长期致力于探究新诗语言和韵律问题，成功开拓出了新诗研究的别样道路。

在 1980、1990 年代，处于“语言论转向”中的新诗研究，一度密切关注过新诗的修辞、语调、结构、肌理等等语言形式问题，但大多停留在面向历史和现实的对抗式免疫层面，以至于语言本体的守护最终总是会被转化为诗歌的“艺术自律”。在左翼艺术批判的话语中，比如比格尔在《先锋派理论》里就指出，艺术自律是一个资产阶级社会的范畴，它将艺术从实际生活的语境中脱离出来，并自认为这是一个历史进程，是由社会决定的。艺术自律需要通过先锋派来否定、偏移和解构。而在当代中国的新诗进程中，艺术自律恰恰是由 1980 年代的先锋派来开启的，同时又是被 1990 年代的先锋派在历史化转向中克服的。但在对抗的紧张中，新诗自身的不适和焦虑并没有消失。

中国新诗把艺术自律作为了自身的核心意识，以至于用欧阳江河一部文集的名字来说，很多诗人依然选择“站在虚构一边”。这与中国新诗创立的域外、他异的影响密不可分，同时，让人诧异的是，这恰恰无处不在、如影随形地构成为了新诗的本体焦虑。甚至可以说，这一焦虑本身构筑起了新诗发展演变的“动力装置”，因而就成了新诗的历史和现实。即便是在历史化的语境中，新诗形式的本体焦虑依然是一个真切的、可以不断拓开出新空间的问题。近年来，新诗形式本体问题，特别是新诗的音乐、节奏问题，却被当作历史的废墟、碎片而被舍弃了，或者对许多写作者、研究者而言，这已然是一个不言自明的领域。但李章斌紧紧抓住这个问题，拷问它，要把当代诗推向旋涡的中心。这是忠诚于新诗之“历史”和“现实”的体现。他在评论集《在语言之内航行：论新诗韵律及其他》中将这个问题概括为：“如何开拓诗歌音乐研究这个维度，如何为诗歌音乐的分析建立基本的起点和范式？尤其是，如何在以‘自由诗’为主体的新诗中发现音乐与语义的关联性？”显然，他要在外部研究、历史化研究的浪潮中孤舟远航，继续在诗歌的语言本体内部进行探险。

这就是李章斌诗学批评的质地：发他人之未发，入他人之未入。他的批评文章理路清澈、锋芒毕露，感受上又是那么细腻、精准。读起来如饮甘醴，令人畅快淋漓。借用他的新著《走出语言自造的神话》这一书名来说，他的诗学研究一再地突破着学术传统“自造的神话”。他的诗学写作中的激情，无疑来自解构神话、还其本真的魅力，潜入了“保持整理老虎背上斑纹的疯狂”——这是多多的诗句，也是他近年一篇文章的题目。他从不畏惧前辈诗人、学者的虎狼姿态，因为他本人是一只更猛的虎。近年来，我一直追踪他的学术研究，一伺他有新作就会找来拜读。就我的观察而言，他在诗学上已经有了诸多独到的发现——从新诗的韵律、音乐性到“重新历史化”“伦理性”，不一而足。

首先，李章斌断言，现代以来，闻一多、孙大雨、何其芳诸人将新诗节奏锁定为格律，试图参照中国古诗和西方格律诗而建立新的格律，是失败的。新诗的白话语言既无从复现古典诗的格律：固定的、周期性的“顿”，也无法转译西方格律诗中轻重音的整齐安排，于是，闻一多等人创造了一套“折中方案”，“以句法和语义结构来划分新诗诗行中的节奏单位（或曰‘音步’或曰‘顿’）”。这是失败的实验。因为他们没有理解节奏的形成本质上是重复或复现（repetition），即图景、词语、概念、形象、语音、句子等的重复，形成时间或空间上的节奏。这一洞见，将新诗的韵律问题从死胡同里牵引而出，走向了一片充满可能性、丰盈性的领地。我们可以看到，李章斌的理论发现是并不是因循于前人的思考，而是在充分研究前人的思考后，从前人的“失败”或不足之处出发，从而产生创见。他对前人格律思考“基本失败了”的断语足见其勇气，也能看到他在诗学思考上“重新出发”的魄力。

其次，将新诗的音乐性与其自由的本质相联系，强调新诗在停顿、分行、语调、押韵方面充分的自由性，即新诗的“重复”并不像古典诗和西方格律诗那样“均齐”“固定”，更不可能预先规定（prescribed）。新诗的音乐、节奏是无模式化的，或者说是在随时探索、创造、发明中的，有着无限的意外和可能。这一特性也让新诗具有了特异的审美效果。他认为，“新诗的停顿、分行也可以与诗歌的语义、情感相互配合，甚至交相辉映”。通多对穆旦、昌耀、多多（近年来骆一禾、海子、张枣、朱朱闯入了他的诗学领地）等他持之以恒倾注心力的诗人作品的细致解读，他在诗歌韵律、节奏方面提出了很多打开局面的见解。他将分行视为新诗必须守住的“最后的堡垒”。诗行中突然的停顿可以让诗句充满了“矛盾与冲突”。此外，他还注意到了音调（调性）在新诗音乐性上的重要作用——而音调（调性）又是新诗研究中无人问津的领悟。音调的确定、收放、安排可以让诗作与其情感之间形成映衬关系。至于对具体诗作的细密、精彩绝伦的分析，足见李章斌对语言调性、诗歌情感的敏感和准确把握。这是一种极具感受、分析、解读功底的诗学批评。

再次，他对郭沫若、戴望舒等人的“内在韵律”/“内在节奏”理念进行了批判，并指出新诗的韵律必须兼顾“内”“外”。“内在韵律”理论强调新诗的韵律并非由外在形式决定，而是取决于内部的情绪和精神，是一种“内在化的韵律感”。但这一理论其实隐藏着内容与形式的机械二分法，以至于重视内在而排斥外在——忽略了韵律的基本表现形式：“声音”，因此无法在进入诗歌内部情感、精神的同时观照诗歌的外在形式（韵律）。他将诗歌的外在形式视为“肌肤”。并且，恰恰在郭沫若、戴望舒的诗作中，他发现了内在韵律和外在韵律之间的有机联系——重复的使用、诗行结构、分行甚至标点等方面在他们的诗作中都有着“微妙的安排”，从而在内在韵律与外在韵律之间形成了积极的呼应，让外在形式贴合于诗的内在而形成了有效的意义和价值。可见，李章斌的诗学研究，至少在韵律研究方面，做到了联合内在和外在，使之通融、激发、升华，让诗歌作品成为一个始于声音又归于声音的有机整体。他的贡献在于，提出了“非格律韵律”（non-metrical prosody）理念，体现了其理论思考的独创性。这个概念中的“韵律”并非英文中的 rhythm（韵式），而是“介于节奏和格律中的一个环节”。

还有，可能是近年他顺理成章的最重要的转变之一，在诗歌韵律的研究进行到一定阶段后，他又开始了对新诗“重新历史化”的沉思。这正是他在新诗语言向度上“水晶的凝成”吧。在其新著《走出语言自造的神话》中，我们依然可以读到他关于新诗韵律问题的进一步思考。比如《“韵”之离散》《新诗韵律问题的再商略》《现代汉诗的“语言问题”》等文章进一步提出了当代诗韵律的“离散性”，并在虚词、时态、人称代词等方面形成了对新诗语法、时间、视镜等的敏锐解读。但更为关键的是，他重启了曾在博士论文《“九叶”诗人的诗学策略与历史关联（1937—1949）》中的“历史关联”视野，与之前的语言视野融会贯通，可以说，极大地展宽了让新诗研究用来做道场的“螺蛳壳”。

李章斌在对穆旦、骆一禾、海子、顾城、张枣、朱朱、多多等诗人的重新审视中，发现了穆旦诗歌的修辞与历史意识之间的呼应，穆旦的诗里蕴含着“强烈的预言更新的修辞潜能”，并且与“历史与生存的阴暗景象”之间构成了一种奇异的结合，揭示了骆一禾、海子的浪漫主义诗学定位与现代社会、历史之间的张力关系，批评了海子和张枣诗歌中的“自我中心主义”。

李章斌似乎更为善意地对待了穆旦、多多和朱朱的诗歌。大概是因为他对这三位诗人的语言意识和历史意识有较多的认同感。当然，穆旦已是故人。而多多和朱朱依然保持着旺盛的创作力，也许代表着李章斌心目中的当代诗人的“典范”。他在《从“刺客”到人群——关于当代先锋诗歌写作的“个体”与“群体”问题》一文中，总结了当代先锋诗歌“自我中心主义”与“语言的内卷”的弊端，并给出了新诗可能性的救赎之路，即在语言维度之中，加入了诗歌的伦理维度。他指出，“自我中心主义”和“语言的内卷”排除了诗歌与“历史”“现实”的紧张对话，而当代诗的出路就在于“穿过”而非“绕开”，就是要让诗歌与伦理上诸层面产生千丝万缕的张力。当代诗人应该从自主、自律的“鲁滨逊的傲慢”，转变为学会做社会语境中的“社会人”和伦理语境中的“伦理人”。“伦理人”的出场，可谓李章斌内外通融的诗学思想走到了一个新境界。

在“伦理人”的诗学道路上，李章斌细腻地解读出了多多诗歌中的“怨气”与“常心”。“怨气”是多多诗歌的动力装置，“常心”则体现了多多对于“常人”生活的深刻理解。多多的诗歌写作呈现了一些伦理悖论：诗人属于“人”，是“人”的一员，其写作“终归要面向‘人’”。诗人在任性地、王者一般地使用、发明语言的同时，还要意识到自己身上、写作中的“足够的人性”。在朱朱的诗歌中，李章斌则发现了“成为他人”的命题。朱朱诗歌的前提是“对‘他人’之存在的承认”。“伦理人”要求的写作伦理，恰如朱朱的诗，“带着反讽又不失同情”，要在两者之间控制适当的尺度，从而实现“自我的放逐”和“成为他人”。比如《清河县》，就是“成为他人”的典范之作。朱朱既是当代新诗偏离“自我中心——抒情传统”最远的诗人，又是将“成为他人”转化为一种写作伦理的诗人——让诗歌获得“更多的丰度与可能性，抵达‘自我’原本不愿意到达之处”。

此外，让我感到亲切的是，李章斌的中国新诗研究一直不放弃一种外在的、他异的视野。他是身姿优雅的“穿墙者”——既穿透了过去与当下之间的历史之墙，也穿透了中外之间的语言、文化、思维差异之墙。在其论述的字里行间，我们一再听到前人的恳切又“失败”的私语，又不断听到国外许多诗人、学者潮汐般的声音。他经常引述布罗茨基、米沃什、希尼等人的诗学著作。他并不拘泥于新诗研究的本土化路径，而是让自己的诗学思想在一个更开阔、完整的文明图景里，如与布罗茨基们的沉思海潮般起伏、汹涌、共振。比如他在分析了多多诗歌《什么时候我知道铃声是绿色的》中内外韵律的相互合作、激发后，得出结论——在诗歌中，“对运动的模仿本质上就时间的模仿”。然后，突然跳跃到了布罗茨基评论曼德尔施塔姆时的一个判断：“歌，说到底，是重构的时间。”又比如，他阐述当代先锋诗歌写作中的“个体”与“群体”即“伦理人”问题，是从奥登的《〈牛津轻体诗选〉导言》开启话语场域的。在分析多多诗歌节奏问题时，突然忘乎所以地解读起了英国诗人狄兰·托马斯的《十月之诗》中的“词组节奏”、头韵体（Alliteration）、词的开首音节或者重读音节的辅音［s］的重复。在揭示朱朱诗歌对人性之“恶”的表达时，引用了布罗茨基的话：“有关恶的最有趣的事情莫过于它完全是人性的。”在批判了张枣的“元诗”观念之后，引用了美国诗人弗罗斯特的诗句“最好的步出方式永远是穿过”，并指出很多当代诗人在反抗现实时，步出方式却是“绕开”。这样意外又如沐春风的瞬间频繁地出现在他的理论文章中。这无疑与他广阔的诗学视野、丰盈甚至驳杂的阅读谱系有关。也许还可以追溯一下他的求学经历，2010—2011 年他曾师从奚密，作为联合培养博士生在美国加州大学戴维斯分校东亚语言与文化系学习。

李章斌心目中诗学研究的典范人物可能是美国诗学批评家海伦·文德勒，企图让自己的批评文字实现内嵌于文学史和学术史，但前提是要让自己的学术批评拥有“敏感的耳朵”。他的诗学批评博采众长，特别是吸纳了修辞学、韵律学等领域的知识，像文德勒那样在缜密的语言细节分析中召唤出自己对于诗歌的激情、疯狂和思辨。无论是新诗的韵律还是其“重新历史化”，李章斌的批评总是拥有一个坚定、深厚的底盘，可以让他的批评“虎姿”得以出入新诗的内外而尽显风华，让他能够从当代诗歌批评“长期以来浸淫于玄谈和架空而论的风气”中脱颖而出。在分析乔丽·格雷厄姆的诗歌时，文德勒曾说，格雷厄姆的诗“向我们展示她正在扩展的宇宙”，她的头脑和声音可以在“自嘲和历史嘲讽”之间“起到有效的制衡”，并“促使她迫近了感知的悬崖边缘”。文德勒的评价让我们看到了一个诗人在语言的悬崖边缘闻嗅试探的猛虎形象。这样的评价，完全适用于李章斌。

2023 年 1 月 11 日

刊于《文学报》2023 年 1 月 19 日

关于我们时代的巨变

东来并不是自以为是的小说家，或者说，她不是自恋的小说家，从不沉溺在自怨自艾的感觉、情绪和幻觉里去写作。必然地，她也不是对着他者大肆抒情的作家。从小说集《大河深处》到《奇迹之年》，东来显示出一意孤行的决心，努力潜入生活甚至时代的内核。她有着理解、提炼、穿透时代的抱负，不过，时代并不是荒原和废墟，也不是广场和街道，更不是客厅和卧室。对她来说，书写时代的难处在于我们，包括她，身处其中，而不能凌空审视。在一些作品里，时代，进而是历史，成为她感兴趣的对象。倘若一个作品能够写出时代的巨变，而不空洞、高蹈、傲慢、怯懦，必定不会被巨兽打败，更不会被吞食。这两年，我们在新冠疫情中，刻骨地体验着时代的巨变。巨变，手起刀落一般不可逆回，不可能去经历缓慢的生长、逻辑和净化。这样的巨变，悬置、消解了以往所有的经验，让人无所适从，遗世独立于人间。

《奇迹之年》正是同名小说集中一篇关于巨变的小说。虽是关于巨变，小说本身写得不动声色，并不见惊心动魄的情节和令人唏嘘落泪的人物命运突转。

在卡尔维诺的短篇小说《恐龙》里，遭逢巨变后作为孑遗者的恐龙迎面撞上了庞然的孤独和空落，终究与人类和解，或者说鱼目混珠为同类而反刍了更浩大的孤独。然而，我们也见到了孑遗恐龙决绝的勇气。在任何文本迹象上，《奇迹之年》与《恐龙》都像是毫无关系的两篇小说。但是，在关于巨变和应付巨变的姿态上，它们仿佛孪生之子。只能说，一个对于时代付诸浓厚兴趣的人，总是会遇见时代的冷硬内核——发生、显现、消失和空无。落实到中国当代小说上，我们习惯了凝注个体的幽暗情态或家庭的颓废形迹，而对镜花水月的时代、对个体与时代梦境结构之间的关系已然失去了耐心和挂念，或者也可以说无所适从，这就往往造成文字苍白、叙述无力、细节臃肿，难窥时代境况之全貌。在这个意义上，《奇迹之年》显示出了东来的与众不同之处。小说本身的空间设置别具匠心，是一个远离了时代旋涡地带的青年旅社——“孤独地建在沙漠深处”，一个末日感十足的空间。小说中还有一场沙暴，一刀切开了故事的链条。小说却在真空般的现实中直抵现实的痛楚。但小说并不倚重叙述，而是钩织了一场密集的对话。在对话中，各种人生显露出来。

没错，东来的小说关注形形色色的人生。比如《奇迹之年》中有无悲无喜、酿着沙漠啤酒的旅店老板，躲避家庭烦恼、与妻女分开旅行的“我”，钟情巴厘岛沙滩、大王椰、海鲜和潜水的“我”的妻子，曾痴迷特异功能、做完心脏搭桥手术后迷恋烟花种草和拉小提琴的“我”的气象学者父亲，再也见不到卡子草的阿来的赤脚医生祖父，曾经笃信气功、后来去做副食品批发的阿来父亲等。这些人交织相会，展开了属于自己的不同人生。

整部小说写了两个萍水相逢的人，在沙漠地带的青年旅社，一瞬间达成默契，闺蜜或基友一般互诉衷肠，道出最隐秘的心曲。尤其是阿来，这个在小说中絮絮叨叨、追忆往事的神秘人物，最终让我们知道了“奇迹之年”——2012年。2012年12月21日，阿来失去了特异功能，毫无征兆地。

这么看来，这是一篇关于特异功能的小说。特异功能构成了小说里最抓人眼球的内容。唐愚，耳朵听字；颜大师，天眼辨字；蓝老师，感应宇宙波；阿来，盯弯勺子。正如小说中的阿来所说，特异功能虽形式有别，却有着共同特点：“没用，不止没用，还很好笑，宛如嘲讽。”

他们曾经拥有梦想，浸淫在一个时代的梦想里。阿来一语道破了这个时代的梦想：“那时候的人都在做梦，做特异功能的梦，气功梦，武侠梦，外星人梦，发财梦。造个梦，不管你这梦多荒诞，无数的人往里钻。”如我们所愿，东来要让这个梦醒来。这个逻辑本是俗套。可是，东来要让这次醒来充满戏剧性。醒来，意味着，和一个时代告别。而醒来的时刻，是2012年12月21日。这个日子杂糅了玛雅人的末日预言和灾难片《2012》，本是稀松平常的虚构。但是，东来信手拈来，将它植入中国1980年代以来的特异功能热，从而折射出时代棱镜的光芒。这个日子就成了特异功能热的拐点。而对于主人公阿来而言，这是个人命运的拐点——他在这一天丧失了特异功能。这种丧失，早就慢慢发生了：唐愚跟着父亲去做泥瓦匠，蓝老师被抓判死刑，阿来的父亲做起副食品批发，以及《人体生命科学》停刊。就像卡子草在1990年代的绝迹，特异功能在许多人的生命中迅速绝迹。这里有着神秘主义的命数，却构成了这篇小说里最重要的小说因素。

这一切，都是为让世界匆促的巨变发生得那么具体，小说里写道："特异功能……这是一个距离现代文明过于遥远的词汇，古老，而且带着欺骗的原罪，我以为它已经消失在现代世界了，正如'卡子草'在世间的消失，它们同属于一个日渐陌生的世代。"

小说是虚构，这是老掉牙的定义。但小说进行何种形式的虚构，却是小说最硬核的任务。虚构，可以深嵌在符号系统里，如卡尔维诺的小说；可以是历史的演义，如莫言的小说；可以是对时代的隐喻，如卡夫卡的小说，如东来的小说。当然，卡夫卡的隐喻和神秘程度要远远高于东来。在这个意义上，东来的小说既有世代的烟火气，又有时代的仙气和鬼气。毕竟，东来是一位汉语作家，而且热衷研习文言。我们知道，2012 年 12 月 21 日，在小说里，不仅是阿来失去特异功能的人生的拐点，也是"我"的庸碌人生的拐点："我"和妻子结婚的日子。他们决定结婚，恰恰是因为看完灾难片《2012》后，太阳照常升起。

这一对峙和平衡，让小说具有了烟火气。而特异功能在小说中虚虚实实、真真假假地漂移着，这是属于一个时代的仙气和鬼气——东来大概试图去挽留。倒不是说，她是在挽留特异功能这种神秘兮兮的东西。而是说，她试图挽留一个时代的丰富性、意外性和可能性。

小说中提到，"我"的女儿发高烧，无药可治，只能延请女巫。女巫说女孩遇见了鬼魂。无论是否科学，我们得以窥见在巴厘岛人类还有另一套关于世界的看法和生存的法则。小说里一处对话别有深意："我"评价阿来叙述的故事说那是嗑药的感觉，或是记忆的偏差，将幻觉中所见的事物和现实对应，通常会出问题；而阿来的回答是："在幻觉中触及到的真实就不真了吗？"

特异功能热及其迅速消逝，只是新世纪以来中国当代社会巨变的事件之一。但东来试图在小说里揭示，我们的时代在变得单调、乏味，被消费主义逻辑全面渗透，失落了想象力。具有反讽意味的是，奇迹之年，恰恰是奇迹消失的时刻。奇迹发生得轻而易举，克服平庸却难之又难。小说里写道，人们开始从对特异功能的痴迷转向跳舞：霹雳舞、摇摆舞、太极剑，广场舞。人们开始失忆，或者诸如特异功能这类事情可能根本不值得记忆。小说里的阿来说："现实越来越狭隘了，人越来越现实。"而"我"在另一处说："一个没有了例外的世界确实变得更加无趣了。"小说叙述者则认为："也许我们失去了一个更加丰富的世界。"梦想失落之际，正是梦想荣光焕发之时。书写就应该诞生在这种时刻。

阿来最终选择走入沙暴，消失于梦境般的意外力量里。他以消逝的方式，宣告自己的梦想不可消逝，而这篇小说则在宣告一个时代的仙气和鬼气不可消逝，或者说，一个时代的例外性不可轻易消逝。

2021 年 9 月 9 日

刊于《思南文学选刊》2021 年第 4 期

当代共同体的伦理见证及他者的出场
——当代诗歌的“伦理转向”

一、从政治到伦理：何为诗歌的伦理转向？

对于五四一代，文学革命的目的是要创造出一种“国语的文学”，用以塑造现代民族国家之国民的文学。他们要将知识与世界联结起来，形成文学的伦理任务——让文学践履行动的职责，改造人及其世界，创造新的生活方式和世界形态。周作人甚至提出了“人的文学”与“非人的文学”。“人的文学”拥有“人的道德”，即所谓“人情以内，人力以内”[1]。

胡适总结出中国新文学运动中心理论只有两个：“活的文学”和“人的文学”，前者是“文字工具的革新”，后者是“文学内容的革新”[2]。对“新”的追逐，揭示出新文学运动的现代性诉求。显然，这一诉求含纳着新文学的伦理任务，按照现代性的要求，重新塑造人——准确地说是民族国家空间中的人，重构人与人之

[1] 周作人：《人的文学》，《新青年》第五卷第六号（1918 年 12 月）。

[2] 胡适：《中国新文学运动小史》，载欧阳哲生编《胡适文集》（第一册），北京大学出版社，1998，第 124 页。

间的关系，探寻人在现代世界生活的方式，或者说创造现代人的共同体生活方式。

新诗，当然属于“人的文学”，同时也是“‘国语的韵文’——活的文学”。这样的诗歌，拒绝陈词滥调，尤其是不能无病呻吟。古典诗歌的言、情与志，就成了新诗需要回避的主题。在胡适看来，新诗既是“诗体的大解放”，又是内容的解放——从而可以容纳“丰富的材料，精密的观察，高深的理想，复杂的感情”，因此构成了“大破坏之后的大建设”[1]。显然，古典的材料、观察、理想、感情并非不丰富、精密、高深、复杂，胡适的言下之意其实是它们属于陈旧的内容，过时的道德。新的形式属于现代国语的表达范式，新的道德属于现代国民及其生活形式，两者的熔炼则需要通过审美形式来完成，诗歌无疑是最敏锐、最精微的审美形式之一。胡适所揭示的“新颖”的审美意识、历史意识尤其是伦理意识内在于“新诗”这一命名之中，因此一直潜蕴在这一百年来的“新诗”书写实践之中，亦是“新诗”核心的传统意识。

经历了1980年代的先锋实验书写和1990年代的历史叙事书写之后，当代诗歌的伦理空间和伦理面向已被极大地开拓和丰富。当代诗歌的伦理已然不同于五四时期的自由主义伦理，而是在全球化进程和新自由主义催生下的别样伦理，尤其是在进入新世纪后，当代诗歌继续发明出新颖的伦理性书写——聚焦于差异共同体及其他者的伦理。古典时期的儒家诗教结构出“家国天下”的共同体意识形态，五四时期的国民性改造和新中国的民族叙事

[1] 胡适:《谈新诗（八年来一件大事）》，载欧阳哲生编《胡适文集》（第二册），北京大学出版社，1998，第133页。

创造出民族国家的共同体意识形态，自我意识和历史意识则揭示出 1980 年代和 1990 年代诗歌中的新自由主义共同体意识形态。这些共同体意识形态都具备强烈政治性，但缺乏伦理性。新世纪以来，当代诗歌一方面继续承受着边缘化的处境，另一方面积极重构着个体与共同体之间的关系，正在经历一次“伦理转向”。

1990 年代诗歌的“历史意识”是让诗歌重返政治事务的最后一次努力，是旧的伦理意识的表达。陈超提出“个人化历史想象力”，用以表征 1990 年代以来当代诗歌的变化，尝试对 1980 年代盛行的形式本体和自我本体诗学思想进行克服、超越和拓展。他指出，“个人化历史想象力是寻求异质包容力的诗学”[1]。这一概念包含着隐幽的伦理意识，既让诗歌积极摄取历史和现实境况，又让诗歌本身获得了形式可能性。但是，我们要追问的是，所谓“异质包容力”中的“异质”到底指向什么？是一个复杂缠绕的新异的伦理境况，还是一个旧貌改新颜的政治性语境？他进一步阐述：“个人化历史想象力，应是有组织力的思想和持久的生存经验深刻融合后的产物，是指意向度集中而锐利的想象力，它既深入当代又具有开阔的历史感，既捍卫了诗歌的本体依据又恰当地发展了它的实验写作可能性。”[2]显然，调动起“异质包容力”的正是 1990 年代诗歌独有的“历史意识”，“异质”试图回应 1990 年代全球化语境中的商业社会和大众文化的崛起，并解决诗歌的边缘化处境。所以，“异质包容力”内蕴着重返作为政治事务的“历

[1] 陈超：《先锋诗歌 20 年：想象力维度的转换——以诗歌的‘个人化历史想象力’为中心》，载《个人化历史想象力的生成》，北京大学出版社，2014，第 18 页。

[2] 同上，第 19 页。

史”的包容性和开放性，但终究还是陷落在了“政治”的视野里。

陈超想要在诗歌边缘化的处境中重构、调整个人和历史的关系，是对诗歌政治性的公共诉求的委婉表达。姜涛承续了这样的看法，他认为，1990 年代以来的诗歌写作最突出的主题就是“校正写作和历史的关系”[1]。在这个意义上，1990 年代诗歌的历史意识是 1980 年代诗歌的本体意识、自我意识的延续和变形。1980 年代诗歌试图以断裂的姿态，解决诗歌本体、自我与历史语境、意识形态的艰难关系。1990 年代诗歌在流行文化和消费意识形态的冲击下，转而忠实于“边缘化”处境，这其实是在延续诗歌本体和自我意识。按照洪子诚的说法，“边缘”意味着诗歌的“转化”，本身就是一种意识形态策略，它“与‘中心话语’（政治的、流行文化的）的必要距离，探索人的生存的一切方面，包括提供新的感受性，从人的精神处境出发，发挥诗歌的难以替代的文化批判价值”[2]。可见，在陈超等人的论述里，“边缘”的立场依然构成了反抗或“批判”的政治意识。然而，不幸的是，反抗或批判的历史意识恰恰可能会造成诗歌的个人化陷阱。姜涛指出，“个人化历史想象力”设定了“去结构、脱脉络的个人化‘装置’”[3]。与个人化装置如影随形的则是以本体意识为基础的审美自律装置或专业化装置。这一装置甚至延续到了新世纪初的诗歌里，在很长一段时间内，并未得到有效反思。

---

[1] 姜涛：《个人化历史想象力：在当代精神史的构造中》，载《从催眠的世界中不断醒来：当代诗的限度及可能》，华东师范大学出版社，2020，第 78 页。

[2] 洪子诚：《当代诗歌的“边缘化”问题》，《文艺研究》2007 年第 5 期。

[3] 姜涛：《个人化历史想象力：在当代精神史的构造中》，载《从催眠的世界中不断醒来：当代诗的限度及可能》，第 102 页。

钱文亮在《伦理与诗歌伦理》一文中较早关注到了诗歌伦理问题。他指出，新世纪初诗歌在应对“公共性社会政治问题的敏感与表达”时，往往将诗歌写作与政治伦理对立起来，因而导致一个结果：“对于诗歌萎靡不振的原因的纠察，也常常奇怪地落实到诗歌在审美上的艰苦努力，在诗艺上的专业化态度，并将这种努力与态度简单地归结为必然的对立于社会伦理或政治立场。”[1] 在当代文学语境里，钱文亮的批评会给人造成一种误读，即“诗歌伦理”构成了对于诗歌的束缚性的道德责任和命令，从而试图为诗歌的审美与专业化进行辩护。后来，他又写下《诗歌伦理及其相关问题》一文，试图澄清这种误读，他内在的动机是“希望借此跳出在诗歌表达与公共话语关系问题上非此即彼的对立模式，而以诗歌言说方式的特殊性所要求的基本法则为立足点，获得一种崭新的诗学视野和提问方式”[2]。据此阐述，诗歌伦理本身包含了对“新”的诗歌言说方式的开拓与对生活中的伦理可能性的感受和表达，其出发点依然是“诗歌表达与公共话语关系”。钱文亮在理论上做出的调整，是要把这种关系从非此即彼的对抗拨回到相互的融合。他指出，在市场经济条件下，传统的以家国共同体为基础的大一统伦理已经瓦解，以市民社会共同体为基础的现代个体自由伦理已经兴起。所以，当代诗歌的伦理关怀源于对新的历史身份和文化身份的追寻。钱文亮注意到了这一新伦理的困境，即“伦理的普遍性要求”是在历史中无法实现的理想。但是，他并未触及 1980 年以来的新自由主义伦理与古典

[1] 钱文亮：《伦理与诗歌伦理》，《新诗评论》2005 年第 2 辑。

[2] 钱文亮：《诗歌伦理及其相关问题》，《新诗评论》2011 年第 2 辑。

自由主义伦理的差别，也没有对新自由主义和新左翼的个体伦理的内在困境进行批判，因此不能进一步厘清新世纪以来的新伦理之“新”到底预示着什么境况。

与钱文亮相似，余旸在《诗歌与伦理的诠释性关系》一文中，以萧开愚的诗学思想为入口，将诗歌的伦理界定为“从个人的生活出发来探索自己的情感、责任感、道德等问题”[1]，这样的界定源自对1990年代新自由主义和新左翼的政治观和伦理观的延续和提炼。所以，他认为，当代诗歌的伦理困境在于个人与历史、现实、道德、阶级之间的对抗和错位。这样的见解并没有走出钱文亮文章中的那个困境——当代个体到底是一种什么的伦理个体？却又回到了个人与社会生活之间“对抗和错位”的批判立场。

对此，李章斌通过对张枣诗学观念的批评性解读指出，当代诗歌在获得进入“生活”和“关系”的迫切性的同时，并不能“纯粹地去‘反映’现实，或者‘卷入’政治”，而是要“在语言与现实之间永恒存在的张力中找到语言更新的新起点”，并且“去‘生活’的根处寻找其矛盾、困顿之处”。[2]这样的论述显然已经跳出了新自由主义、新左翼的政治性理论框架，进入了一种新的伦理境况，即“生活”根处的矛盾和困境，无疑就是深渊般的伦理境况，同时它要求当代诗歌的语言在与现实的张力中得到更新。在李章斌看来，揭示这种新的伦理境况，就需要批判当代诗歌中的“自我中心主义”。他用“自我中心主义”来概括当代新诗几十年

---

[1] 余旸：《诗歌与伦理的诠释性关系》，载《“九十年代诗歌”的内在分析》，人民出版社，2016。

[2] 李章斌：《走出语言自造的神话》，载《走出语言自造的神话：中国新诗论集》，南京大学出版社，2023，第152页。

来“对诗歌的社会定位与文体的‘自我认知’”，认为这种“自我中心主义”与“诗人之‘我’与社会变得越来越对抗性的疏离”相辅相成。[1] 因此他召唤一种新的“诗人”身份：“一个社会语境中的‘社会人’和伦理语境中的‘伦理人’”[2]。李章斌对当代诗歌伦理性的思考自觉偏离了 1980 年代至新世纪初形成的政治性阐释传统，不仅揭示了当代诗人“社会人”和“伦理人”的新身份，也重申了当代诗歌的“诗歌艺术发展的内部要求”，对伦理书写所对应的诗歌语言提出了新的要求。不过，李章斌提出的作为“社会人”和“伦理人”的“诗人”身份显然更多着眼于“自我”与“他人”的互动。然而没有很好地总结近年来诗歌中出现的伦理转向：对他者的伦理处境的关照、辨别和体认。李章斌所谓的“生活”根处的矛盾和困境，与当代诗歌置身其中的“共同体”境况的转变息息相关，这一点也亟待揭示。

二、当代共同体的伦理见证

在理解当代共同体境况之前，当代诗歌首先需要开拓出新的伦理认知。在中国古典哲学里，伦理被理解为人伦之恒定法则，因而与“道德”难解难分。在儒家伦理中，作为人与人结合方式的爱属于人伦常道意义上的限定联结，而不是西方现代个体意义上的自由联结。“儒家以基于人类自然情感的‘仁者爱人’，与强调社会角色定位的‘义者宜也’，来理解仁义作为人类内在道德

---

[1] 李章斌：《从“刺客”到人群：当代先锋诗歌写作的“个体”与“群体”问题》，载《走出语言自造的神话：中国新诗论集》，第 157 页。

[2] 同上，第 176 页。

性的本质，这显然与他们视人伦为常道的基本想法有关。”[1]儒家的伦理道德指向共同体生活的道德准则，道家的伦理道德指向自然法则，佛教则从“缘起性空”角度解构、悬置了共同体及其伦理原则。在传统中国的文学书写中，个体伦理不可能在共同体获得自足、独立的位置，这就导致了“五四”以来的现当代诗歌极力追求个体本位，以及由此衍生的语言—形式本位。

在欧洲思想语境里，伦理（etihics）是一个截然不同的概念。按照亚里士多德在《尼各马可伦理学》里的论述，伦理揭示了人如何行动、如何生存的各个维度：善好、幸福、机遇、个性、知性、义务、选择、行动、欲望、判断、友爱和快乐。伦理是一个人存在于共同体之中追求善好和幸福的过程中所形成的可能的实践关系。伦理是实践的，也是逻各斯（言说）的，是面向可能世界的。一个人在共同体中探寻言说、实践的可能性，就获得了伦理。按照斯宾诺莎对伦理的定义，伦理是一种能力，而不是道德责任。伦理甚至能够消解道德责任。[2]列维纳斯更是偏离了欧洲思想中的（自我主体）同一性传统，开创出一个无限性的、分

---

[1] 林远泽：《儒家后习俗责任伦理学的理念》，联经出版事业股份有限公司，2017，第 17 页。

[2] 参阅德勒兹对斯宾诺莎《伦理学》的探讨：“在‘伦理’与‘道德’之间有一种根本的差异。斯宾诺莎并不致力于道德的建构，理由很简单：他从未追问我们应该做什么，而是始终追问我们能做什么，什么是我们的能力所及；伦理是一个能力的问题，而绝不是一个责任的问题。”见《德勒兹在万塞讷的斯宾诺莎课程（1978—1981）记录》，姜宇辉译，载汪民安、郭晓彦主编《生产》（第 11 辑），江苏人民出版社，2016，第 15 页。德勒兹认为，斯宾诺莎是用伦理学取代了道德，甚至具有对道德的消解作用：“伦理学，亦即存在之内诸样式之类型学，取代了道德，后者总是将存在归因于超验的诸价值。道德是神之评判，即评判之系统。但伦理学颠覆了评判之系统。”见《斯宾诺莎的实践哲学》，冯炳昆译，商务印书馆，2004，第 27 页。

离性的传统和一种新的“伦理关系”——各存在者“必须部分地是独立的、部分地处于关系之中”[1]。这种伦理关系由分离出来的他者所召唤、要求的关系，是一种自我与他者之间的“相通之关联”，但是，“自我与他者之间的关联是在它们两项的不平等中开始的，这两项互相超越”，前提是“他者的他异性在此并不源于其同一性，而是构成之：他者是他人”。“他者作为他人位于高与卑——荣耀的卑——的维度上；它具有穷人、陌生人、寡妇和孤儿的面孔，同时，它还具有那被召唤来为我的自由进行授权和辩护的主人的面孔。”[2] 他者的面孔超乎自我的认知、判断和预测，具有不可被消解的伦理陌异性，并反过来成为主人。列维纳斯甚至认为，自我是他者的人质。不过作为主人的他者并不是为了欺凌、贬损自我，而是为自我进行授权、辩护，让自我从束缚性关系中解放出来获得自由，前提当然是自我要对他者的他异性要做出辨别、承认甚至服从——不是服从道德法则，而是服从不可同一化的他异性。

概言之，区别于揭示（无论是人伦的还是自然的）恒定法则的道德，伦理探讨的是个体存在与共同体及其他者之间的多重关系。这种关系本身是流动的，因而可以随着历史语境的变化而一再得以探讨。旧的伦理是道德层面的，新的伦理是超越道德的。在文学书写中，伦理意识指向两个基本维度：一是共同体的维度，即个体与共同体存在之间的责任性的共在关系，在这一关系中，个体的自由与独立就遭遇了诸多困境，不断受到情感、家

[1] ［法］伊曼纽尔·列维纳斯：《总体与无限》，朱刚译，北京大学出版社，2016，第 211 页。

[2] 同上，第 240 页。

庭、性别、工作、种族、民族、国家的干预、牵涉、渗透、改变；二是他者的维度，即自我与他者之间的可能性关系，围绕着这一维度，自我通过反思而显隐，思考他者的出场，对他者心性辨认，对他者做出回应，探讨如何建构自我与他者的伦理关系，如何改变、重构一个共同体的整体形态。新世纪以来，当代诗歌的伦理转向就是在这两个维度的变形中展开的。

进入新世纪后，网络论坛、博客、微信、微博、豆瓣、B站、抖音、快手等数字媒介上的各种日常记录、吐槽、晒照重新结构着当代人的生存处境，同一性、整全性的共同体正在更剧烈地被撕裂为破碎的、偶然的、差异性的共同体。这一变化源于数码信息对共同体的改造。

在当代，数字媒介渗透到了生活的各个层面，并消耗着每个人的日常时间，催促每个人在数字空间进行着自己的表达。可以说，在现代技术媒介的扩张中，每一个人被深深卷入了当代共同体的生活，接受数字技术的控制和悬置。在这样的境遇中，时间命题有了新的症候。数字媒介时代的时间揭示了人与信息的有限性和残缺性。当然，作为一种"超越于满足和不满足之上的社会性的盈余"[1]，时间依然对承认和记忆有着自己的要求。时间可以是韩炳哲所谓的爱欲已死、他者消失的"倦怠社会"的合谋者，也可以是叛逆者。在这样的时间形态中，记忆日益外在化、媒介化尤其是数字化。当代诗歌中的"记忆"就成了在边界上有益、与时代结构形成张力的"反记忆"，正如臧棣在一首诗中所写的：

[1] ［法］伊曼纽尔·列维纳斯：《时间与他者》，王嘉军译，长江文艺出版社，2020，第 xlvii 页。

"在岁月的流逝中/将这偶然的情形慢慢酝酿成/一种反记忆。"[1]他从"死亡"这个命题出发，曲折地揭示了当代生活中的"遭遇"之偶然、破碎和不期而遇，这不仅确认了现代性时间的短暂性和碎片化，更体悟出了现代性时间形态中人的伦理境况。

当代社会对仪式和典礼的叙事性进行消解，生活中丧失了仪式和典礼的时间度量，甚至能够连"死亡"这种共同体生活中的重大仪式也变得只是一个偶然遭遇。整个社会只剩下加速的信息增殖。"透明社会废除了所有的仪式和典礼，因为它们无法标准化，阻碍了信息、交际和生产的高速循环。"[2]

由于现代性—当代性的时间裂变，如果诗歌想要辨认这个时代，古典的精神结构必定需要与当代的历史语境进行勾连、对话、缠绕和相互激发。苏野的诗集《拟古》和臧北的诗集《无须应答》在这方面进行卓有成效的实践。作为"信仰过去"的诗人，苏野并非一个食古不化的复古主义者甚至古典世界的恋物癖。他关照、反省、重构过去是为了"站在死者和黑暗的一边，在价值、心灵、道德等方面与书写对象达成一致"[3]。显然，苏野试图通过援引过去而重构一个有别于当代价值秩序的伦理世界。正如诗集中的《乙未清明访徐灵胎墓》所写：

这些死神的拥趸
悲观主义的雇佣军

[1] 臧棣：《江豚简史》，《草堂》2019年第8期。

[2] ［德］韩炳哲：《透明社会》，吴琼译，中信出版社，2019，第50页。

[3] 苏野：《信仰过去》，载《拟古》，江苏凤凰文艺出版社，2019，第147页。

吊古的仪仗队，
在荒野与偶然主义
昂扬的检阅式上，装深沉。
被遗忘的，
与记忆的悲哀，
悲哀者的考古和训诂
通向拆解、中介，
——脆弱的唯一性。
孤坟即通道，通道即虚妄。

在苏野的时间辩证法里，过去并未逝去，现代远未到来。一切是“偶然主义”的，记忆不断被拆解和中介。被中介的记忆无从停顿，被拆解的记忆无从圆满。在这个意义上，苏野的古典时代也是当代历史。他取消了过去和现在之间的时间因果关系和流逝进程，从而通过记忆而为当下时代赋予伦理秩序。“作为对现世崇拜的反动和不满，皈依于过去、浸淫于历史本身就是一种价值，一种对现实的反应和态度；信仰过去，就是信仰一种价值。”[1]

在我们时代，人与人之间的关系变得脆弱，陌生人和陌生人之间的相遇变得偶然、迅疾、稍纵即逝。不同于苏野，李海鹏的诗一直在试探和表达历史和当下时代、私人个体与公共领域之间共享的时间、经验、知识和想象结构——不是温和的而是暴力、晦暗的结构。比如《秋景》一诗在错综复杂的时代影像中建

[1] 苏野：《信仰过去》，载《拟古》，第 148 页。

起“没有共同体的共同体”，将之如数字信息流一样呈现在了当代人面前：

前面的街口，人们等待着信号。街道延伸，
数不清的名牌车灯，在静止中汇成丰收的橘树林。

转过小巷。矮灌木的后面，按摩店和药店暗中林立。
路灯下，树影般的女郎调笑着走来。旁边，自动售货机

闪着同谋者的光。淌着鼻涕的狗嗅着地面
消失进不远处风情异域的高档住宅。而在路边

几个熏醉的老北京人操着口音，大声咒骂。我感到前边
几十年前被拆毁的城墙，在新的暴力中立起，向我显现。[1]

这首诗中出现的时代镜像——名牌车灯、按摩店、药店、树影般的女郎、自动售货机、淌着鼻涕的狗、高档住宅、熏醉的老北京人、几十年前被拆毁的城墙，正如王辰龙指出的：“已不仅仅关涉自我的存在之谜，当代生活的晦暗已投入其中。所谓当代生活的晦暗，在李海鹏的诗中有特定的意味，它是指一切对风景的真实与美构成威胁的暴力。”[2]李海鹏的诗歌书写在目前阶段凝聚于“风景”，试图展露自我存在和当代生活的晦暗。他的诗中

[1] 李海鹏：《秋景》，《诗刊》2014 年 8 月号。

[2] 王辰龙：《风景的肉身及其消逝——论李海鹏的诗》，载《励精图治：李海鹏诗选 2010—2018》，秀威出版，第 125 页。

的“风景”并不是风格和客体意义上的，而是指认着共同体的共同性之不可能。对风景的观看需要摄取、显影被中介的他者的真实生活——呈现出当代共同体中差异化的历史和现实。他的着力点凝聚在自我与外在世界之间的紧张关系，以此窥探他者的历史和现实的不可能的面目。当然，李海鹏诗中的“风景”并不是风格和客体意义上的，在更深处试图指认着当代历史的晦暗。对风景的观看需要摄取、显影被中介的他者的真实生活——呈现出伦理面貌的历史和现实。比如诗集中另一首《在西餐厅》，透过“饥饿的雾霾”，“我听见/从那些石头中发出的嘶叫声正疯狂逃离//寒风中的奥斯维辛”。“奥斯维辛”出现在这句诗里就十分突兀，显然，这个词所携带的历史晦暗无疑增加了诗歌的重力。诗的结尾又闪现了一句：“我抓起外衣，想赶快逃回寒风中——/另一座集中营。”他的着力点凝聚在自我与外在世界之间的紧张关系，以此窥探他者的历史的、现实的境况。而他者的境况在蔌弦的诗《为背景乐中的修草工而作》中显得生动、丰满、锐利，他者在诗歌空间中的行动能力有所增强，努力脱离“风景”意义上的客体形象，主动介入并修改时间：

> 而他，正如一根晷针，站进
> 盛夏的荣光，作为对深浅更谨慎的
> 切割——时间开始了变化。[1]

---

[1] 蔌弦：《为背景乐中的修草工而作》，载《入戏——蔌弦诗选 2011—2016》，秀威出版，2019，第 25 页。

他者的面目正显影出来，隐约存在着自我与他者的距离正如蔌弦自我坦诚的："在政治的、美学的、伦理的关系里，我们所欠缺的，或许是明确了自身的有限性与假定性之后毫无保留地参与和无所求的游戏。"[1] 这种距离其实是自我陌生化产生的效果，或者说，是对自我、他者的伦理生活进行沉思的结果，这一点在蔌弦的诗中一直加速到来。

当代诗歌的任务不再是加强个体的自我激情，而是跃出自我激情进入一个共同体的开放身体。当代诗歌所置身的共同体召唤的不再是文本之死、语言之死、作者之死，而是主体内在性之夜的恍惚、分神、重启、绽出，换句话说，是"对自我意识的中断"[2]。王辰龙经常在诗中写到东北的工人村。在《重返工人村》中，他试图通过共同体中的差异性他者——"没有面孔的小二郎"来重构自我意识，打断连续、凝固的自我意识：

先于我，记忆中的那个影子跃离了地铁二号线
他是没有面孔的小二郎，他等在铁西广场，等
误闯旧日的我；他哈出的雾气散得缓慢，跌宕着
升腾，仿佛默片时代的银幕：画面里，先是他
看我正骑车从兴工街拐入建设大路，刹停在
雪花啤酒厂的旧址前，前夜里，擎起铁球的大车
碾过工业区的春晓；下个镜头，你看我望着

[1] 蔌弦：《跋：暗室》，载《入戏——蔌弦诗选 2011—2016》，第 129 页。

[2] ［法］让－吕克·南希：《无用的共通体》，郭建玲、张建华、夏可君译，河南大学出版社，2016，第 44 页。

拾荒人往复于荒墟之上，以铁在瓦砾间探铁……[1]

“没有面孔的小二郎”等待被赋予面容，被辨别、确认。但前提是“我”需要超出心灵的幻象，被重新界定。诗中出现的“铁路二号线”“铁西广场”“哈出的雾气”“雪花啤酒厂”“擎起铁球的大车”“工业区的春晓”“废墟”构筑了一个粗粝的、充盈着历史沉滞回声的共同体。这样的共同体塑造出一个非移情的、警醒的、自我怀疑的主体。正是自我怀疑的主体清晰地辨认出了陌异的他者，在诗里，他者是工人、小二郎和工人村二代们的母亲。对他者的辨认反过来让自我完成了“重返”共同体的旅程。

当代诗歌面对的首要现实是：当代中国的共同体在巨变。当代诗歌的进展和共同体的形变之间有着积极的呼应关系。在海子的《祖国（或以梦为马）》中，共同体呈现为孤独的抒情主人公的意识构造物，而缺少对伦理境遇的揭示：

万人都要将火熄灭　我一人独将此火高高举起
此火为大　开花落英于神圣的祖国
和所有以梦为马的诗人一样
我借此火得度一生的茫茫黑夜[2]

“我”与“万人”之间的强烈对峙始终贯穿在海子这首诗中，使得诗中的共同体（“神圣的祖国”）成为“我”的独占物。自我

[1] 王辰龙：《重返工人村》，《诗刊》2021 年第 2 期。

[2] 海子：《祖国（或以梦为马）》，载《海子的诗》，人民文学出版社，1995，第 145 页。

与他者之间丰富错杂的伦理联系被简化为“火”或“熄灭”之间不可调和的二元关系。到了张枣的《祖国》中，共同体的伦理性就得以彰显：

家与家之间，正用酒杯摆设多少个
环环相扣的圆圈。
你跳进郊野，泥泞在脚下叫你的绰号，
你连声答应着，呵气像一件件破陶器。[1]

首先是“家”作为中国社会的一种基本的共同体形式在诗里出现。这一共同体又具备了传统的伦理属性——“酒杯”和“环环相扣的圆圈”意味着团聚、团圆等伦理内涵。而海子式的孤独自我在这里转化为第二人称的“你”，因而有了与自身对话的可能。“你的绰号”更是把自我的存在深植在了与他人的记忆联络之中。“你连声应答”则把自我与他者的积极的伦理关系揭示了出来。甚至“破陶罐”上可以想见的痕迹和裂纹也意味着自我不再孤绝，而在与他者的来往交流中产生了身份印迹。当然，需要指出的是，张枣后期诗歌并没有在这条道路上走向深远，当代共同体的复杂情境被没有得到有效揭示。

在萧开愚的长诗《内地研究》中，一个极具当代现实感的内地中国被揭示出来：“自从粉红的花生内含平流的黄河，我派遣记性，到乱伦的病毒的渊薮，通过交叉感染，调查所谓开始。/兽性流动和自毁豹变因缘超觉接触，不为未知而发动，为对已

[1] 张枣：《祖国》，载《张枣的诗》，人民文学出版社，2017，第 236 页。

知实行清扫。”[1]我们可以看到书写主体的自我记忆，在凌乱、措置的“共同体”的“渊薮”中，只能像“乱伦的病毒”一样交叉感染，然后才开始去无能地“调查”共同体的境况。《内地研究》文本的驳杂、混乱、含混，揭示了“调查”的不可能性。我们在这首长诗中见到的是一堆现实和语言的外在化的废墟。进入当代共同体生活的困难之处不仅在于自我的局限，同时也在于语言的束缚性。萧开愚自觉停用了传统的现代主义诗意。在当代技术、景观、经济、疾病和劳动组织起来的共同体中，诗歌语汇错综复杂、冲突顽抗，形成了层次丰富、开裂四散的语言面貌。

当代诗一直存在一种对写作本身的“信仰”，它来自1980年代以来追求的现代性的文学意识形态，杂糅着语言本体论和自我本体论，其实是在写作和当代共同体生活之间设置了透明的障碍，就像尚仲敏在一首诗里宣称：“我说，诗歌是一门手艺/传男不传女。”[2]这本身可以视为对诗歌创造性、自足性的坚持，然而这一语言惯性却错过了对历史结构和脉络的洞察和拷问，也就拉开了与当代共同体生活之间的距离。于是，我们可以在陈先发的诗中看到诗歌写作者的“弱者”形象和语言的疾病症状：“我们的手，将我们作为弱者的形象/固定在一张又一张白纸上/——写作。”[3]“经常地，我觉得自己的语言病了/有些来历不明的病/凝视但不必急于治愈。”[4]早在多多写于1973年的诗作《手艺——和玛琳娜·茨维塔耶娃》中，“手艺”作为对文本本体和技艺本身的

---

[1] 萧开愚：《内地研究》，广东人民出版社，2014，第7页。

[2] 尚仲敏：《诗歌是一门手艺》，《诗潮》2019年第1期。

[3] 陈先发：《土壤》，《福建文学》2019年第1期。

[4] 陈先发：《以病为师》，《上海文学》2021年第2期。

隐喻就成为中国当代诗歌的命运性存在。但在近半个世纪后，这一“手艺”思想越来越具有了束缚性，使得诗人无法去敏感地发现当代共同体的境况。比如多多写于2021年的诗作《好风来》就显然在“手艺”之路上沉浸于语言本体的修辞快感：

来，已跟着去
为无知而来而去

一如水之流动
所带走的，所补齐的

一如风之演奏
所抒发的，抒展的

逝者投入风铃的声响
好风好消逝
好风来[1]

多多在这里欣喜于“来”和“去”的矛盾修辞、“抒发”和“抒展”之间语义联想、“风”和“水”之间的隐喻联系。但当代共同体在诗中是以否定性的晦暗姿态隐没的。

诗歌一旦在语言本体论的幻象中滑行，就会错失复杂、尖锐的历史及其共同体生活。如德里达指出的，文学本身的建制内含

[1] 多多：《好风来》，载《诗建设·2021年春季号》，长江文艺出版社，2021。

着一种悖论，文学可以表达一切：生活、世界、历史和个体，而文学的建制本身一再让写作禁锢于体制和形式本身。[1] 秉持如此理念的诗作揭示了“写作”的缺陷、不足和空白，同时向我们展示出一个作为“弱者”的书写者形象。作为“弱者”的书写者其实往前一步就能够发现作为“弱者”的芸芸众生，这一点在诗歌中却止步不前。

当代复杂、冲突、多变、异质的现实有时候能够激发出意外的想象力，让诗人在各种日常生活中发现人与破碎共同体的冲突境况。冲突一直是诗歌写作的前提之一，只不过，面对冲突，在1980年代，当代诗歌对历史和现实进行了消极的否定，退入语言和自我。在1990年代，当代诗歌则进入到有限的肯定，进行大量的个人化叙事，试图以个人化的语言和事件对抗宏大历史叙事。但是进入新世纪以来，当代诗歌闯入了更为复杂的历史和现实，既要面对诗歌自身的不足和匮乏，又要面对历史和现实本身的残缺和创伤——从而摄取当代共同体生活的异质性现实。对此，王家新的《在洞头》往前推进了一步，进入了对时代事件的见证，并试图对写作者主体位置做出调试：

> 当一具失踪多年的尸体从一个中学的
> 操场下、从一堆乱石下挖出来，
> 暴露在氧化的空气中，
> 我们在一个临海的山坡上谈诗。[2]

---

[1] 参阅［法］雅克·德里达：《文学行动》，赵兴国等译，中国社会科学出版社，1998，第11页。

[2] 王家新：《在洞头》，载《未来的记忆》，江苏凤凰文艺出版社，2021。

诗作开篇就将一个当代新闻事件拉入背景，与“在临海的山坡上谈诗”构成了强烈的张力。这个新闻事件就是 2019 年 6 月 20 日湖南怀化新晃县一中操场挖出一具骸骨，并被确认为十六年前被杀的邓世平。当时他是新晃一中田径场修建工程监工，试图举报包工头和校长的暗箱操作而被谋杀。王家新的诗不仅质疑了诗歌的形式自足性，同时向着日常生活中的历史性幽暗敞开：

我们谈着诗，好像什么也没有发生。
我们谈着诗，而礁石上的钓者
把他的鱼钩朝更远处抛去。
我们谈着未来和我们呼吸的空气，渐渐地
那压在一具尸骨上的巨石
也压在了我们心上。

面对透露着当代共同体生活中的裂隙，诗人不是直接进行抒情，进行冷漠的旁观，而是要见证生命个体在共同体中的伦理境况。见证便是要将书写的主体性卷入共同体的伦理语境，让个体自我和共同体境况经受双重拷问，直面一个差异性的共同体，一个分裂、破碎的无法产生功用的伦理空间。因此，正如让·吕克-南希指出的：“现代世界最重大、最痛苦的见证——它或许聚集了这个时代按照人们不知道的某种法令或必然性而必须承担的所有见证（因为我们也见证了历史之思的衰竭）——就是对共同体的分裂、错位或动荡的见证。”[1]

[1] ［法］让-吕克·南希：《无用的共通体》，第 1 页。

王家新在诗作中没有过度阐释他者的出现与消失所产生的意义，而只是让他者超越诗人自我的主体，从而自行占据一个开放、流动的意义空间，动摇诗人主体的固化意识。蓝蓝的《在芝罘》除了展示“大海的狂暴与宁静”“岩石、松树，和海风在岬角的呼啸”，还在诗歌的中部突然出现承受着“屈辱”的陌生他者：“打鱼的人，种苹果的人，酿酒人/屈辱的继承人，曾坐在灯下吃饭，/吞咽他们的玉米和屈辱。”[1] 在这里，诗人自我在场依然是明显的，有着记忆和激情。然而，突然闪现的失败者、屈辱者的形象是弥足珍贵的。

三、陌生化的自我和熟悉的他者

1990 年代的当代诗歌标榜“历史意识”，发明出了个人化叙事策略。但是由于国家推行的家庭革命，“个人欲望的合理化”让私人生活领域中出现了“自我中心的无功德的个人”。[2] 在文学领域，这一私人生活的变革的影响体现在 1990 年代私人写作、日常叙事的兴起。进入新世纪，这一个人化书写显现出强烈的局限性，正如姜涛指出的，“诗人尝试切入较为宏大的视野，去驾驭更为宏大的结构和主题，‘个人化’的解构性不足便更为明显地显现出来”[3]。换句话说，个人化书写对于共同体境况的揭示和

[1] 蓝蓝：《在芝罘》，《诗歌月刊》2019 年第 2 期。

[2] 参阅阎云翔：《私人生活的变革》，龚小夏译，上海书店出版社，2009，第 250—251 页。

[3] 姜涛：《个人化历史想象力：在当代精神史的构造中》，载《从催眠的世界中不断醒来：当代诗的限度及可能》，第 93 页。

解构显得越来越无力，于是，近些年，越来越多的当代诗人开始摆脱自我主体的情绪和情感话语，进而思考自我的伦理境况——对情绪和情感背后的特征性关系的反思和省问。余怒的诗集《蜗牛》里就有大量反思自我的诗歌，比如《自省篇》。诗的起点是孤独的自我，但是经过中间的发问，这个自我唤醒了自身与世界的伦理联系。这个过程是自我逐步敞开的过程，也是自我和生活的双重陌生化过程。汤养宗的《辨认》对自我的解构更加彻底："我不是那个人。并成为/难以处置的一桩事，这像游戏，或是圈套。"[1]对自我的辨认成为一种开放的游戏，而不再是一个移情过程。自我的亲熟和稳定就被消解了，剩下一个动荡不安甚至空洞的抒情主体。但必须指出，这类诗的抒情主体依然是内倾的，突出表现在陌异他者的缺席。

近些年有一类诗歌开始对自我的现实身份表示疑虑。不少诗作试图在探讨自我存在的多重身份到底是由谁认定、赋予、验证和保障的？诗歌在罗列诗人自我的伦理身份时，无疑肯定了伦理身份的优先性。比较典型的如丁丽华的《女人像一条河流般存在》："我想到自己的身份，/首先是女儿，然后/才成为母亲。省略了中间/成为妻子的那一部分。"[2]无疑这是对自己存在的体认。对妻子身份的否定，是对家庭道德秩序的质疑，隐微透露着对女性权利的伦理思辨。诗人在这里对身份划定了一个伦理等级。

在郑小琼笔下，我们总是能见到工厂环境中女工身体与机械环境之间的冲突，尤其突出了身体和心灵的疼痛与伤害。在《唯

[1] 汤养宗：《辨认》，《星星》2021 年第 4 期上旬刊。

[2] 丁丽华：《女人像一条河流般存在》，《边疆文学》2019 年第 1 期。

有痛经才能唤醒》这首诗里，她则意外地处理了自己的身体经验。诗中充满了对女性身体、话语、情感的书写：长发与丰腴的身体、丝绸般的手、雪白女性的低语、细腻的爱情，同时，让女性的身体、话语、情感在机械空间里被严重包裹、挤压、删削、调正，清晰展现了诗人对自身女性身份的辨认，以及对无性别劳动空间的反抗。诗歌的最后一行表明，作为工人的自我需要和女性身份取得认同的一致，而痛切的身体经验（“痛经”）则是这一认同的瞬间打开的入口：“在远离性别的车间/唯有痛经才能唤醒我身体里的女人。”[1] 又比如张小榛的《吊车臂上的机器娃娃》直面了自我的身体在当代机械控制社会中的变形。“面向暴风，我们给自己建一个新身体，/合金钢的新身体：你的完整堆出我的残缺。”[2]

陌生化的自我是通往他者的必要通道，虽然不是唯一的。主体与他者之间的关系在时间框架中展开，或者说，时间就预示了主体自我的伦理境况，主体与他者共享了时间的绵延，在时间的绵延中，主体与他者相互叩询、召唤、邀请、相遇和交往。但是，倘若越过自我的陌生化，他者的伦理处境是否可以得到更为复杂的呈现？

陌生化的自我脱胎于当代诗歌对自我的浓厚兴趣。自 1990 年代以来，诗歌持续地考察、凝视、体验和反思作为个人的自我。当作为个人的自我成为诗歌的主要装置时，超越的途径有两条：一，将自我陌生化走向自我的反讽和消解；二，跃出自我的

[1] 郑小琼：《唯有痛经才能唤醒》，《草堂》2019 年第 1 期。

[2] 张小榛：《吊车臂上的机器娃娃》，《青年文学》2021 年第 9 期。

藩篱走向对他者的观看、倾听、理解和承认。后者是当代诗歌另一条伦理道路。“以伦理的方式，诗歌才可能保持与世界的真实接触，它让事件来到诗歌的语言之中，让诗人更像一个活生生的人，而非只是一架修辞机器。”[1]事件，由他者的行动所开启，进而改变诗人主体的存在状态，从一种自我封闭或傲慢的状态进入到一种向他者敞开、承认的状态。

伦理只有在共同体内才是可能的，同时，新的共同体境况让伦理只有开启人的非束缚性的能力才是有效的。这就是他者在当代共同体中的出场语境。在“没有共同体的共同体”的伦理场域中，他者并不是作为宰制或被宰制的主体出现的，其伦理属性起源于人的情绪和情感，但紧接着，可以走向对晦暗不明的关系的辨认和探寻。在关系中到来的是对他者的发现、承认、迎候和无知、无能。然而，将作为客体的、被动的他者解放为自由的、能动的他者，同时必须消解主体背后挪用的权力。现代技术为权力的扩张提供了便捷之处，如果对权力的技术形式毫无提防，对他者的发现、辨认和迎候，很可能是引狼入室，尤其会漠视滥用的公共权力对个体的入侵，所以，必须提防他者和自我之间的隐形的权力关系。

臧棣在诗集《情感教育入门》中搭建出一个去主体的空间，感悟、体验、思考的诗人主体让位给了一个旁观者，大量的物品、地理、植物、动物占据、充盈了诗歌空间。事物世界的复杂性和新鲜感打开了语言的空间，语言获得了极大的容纳性和感受

[1] 一行：《分道而行：2018年中国新诗写作概观》，载李森主编《中国新诗年度研究报告·2018》，华东师范大学出版社，2020，第26页。

力，在“入门”状态保持敏锐的创造能力。更重要的是，他者的出现往往会改变旁观者的认知和身份状态，这就催生了能动的、挑战性的他者。正如一行对臧棣近年诗歌变化所做的总结：“与他以往的诗作相比，这些近作中包含着远为深刻的情感力量。他诗歌中的视线被伦理所调校，‘眼睛’里不再是一位智者的‘精深世故’，而是有了别的东西。”[1] 臧棣诗歌中的观察者开始降低位置，甚至不惜隐退，把诗歌空间让位给异质性的他者，比如《地铁里的乞丐入门》这首就写到了他者对书写者自我身份的质疑和增殖：

但他出场后，你的角色陡然开始翻倍；
除了乘客，你还是一位潜在的施舍者。
假如你的动作稍有闪失，比如，
没能及时进入那施舍者的角色，
你，很有可能会因人性的微妙
而成为冷漠的人。从身边擦肩而过，
你注意到他的年纪，40 多岁，
四肢健全，左眼只不过比右眼
多了一个不起眼的不规则的三角形，
视力应该没有问题。因为裤兜里的零钱
实在拿不出手，而钱包又放在
旅行箱里；这不错的借口

[1] 一行：《分道而行：2018 年中国新诗写作概观》，载李森主编《中国新诗年度研究报告 · 2018》，第 25 页。

一下子又把你塑造成了
伟大的心安理得者。[1]

这样的质疑让自我的行动游移不定，充满不可能性，或者说，悬置了自我的行动。这样一类突然闯入诗歌空间的陌生他者越来越成为当代诗歌写作的内容。

王子瓜的《市东敬老院》中出现了多种“观看”：学生的观看，老头的观看，以及“所有人后面的那个”的观看。在诗作的前半部分，老头的观看显然超越了学生的观看，并且和自己的目光之间产生了反讽关系：“他叫目光：‘回来吧！/吃完早饭，再找护工换双鞋去。’/可是目光没回来。”[2] 到了后半部分，离开敬老院的老头让学生们重新练习观看，重新审视曾经见到的事物，看见曾经看不见的事物：

能看见了，
从前怎么没见过？
围栏那儿有个目光弓着身子，
铁栅似是攥了太久，到处是锈。
拐角，那个望了望她。
“生命”，她追上去。

“生命”的凝视在“隔离”“围栏”“铁栅”中具有了生命政治

[1] 臧棣：《地铁里的乞丐入门》，载《情感教育入门》，广西师范大学出版社，2019。

[2] 王子瓜：《市东敬老院》，载《长假》，南方出版社，2019。

的意味，并且促使我们对陌生他者的观看进行考量，从而揭示出当代共同体生活遍布的历史的、政治的和伦理的边界。

呈现他者必然要对共同体语境有幽微的揭示。王向威的《对一个老人的观察》所呈现的视角就更加切近共同体的真实状态，这源于诗作叙事的稳妥、扎实、细致。这首诗的空间场景移置到了乡村——这个中国现代文学史上极为重要的文学空间在当代诗歌中似乎有所陷落。当代诗歌天然地属于都市，在一部分诗人对都市进行偏离的时候，将目光转向了自然。有些诗人主动让乡村成为自然的首要载体，从而能够去对抗非自然的都市。但是，王向威并没有将乡村进行自然化处理，而是在观看和叙述中，揭示乡村的破败、生活的贫乏与艰难、生命的韧性："用砖头支起的一张木板上，混乱放着/碗、筷子和水瓢，那么少，只能是一个人的生活。/为支撑这个低矮的房屋做出的努力。"[1] 这首诗俨然勾勒出一个被现代性遗忘然而万万不能被遗忘的偏移之地。乡村，在共同体的伦理关照中，依然超出了抒情主体的想象范式，正如李照阳在《地貌学 I》中写的："无法满足的乡间想象，被尽头/那石头山打乱，肩胛赤裸——。"[2] 王向威则通过观看和叙述乡村空间中的他者的生存境况，对当代共同体生活中的城乡二元结构提出了伦理上的质疑："看到这些，我感到了冷，感到了身体/无法抵抗寒冷时无能为力的样子。"他者已经不是全然陌生的他者，而是熟悉的他者——作为家庭成员或乡村共同体中的他者，但又是不可亲近、不能理解尤其是让书写者变得无能为力的

---

[1] 王向威：《对一位老人的观察》，《十月》2019 年第 3 期。

[2] 李照阳：《地貌学 I》，《星星》2021 年第 1 期上旬刊。

他者。

林宗龙的《妻子的手》邀请读者观看“你的鱼尾纹”“你的抬头纹”“你的法令纹”。他者在时间中显现的力量对书写自我的主体重新进行规划、塑形：“那迟缓的力量在教育我。”[1] 诗的结尾，观看的邀请变成了倾听的强迫：

[……]有妻子的手
留下来的气味，从深夜的漆黑中
伸过来，像一束从不停顿的
亮光，追着我要完成一次倾听。

我们发现，近些年，许多诗作涉及了对亲人的伦理性辨认。这种辨认来自诗人的中年心态，却显然不同于萧开愚、欧阳江河等人提出的“中年写作”。“中年写作”是对青春期写作激情的抑制，是与世界、生活、现实、历史相遇的开放性诗歌。然而，“中年写作”更倾向于写作者主体的状态，并没有着力容纳和呈现他者。可以说，中年写作主要呈现了主体性的伦理，而不是他者性的伦理。然而，当“熟悉的他者”出现在一些诗人笔下时，主体性的伦理开始逐步瓦解——他者不再是诗人主体抒情性幻象的投射物。这些诗的聚焦点是粗粝的、不可言明的、充满陌生与惊异的他者伦理境况。比如，育邦的《我认出了我的一位父亲》、谈骁的《夜路》都写了父亲；唐果的《妈妈说她睡不着》写了母亲；胡续冬的《天机》写了女儿。亲人，不再是作者主体所

[1] 林宗龙：《妻子的手》，《扬子江诗刊》2019 年第 2 期。

投射的抒情镜像或幻象，而成为主体自觉去观察、体认、辨别、亲近、叙述的陌异他者。他们的诗作呈现出一种新颖的他者伦理——代际伦理。代际伦理在多多的《唱唱不下去的歌》里依然保持着抒情性的面目：“歌唱云朵后面广大的父母/那一去不复返的已滋养了你。”[1]然而在更多的诗人笔下，代际伦理是通过叙述而呈现出来的。在叙述过程中，“熟悉的他者”的伦理境况清晰地呈现出来。比如飞廉的《卖瓜记》，写到了在对一次卖瓜经历的叙述中，父亲在日常生活中的心态、事物、空间、环境获得了具体性和在场感，从而呈现出其所占据的日常生活本身的形态：

为躲开城管，我们行在小镇偏僻的街道，
且父亲永远沉默着，
所以我们的瓜比别人家卖得慢。我们不停地擦汗，
我们拉着一大车西瓜，却在别人屋檐下

灌满一肚子井水。中午，肮脏的小饭店
用西瓜换来两大碗凉面。父亲总在新华书店

墙影下停很长一段时间，好让我去翻翻书，
他相信书能改变儿子的命运，而我却怕遇见

同学。父亲总在颍河大堤的树下，停很长
一段时间，抽烟，抽那一毛钱一盒，

[1] 多多：《唱唱不下去的歌》，载《拆词》，江苏凤凰文艺出版社，2023。

或自家卷的劣质香烟。

而我只好对着古代"八流"之一的颍水发呆。

诗中的"我"和"父亲"共享着同一段时光和记忆——"卖瓜""小镇偏僻的街道""肮脏的小饭店"，最终却被区隔在两个世界里：父亲的日常生活世界："一大车西瓜""一毛钱一盒"的烟，"自家卷的劣质香烟"；"我"的文化历史世界是"新华书店""书"和"古代'八流'之一的颍水"。而"城管"一词更是透露出"零余者"的日常生活与共同体生活之间的裂隙、纠缠甚至抗争，从而确立了"零余者"孤立而卑微又迫不得已的伦理境况。这首诗的叙述性是不可忽视的因素。

在抒情之外，叙述成为1990年代以来诗歌变形的手段，无疑回应了巨变中的历史现实和伦理境况，并促成了诗歌自身的伦理转向。刘立杆的诗集《尘埃博物馆》是当代诗歌精妙而丰盈地叙述"他者"的集大成者。这本诗集里，诗人作为书写者、观察者、体验者，精雕细刻般地观照、呈现并参与无数他者的生存现场。这是一种与生活和解的写作姿态。和解并非意味着平息矛盾和困境，而是积极跨越了写作者与生活世界的对抗性深渊。换言之，他在诗集里从外在的书写者转变为了拥有了经验、情感、伦理、想象、宇宙技术的创造者。整本诗集在细腻、绵密、在场、开放的书写里，熔炼并创造了事物的消失、时间的变形、自我的游移，特别是作为陌生人的他者的伦理境遇的波动。这些诗歌具有小说般的叙述性，但不同于小说，诗歌中的他者的在场不被故事牵引，而是被诗歌精心钩织的伦理场域所形塑。例如，在《南行记》中，我们能够看到一位中年妇女与其生活之间的龃龉、不适和难以清除的联结：

怀孕八个月她逃跑了
爬进闷罐火车，摊开包头巾
在过道蜷身躺下。又一个小站

滑了过去，芒果树的阴影
使她的脸颊变得柔和。
“唉，我不可能成为居里夫人

因为我太喜欢刺绣了……”[1]

在对他者的叙述中，想象也是朝着伦理的方向展开的。这位妇女在逃亡中辨认着自己的存在：成为居里夫人式的成功女性，还是成为“太喜欢刺绣”的忠实于自己的逃亡者？显然她选择了后者。但生活并没有让她成为能够主宰自己存在的自我。她的自我与生活之间始终存在着日常伦理的深渊。接下来有一段叙述是这样的：

剪掉了辫子，把布拉吉
扯成尿布，我看见她从屋后奔来

气恼地挥舞着菜刀，“天哪！

[1] 刘立杆：《南行记》，载《尘埃博物馆》，北京联合出版公司，2022。

就连杀只鸡我都做不好。”而那只鸡
滴着血，又回到了潮湿的床角。

三十年过去了，她仍然站在那里
盯着脚边一束屈从的光，眼神凶狠
沉默如磨秃的顶针。

布拉吉和尿布、刺绣和杀鸡、菜刀和滴着血的鸡、凶狠与沉默，这一组组对立构成了“她”真实而复杂的伦理处境。“一束屈从的光”彻底照亮了人在伦理中的生存的矛盾、焦虑和对抗。这是一个陌生他者承受着的生活的矛盾、焦虑和对抗，而不是仅仅是诗人自我和他者之间的矛盾、焦虑和对抗。在这样的诗歌里，生活的伦理本身是混沌而深邃的。

无论熟人或陌生人，在叙述过程中，逐渐被辨认、识别、叙述成为一个陌异的伦理他者，这不仅是写作者的自我建制，更对共同体生活图景具有开启的意味。正如育邦在《我认出了我的一位父亲》这首诗的题目里写的，“他者”在近年的当代诗歌中，已然成为一个个被“认出”的伦理生存者。

另有一种情形，“他者”并不是共时在场的他人，而是本文中的他者或历史上的他者。这类他者的伦理形象在很多诗人笔下也得到了丰富的表达。这方面最具代表性的无疑是朱朱的长诗《清河县》。这部三组诗歌构成的长诗，尽管取材于《金瓶梅》的虚构故事和人物，却无与伦比地揭示出了人的真实的伦理境况。在三个部分中，朱朱分别探讨了人物（郓哥、西门庆、武大郎、武松、王婆、陈经济）的主体面具、他者（对潘金莲）的凝视和认知、作者（兰陵笑笑生）的自我生存，让伦理境况中他者的多维存在可以“丈量和被丈量”[1]。对他者的丈量是永无止境的，因为他者的伦理境况具有含混不清、纠缠不止的无限生产性。

这便是当代诗歌伦理转向的重要标志，他者不再是诗人自我的客体化的抒情对象，也不再是诗人内化自我的、拓展自我的、需要去成为的存在，而是复杂地缠绕在自我所置身的共同体中的需要去辨认出来的伦理生存者。

当代共同体生活的伦理情境在近年有了清晰的转型中的面目。伦理意识的诞生，源于当代诗歌对于共同体当代境况的呈现，更源于与陌异他者的伦理性相遇和对他者伦理处境的辨认。伦理意识，回应他者的召唤、请求甚至命令，指向伦理主体的能力、生活的可能性和流动的历史生活。它不是对束缚性的道德法则的遵从，相反，在出现道德法则的地方，具有了伦理意识的诗歌总是会对其进行探讨、拷问甚至颠覆，打开诗歌文本，朝向林间空地自由运转。

诗歌写作不可能不关乎伦理，只是在形式主义、文学自律性昌盛的时代，伦理会被遗忘，或替换成文本自身的伦理，而不能解放为文本中的伦理。面对自律、现实、历史、政治等多重缠绕关系，当代诗歌需要“考虑应在怎样的问题脉络上、怎样的现实处境中，引入一种善意的价值观维度”[2]。当然，价值观维度依然带有责任的框架，而伦理则指向自由的、可能性的关系。所以，当代诗歌需要建设一种伦理形态。新世纪以来的当代诗歌开始对

[1] 朱朱：《清河县》，载《我身上的海》，北京联合出版公司，2021，第 190 页。

[2] 姜涛：《个人化历史想象力：在当代精神史的构造中》，载《从催眠的世界中不断醒来：当代诗的限度及可能》，第 103 页。

语言失去耐心，同时也开始对“个人”和“历史”失去耐心，那么，在这个容易滑入虚无主义的时刻，就开始去寻求客观性的伦理来支撑虚空的主体，或者用张伟栋的说法：“历史的焦灼感依然在我们身上，对语言失去的耐心其实需要客观价值的补偿。”[1]

新世纪以来的中国诗歌显然在继续调适其自身的存在境况，从写作与历史之间僵化、束缚甚或敌对的政治性的关系中解放出来，走向一种辨认他者的伦理意识，一种更为敞开、多维、微妙、复杂尤其是自由的伦理性的关系。这就是当代诗歌的“伦理转向”。这一转向不仅体现在对历史结构和脉络及其对应物——当代共同体生活伦理的自觉考察，也体现在对书写形态本身的质疑和拓界，同时体现在对个体自我的伦理境况、自我与他者的伦理关系的敏锐寻求。这一源于当代诗歌伦理意识的转向，推动了当代诗歌美学范式的探索和拓展。

2023年2月29日

刊于《中国现代文学丛刊》2024年第8期

[1] 张伟栋：《修辞镜像中的历史诗学：1990年以来当代诗的历史意识》，华东师范大学出版社，2018，第47页。

大海的姿态与爱的意义生成论

在中文世界，写海洋诗歌并非易事。我们缺少一种书写海洋的强大传统。而对大海的当代想象，尚未被纳入我们的内向性文明的核心地带，或者与当代人的存在场域较为疏远。进入书写的大海，有时缩减为奇异景观，有时凝聚为神秘场域，有时弱化为边缘声音——甚至干脆被纳入了开放、国际化的单调的宏大叙事，因而显得空洞，无法生成一种容纳差异性又向存在敞开的丰盈、柔韧且坚定的声音。或者，我们缺少书写大海的强力诗人，能够将大海写出当代性的诗人。又或者，这一切源于当代诗的意义领域一直游移不定、混沌不堪，让大海这一始源性元素无法转变为生成性元素。诗人需要双重的视野，一种用于观看世界，一种用于沉思世界，一种忠实于生活，一种超越生活。大海，在当代诗歌里，能否提供诗歌所依赖的双重视野？这是难题。

周钰淇出生于厦门海边，成长于海边，又长期在海外（新加坡、英国）和澳门求学。大海是内嵌于其生命的存在。所以，他可以写《他从大海来》这样的诗：

每一朵浪花都是大海选择苏醒的部分
钻入牡蛎壳雕刻出的缝隙
与堤岸上隆起的灯火无关
与威士忌和伏特加的消退无关
从远处而来去向更远处
潮湿的气味
允许他像星星般自由
也允许熹微的灯塔在隐秘的礁石中被匿名

然而由于“来自大海”，书写大海更会成为一个难题——如何让大海摆脱固化、单一记忆的束缚，而成为流动的、生成的记忆，并且能够通向他者的共在、通向世界本身。面对这个难题，他在诗中吸纳了大海的自由，也领略了大海的苏醒与任性。进而，大海及其海浪与陆地之间在“无关”中建构出了自己的生理学。只有生活在海边的诗人，才能图绘出海的生理学　大海拥有自由意志，“允许”这个世界自我行动或不行动。这首诗里两个“允许”别有深意，体现了他的诗学态度：我们和世界之间的关系不应该是紧张、强迫的，而需要是轻盈、松弛的，即相互解放的。因为这种“允许”的姿态，“星星般自由”才能如期而至，“熹微的灯塔在隐秘的礁石中被匿名”也才是可能的。“被”字在这里提示着大海的主权，同时也消解着大海的主权。正如里尔克在《杜伊诺哀歌》里写的：“我们在相爱中相互解放，震颤地经受。”也许，大海作为一个去权力的主权、非场所的场所，唯有意味着我们与世界之间的“爱”，才能催生出诗歌。

正因为如此，周钰淇作为“敏感者”不止敏感于与大海同构的修辞，而且可以抵达“幸福”。就像他在《敏感者》里写的一句诗：“可我偏又时常触及幸福。”对“幸福”的触及，让他的诗句呈现出清澈的动感。

在《庭院深》里，他更是把大海的生理学与自己的生理学合二为一了：

大海的声响从远山赶来
告诉我要等
可是很久，都没见到前来讨水喝的乌鸦
于是我拦住大海的去路
委托它帮我去拜访一位医生
我就在这里
随时恭候他进入诊室
万望记得：带上绷带、营养液、和听诊器。

“我”的身体在等待，而大海的身体是可以寻求帮助的媒介。在这种关系里，“我”和“大海”都拥有了身体。只不过，“我”的身体更加无力、脆弱、痛苦，而大海的身体有力、辽阔、自足。自足而能提供帮助，这明证了大海的身体的开放性和友善性。最关键的，大海不再作为想象的修辞元素悬浮于诗作之中，而是拥有了一具真切的、可感的、丰盈的、伦理的身体。因为，当代诗歌的基底正是从形而上机制中解放出来的非主体的感性。而大海倘若拥有了这一实践着的、差异性的、流动的感性，便能催生具有当代性的海洋诗歌。

作为镜像和景观的大海在周钰淇这里退隐了，代之以肉身性、情感性甚至伦理性的大海。《在蓝色绒布上偶遇跳舞梵谷》一诗体现了他扭转镜像的初衷——为了让世界还原为“真挚”的存在：

当我把镜子再次转过来
整个夜晚的蓝全部降临到我身上
让群山的沉默在房间聚集气力
应对吼叫时的内心
被夜色浸透的我们都应该承认些什么
比如在蓝色绒布诞生出沉默的海
而海上的向日葵在深沉中孕育热烈之我——
世界真挚。

在这里，“我”的存在是被动的，或者说承受性的。被动的姿态源于镜像世界的颠转和碎裂，源于世界整体性的重组。“整个夜晚的蓝全部降临到我身上”这样的诗句是有意义的。浅表地说，周钰淇在诗中设定了一个谦逊的自我。往深处探究，我们则会看到他对世界的最终的“承认”。承认什么呢？“在蓝色绒布诞生出沉默的海/而海上的向日葵在深沉中孕育热烈之我。”“孕育”在这里创造着积极的意义。“蓝色绒布”和“海上的向日葵”的羞耻感被这个动词熔炼成了血液和骨骼。而“沉默的海”与“我”之间建立起了“热烈”的关系。

钟情于修辞，诗人才能写诗。然而只见修辞，诗人则远离了诗。大海，是周钰淇用来盈满修辞并突破修辞的“方法”——就像潮水突破堤岸。大海作为方法，源于周钰淇对大海的爱，对大海的自觉书写，这是他写作的起点。

在诗集《静坐在星期一下午的花》的第一辑里，周钰淇为我们展示了大海在他的诗作中显现的修辞、句法，尤其是生命姿态。他的诗句信笔而来，具有海浪一般的随机性。我们常常会被想象力的意外所打动。不仅如此，他的诗总是停顿在若有所思的结尾处，让我们对自己的生命浮想联翩。因为，大海的教诲可以让一个人从内部离析出他者，又联结起他者。他在《在 66 号公路遇见海鸥》中写过：

海鸥正在低空飞行，一朵浪花
激起另一朵。试图打捞
没有被捕回渔船的鱼
盘旋的姿态里住着对秃鹰的崇拜
这让我想起身体之间的裂缝
住着一个人和另一个想成为的人。

“飞行”“激起”“打捞”等动词奠定了诗句的动态性。这一运动的调性引出了“盘旋的姿态”，最终又指向自我内部的伦理想象：“这让我想起身体之间的裂缝/住着一个人和另一个想成为的人。”而伦理的非主体性，向着自我、他者的不同步、不同一、不相等的差异性深渊敞开。

自我内部的伦理可以生成复数的自我，进而容纳意外、陌生、错位的他者，最终直面伦理现实。这是周钰淇在诗集第二辑中试图呈现的内容。他在一首名为《夜行动物》的诗里，就呈现过一个分裂、对话的自我：“威士忌穿过肉体听见喉咙里的烈火呼唤着我的名字。”全诗仅一行，却意味丰富。“我的名字”是对自我的确认。这一确认来自“夜行动物”的特殊状态，是酒精激发出来的“烈火”般混沌、激情的状态。恰恰是自我激情状态下的“烈火”在“呼唤我的名字”。这一自我循环，让自我发生了裂变。由于这一切是“穿过肉体”完成的，肉身的具体性确保了分裂自我的统一。然而，此刻，他者意识有些显得淡薄。在同样写于2014年的一首诗《早餐时刻》里，他者纷纷到场：

母亲正在为我准备早餐
叙利亚又一次陷入夜晚
她每天都会变花样
甚至为此发愁：
咖啡、煎蛋、火腿、吐司、草莓酱
当我说明天早上想喝粥的时候
叙利亚送来地道的羊肉碎小麦团
并附上贺卡：因原材料短缺
里面只能裹上
尸体、残肢、坦克、手雷、狙击枪
当我和母亲对生活发出重复的争论
另一头的孩子们在
用睡梦反复练习死亡。

由于“重复的争论”，母亲在这里就构成了一个亲熟的他者，一个与自我之间构成差异的他者。这首诗在自我和母亲的争论里开启了另一个他者世界：陷入危机的叙利亚。这样的并置丰富了两个不相干的时空，却联结、熔炼了两个时空，就像两个主体交换体液、气息、速度、力量和精神，让“早餐时刻”成了复杂、丰盈的伦理时刻。

伦理时刻，产生意义，至少引发对意义的沉思和探寻。伦理，将诗人嵌入与他者、生活和世界的丰盈的关系。在不得不联结的关系里，意义在酿造。而最终极的关系是要去相信。

在《仙人掌美学笔记》里，周钰淇写到了“相信”这个词：

我并不是一个传统的人但我卑微。
绕开仙人球朝那群女孩走去。
并无恶意。我承认
它们身上密集的刺令人生畏。
或许从前并不是这样
沙漠的心脏在离开家之前也充满斗志
我宁愿相信它们
只是为了避免和蚊子相爱的可能

当代诗歌在修辞的复杂性经营方面是前无古人的。但对意义的追寻却隐而不显，因为非主体的感性、意义的不可能的可能性在当代诗里往往是缺场的。我们通过修辞的复杂，让世界的面目变得难以辨识，以此换来诗歌的当代审美和激情。但在这首名为“美学笔记”的诗里，周钰淇尝试表达了自己的伦理位置，即“卑微”。卑微是对自我有限性、脆弱性的确认。非主体的感性，意义的可能性，是诗人需要去领受的，而不是去搭建、拼贴甚至虚构的。这就是要求诗人的主体走向卑微。正是卑微，让我们可以去寻找感性并相信意义之源。仙人掌“身上密集的刺”仿佛是当代诗歌躯体上的修辞之刺。他决定“绕开仙人球朝那群女孩走去”。这一次“绕开”，让伦理时刻向着他者所在的感性和意义空间敞开。而结尾处的“相信”为伦理找到了出口：爱。爱并不来源于“刺”，而是开始于向着他者“走去”。“蚊子”和“刺”在这首诗里构成了爱的对立面：拒绝他者，蔑视他者，甚至侵害他者。

在另一首《相爱法则》里，“相信”这个词再次出现。在这里，他在伦理时刻中看到了许多困境：

背对背
躺在同一张床上尝试打开自己
并且坚定地相信
白天吃过的酸枣不会被发现
夜晚在褶皱的衬衫上发生痉挛
远光灯行驶在高速公路变得缓慢
无非是两颗心隔着略显呆滞的木板
靠近香水味里到访的情敌
贷款催缴单还在餐桌上
升职的压力赶不上通膨的速度
市中心房屋均价又比上个月上涨近一万
附近重点学校招生名额如腰带缩紧

在数据化的当代，世界的速度、密度成倍增加，世界的信息是超量、过载的。在这种情形中，人的身体、自我、情感面对他者时都产生了巨变：不再能够去看见、体认、辨别他者，因而不断内卷。在这首诗里，周钰淇写到了一对当代的恋人或夫妻。他们“背对背”，不再朝向对方——尽管，朝向是爱欲的源起。其中一方选择了“相信”：“坚定地相信/白天吃过的酸枣不会被发现。”对他者的“相信”，移置到了对自身秘密的“相信”。而爱恋中的人一旦不再相信对方，不再朝向对方。伦理关系就塌陷为旋涡、困境。此时，外部世界，一个由贷款、升职、房价、就学编织成的空间，便无限膨胀，处于失控状态，无人能应付。

周钰淇的诗句显得瘦长、舒缓、简洁，仿佛有意抵抗这个世界超量、过载的信息。但他的诗句内部一直保持着跳跃和紧张——当然也不排除一些例外。在大多数情况下，他在诗里，预先设定了别样的速度和密度，让诗歌的内部空间的姿态有别于现实世界。当然，“有别”也会造成诗句的缥缈和意义的虚无。好在他对于诗歌的书写，一直持有大海一般的姿态。大海，不同于超越的天空和稳固的陆地，具有流动的姿态。所谓姿态，是原因与结果、行动与目的、主体与世界之间的无缝链接时形成的形态和态度。大海，作为具有自身生理学的存在，它不是周钰淇生长的环境，也不是他观看的对象，更不是他利用的客体，而是内在于其生命的诗学姿态：流动、生成，不服从于规则，不能计算，拒绝传输，只在观照、行动、回忆、沉思中涌现。所以“有别”的姿态，让他的诗歌更深地内嵌于这个世界的流动性和生成性。这一姿态，在诗集的第三、四辑里，进一步展开，成为他思考写作之价值、生命之意义的根基。

在《芙蓉隧道涂鸦观察报告》中，他从墙上的崭新涂鸦里领悟到了“新”的意义：

但人们却对崭新的事物充满好感：
静坐在星期一下午的花
让我臣服她新鲜的美
早晨对着镜子洗脸刷牙
我的影子是新的
与昨天的此刻相比
我却苍老了二十四个小时
我该努力思考如何保持新鲜
否则，我对影子说出的每一句“我爱你”
都将成为过去分词

“崭新”“新鲜”“新”，一系列词语牵扯出世界的生成性。这里的转折别有深意：“但人们却对崭新的事物充满好感”。自我和人们之间的对立没有在转折中加强，反而得以消解。自我认同了人们，自我朝向了人们。然后，“新”就有了安置的空间：这个自我与他者、人们共在、同处的世界。与此相关，“爱”也需要生成，因为“我对影子说出的每一句‘我爱你’/都将成为过去分词”。

这里的诗句“静坐在星期一下午的花”正是诗集的名字。“静坐”一词里的怡然自得，与“星期一”之间的具体性，并置成了一种对世界的终极的“相信”。紧接着的一行是：“让我臣服她新鲜的美。”这里的关键词并不是“新鲜的美”，而是“臣服”。“臣服”解构了主体与世界、自我与他者之间的二元对立，代之以谦逊、迎接、接纳、承诺的关系。这呼应了《黄昏》的结尾中关于大海的书写：“海面像一块碎花玻璃/反射出我的身体。”也呼应了《老式怀表锻造术》的开头："海浪翻滚成火焰包裹身体/我变得滚烫。"自我与大海、个体与世界不是两个相对敌对、抗争的身体，而是两个相互映射、融合的身体。

整部诗集的最后一辑展现了爱的主题。这是诗集发展到这里应有的、顺其自然的结果。爱在周钰淇的笔下是丰富的，亲情、友情、爱情、对物品和宠物的爱，但集中于对父母亲的爱。人间的爱千千万万，而他提炼出了极具始源性的母爱，可见他对大海的领悟其来有自。到了这里，前三辑中的许多书写困境症候都迎刃而解。正是爱，弥合大海的身体和诗人自己的身体、自我与他者、主体与世界，开掘出大海的生理学、尘世的伦理学的源初形态，也解释了他的谦逊、柔韧、迎纳的诗学"姿态"的起源。

难能可贵的是，在这一辑里，他的自我的不安、紧张、焦虑等解构性力量也得到了安置。比如在《甜秘密》里，他写道：

忽然间想到亲吻。除了妈妈
已经很久没有其他人亲过我了
其实连妈妈也很少（难道
是长大的我腐坏得令他们
不敢靠近？）——

是的，我焦虑。也似乎
在害怕
害怕失去什么

我承认爱之必要也承认

自己是颗在爱的阴凉处长大的糖。

他在这里命名了自己与母亲之间的爱——“甜秘密”，同时也暴露了甜蜜之下的苦涩秘密——“腐坏”。人之腐坏，呈现了生理学上的扭曲、伦理学上的溃败，也肯定了对“爱”的执着。爱，作为意义之源，作为拯救性力量，也会生成个体的存在焦虑：对失落的焦虑、对变坏的焦虑、对道德陷落的焦虑。在这首传达生之焦虑的诗里，我们看到了周钰淇一以贯之的长短适中的句子被拆解为错落的短句。这些短句除了应和焦虑的气息和节奏，也展演了焦虑本身的生理学甚至伦理学。焦虑对应了参差、龃龉、错位的生命情态。这也是诗歌存在的意义。倘若不对此生命形态有深切的语言、情感的关照和依恋，这个世界就不需要诗歌。当然，对生命的关切进行到何种深处，到何种临界点，因人而异。但有一点是肯定的，无焦虑的关切会显得过于轻易。《甜秘密》这首诗表达出的焦虑，面向母爱中的始源性力量之失落。

与作为始源性力量的母爱不同的，是作为相似性力量的父爱。相似性，既是家族关系，也是血缘关系，更是修复性的关系——修复支离破碎的非存在、非伦理的世界。这在他的《关于修灯的等式研究》里得到了完整的表达：相似通向修复，相似许诺修复。在修复里，时间仿佛停顿，父亲被留在了时间进程中，与诗人一起共度光阴、守护家庭，生成爱：

这里存在一个等式：
修好暖色灯管
等于

修好黑夜。等于治好
旧屋上火的舌苔。等于
修复太阳的
老年斑。那样
我们又可以
重新拥有光
父亲的脸
似乎也跟着平整许多

周钰淇善于捕捉瞬间、场景的诗意：过隧道、绕过仙人掌、生病、修灯、泡茶等。他在瞬间中提炼生活，也创造生活，赋予生活以秩序。在《自画像》里，他记录下母亲的一句话：

母亲在茶室与老友泡茶
“他和他爸年轻的时候越来越像了”
——那时父亲尚未接过衣钵
友人口中，和爷爷愈发相像的父亲
也和现在的我一样
是个衣着讲究
意气风发的年轻人。
我站在那里腼腆地笑着——
想起我和结婚照里身着正装的父亲一样
都来到了二十五岁
恍惚间，在那张照片里
我满眼星光

正准备亲吻身披白纱的新娘

儿子和父亲之间的相似瞬间经常出现在周钰淇的诗里。这种相似性源自母爱：诗里的“我”最终取代了父亲成为父母结婚照里的“我”，去亲吻“身披白纱的新娘”——母亲。在这里，弗洛伊德的无意识理论似乎失效了，取而代之的是修复性的爱。这种爱能够修复家庭、族群、共同体，并化解失落、虚无的焦虑，从而越过伦理学进入到意义生成论。《父亲的男孩》捕捉到了另一个瞬间，父亲和儿子一同站在镜前。然而，这个瞬间迅速从记忆中的差异性瞬间（父亲衰老、儿子成长）过渡为相似性瞬间：

他还像从前那样宠溺地摸了摸我的头
眼里隐隐泛起白色花瓣——
站在和上次相同的镜子前
他发现除了他以外那个
长不大的小男孩也已经开始变老

相似，趋向和解。诗集在第四辑里呈现出的和解姿态是感人的。大海，经由伦理的困境，最终使得人世作为生成的共同体流动了起来。在流动中，当代生活、当代诗歌的意义危机得到暂时的缓解。当代诗歌并非缺少杰作，但对意义的探寻实在匮乏。这一匮乏让当代诗执着于审美和修辞，或者激情——对日常的激情、对历史的激情、对变通的激情、对腾挪的激情，总之对作为景观的对象的激情。但意义的生成又不是诗歌能完成的，那属于“相信”的领域。我们的当代生活还不足以教导我们去“相信”

那看似不可相信的。但诗歌至少可以让我们触及这一神秘、辽阔、绝对的领域。然而，大海和爱，真的是意义之源吗？对这一问题的回答，超出了诗歌的阈限。不过，我们应该去不断追问。至少，当代诗歌，在好的状态里，拥有面向“相信”意义的姿态，一种朝向并爱的姿态。

这并不是说，周钰淇的诗歌完全触及了这种姿态，在言辞的精准，感性的锐利，体验的深切、辽阔方面，还留有许多余地可供他施展才能。但他的诗歌记录了趋近、倾听和触碰意义领域的点点滴滴的痕迹，因而拥有了一种舒缓、明澈、敏锐、坚定的声音。

2024年5月11日

与生活之海对位、和解，以及作为倾听者的飞鸟[1]

诗人的声音是一个谜。

声音源于诗人的身体，源于情感、经验和心灵，源于智性和沉思。声音的沟壑内流动着物质的溪水，也浮动着精神的气息。声音承载着人与生活的冲突，也内旋着宇宙秩序。声音让一首首诗有了饱满的躯体，有了独特可辨的面目。声音既朝向实在的倾听者，也邀请不可见的倾听者。

生活在常熟任阳镇上的小跳跳，是我多年的好友，一直在写诗。我喜欢她的诗中的声音，宁静中涌动着激情，清澈中持留着混沌，细微中容纳着辽阔，朴素中邀约着意外。在她的诗里，我能听见流水的激越，海水的辽阔，山川的安宁，果园的丰盈，树叶的舞步，竹林的秘语，能听见心灵深渊的孤独，情感巅峰的呼喊。她的诗是自由的，如倾听着人世的飞鸟。她的诗是激情的，如渴望被听见的大海。词汇、句法、分行、停顿、延续，在她的诗里，都不可测度。她的诗在形式上显得散漫、无拘无束，在声

[1] 本文为小跳跳诗集《当星光还在流淌》（上海文艺出版社，2024）序言。

音上又那么充盈、清澈。因为正是深不可测的生命激情催动着她的声音。读她的诗，必定会被她的生命激情感染。

我们十几年前在网络论坛上因为写诗相识，后来又成为生活中的好友。我有一首诗《赋形者》是为世人熟知的，这首诗便是献给她的。那是在2010年10月26日。那一次，我去她家的葡萄园摘葡萄、吃大闸蟹。我在诗里写过她的“声音”。她的声音让生活有了“寂静的形状”。而她的生活，尤其是诗，呈现出“轻易的形式”：

生活，犹如麦穗鱼，被你收服在
漆黑的内部。日复一日，你制造轻易的形式，
抵抗混乱，使生活有了寂静的形状。

但她的生活不是真的寂静，而是暴风雨前后的寂静，是倾听者尚未到来或已经离去时的寂静。因为她的诗无时无刻不在发声。在有些时间里，她写诗的密度极高，有些诗的题目会一再重复，比如《日记》，特别是近年来的一些列诗：《无用》《余生》《设想》《村》《今天》《名字》等。她还有很多以时间为题的诗，比如组诗《二十四节气》(2022)。她敏感于时间，时间成为活着的见证，也成为虚无的记录。这成就了她的写诗的耐心。耐心源于她对自己和世界的日复一日的倾听。

我们第一次见面是在2008年10月14日。我们游走了沙家浜。我写了一首《与小跳跳漫步沙家浜》。初次见面，我就注意到了小跳跳的“声音”：

树不说话，你的话很多，

但话语就像宁静的雪。
“巨大的事物是对世界的一次冲击。”
雪落下，重新安排我内心的秩序。

其实，微小的事物对世界同样是一种冲击。小跳跳的家在七浦塘边，七浦塘是一条非常朴素、微小的江南河流，一如小跳跳的家，以及小跳跳的生活。

小跳跳的生活尤其是婚姻出现过变故。在我读大学的年龄，她曾经离家千里去广东当编辑，也可以说去冒险。后来她在伦理、情感、道德、律法的多重召唤中，回到了任阳小镇。她开始寻找自己的生活，重新设定自己的日常身份——一位美容医生。然后，我读到了她写于 2018 年的《七浦塘》：

那个眺望湖水的人
那个模仿着自己的人
那个撕扯着影子的人
他就是湖里的那个人
他们一同生活多年
终于熬成了岸边的枯木
终于熬到了
动一动手指
他就能把那个波光粼粼的自己给抠出来

我惊讶于她在诗里用了男性的“他”。这个“他”眺望着水面中的另一个自己，一个模仿、撕扯自己的人。与自己内心的他者、与自己的影子常年生活在一起。可见，“他”是多么孤独。生活是用来“熬”的，但熬的结果是“动一动手指/他就能把那个波光粼粼的自己给抠出来”。整首诗是视觉性的，或者说目光性的。什么样的人才会凭借着目光度过、熬过一生？一定是一个充满声音的激情而无人倾听的人。这个“他”里无疑有着叠影着小跳跳的“她”。

小跳跳从 2002 年开始写诗，已经写了二十多年。然而，她几乎没有学徒期，只用了一年左右的时间，就把诗写到了纯熟的地步，也就是说，已经找到了自己的声音。在我们这个追求、膜拜技术的时代，小跳跳的诗就像对我们时代的反讽，然而反讽得那么风轻云淡。2003 年，是她写作大爆发的一年，一共写了六七十首。她会去观察身边的人，比如《在早晨》写了一位推着餐车的人。她的想象力在诗的后半段开始自由不羁地游动：

——哦，如果它们都不见了，他的衣服不见了
他的餐车不见了——
他就能想出更神奇的事儿
比如制造出一段音乐
让痛苦在世界的眼睛里滑翔
让麻雀的叫声胜过夜莺
喳——喳喳——他跟着欢叫
沉闷的心能苏醒
他变得宽广，透明的脑袋
翻滚着一片明亮的海水

正是声音让他“沉闷的心”醒来：一段音乐，麻雀的叫声，

还有被两行声音夹着的一行生命情感——“痛苦”。这些让他变得宽广，让他的脑袋里“翻滚着一片明亮的海水”。

在一些人眼里，小跳跳的诗有时候会显得随意、不节制。但诗的可能性就在于它有着无限的可能。随意和不节制，到了随心所欲的阶段，就成了诗的一个方向，并且能打动人。小跳跳的诗经常打动我，其根源在于诗歌内在的声音以及与之匹配的想象力。她的诗并不缺乏令人欣喜的修辞。

她是敏感于女性经验的诗人，尤其是对“痛苦”打开了高度的听觉。写于2009年的一个断句“对痛苦的要求很高，对快乐的要求很低时，我们卑微而幸福”，透露了她内心的秘密。这痛苦来自她女性的身体和身份。《女人》写于2003年：

女人是一幅刺绣
它静静地悬在城市的上空
我们因为忧郁
因为她侧着身，而看不清楚
我们在年纪大的时候抖动
她走过来，把手搭在我们肩上
忘了彼此属于谁
忘记夜空如何在消失
我们真诚互望，默默流泪

女人是刺绣一样的被凝视对象吗？显然不是。她是有着鲜活生命、可行动的肉身的。在小跳跳的诗里，女性与女性之间会产生天然的友谊。而一些特定的男人，丈夫、父亲，都成了带来痛苦的人、限制行动自由的人。但她并不激进，并不愤怒、摧毁。女人与女人之间在“真诚相望，默默流泪”之时完成了对生活的短暂超越。视觉、目光又成了人与人交流的方式。而“流泪”则是无声的痛苦的对应物。

同样是 2003 年的诗《这样的一天》，写到了母亲。我们会发现，小跳跳对“爱”的承认，同时也构成了“爱”的沉默和“爱”的痛苦。诗的结尾是：

母亲的微笑
母亲的呼吸
这是肩膀上沉睡着露水的早晨
蚯蚓翻出厚实的泥土。我承认我的爱
在旧报纸中读到的东西使我回到年轻

其实，小跳跳的诗并不随意。随意的只是她的句法，但她的经验、情感清晰可辨，被认真地对待。她的诗是具体而不空浮的，她的诗是切身而不邈远的。这也是当代诗的任务之一：回到具体而切身的生活。而她的诗中的声音仿佛裹挟在这一生活上的云雾，让与生活对位的诗句显得散漫、混沌，却在旁枝末节中，显露出诗人真实的存在。她从不隐藏自己的情感。比如还是一首写于 2003 年的《零三年的六月十二号》的结尾：

亲爱的，无论怎样，我想不起你了
关上门，清晨，又打开
我想不起我爱的你了

“爱”是激情和欲望，也是人对他者的渴望，对共同生活的邀约。但，“爱”在小跳跳的诗里显得那么艰难，甚至带来很多伤害。带着这样的情感去观看身边的人和事物，使得小跳跳的诗里，总有一个“需要”着的个体。令人略略悲伤的是，面向他者的“需要”是被动的，取决于他者的回应。此时视觉就会超过听觉，就像她在《我的需要》(2003) 中写的：

而我年轻，而我需要一些化妆品
需要一些谎言
一台电脑、网络
一个舞台，红色的霓虹
我凝望着某个明星的瘦小面孔
凝望着张惠妹
或许美静——我爱她们
我需要白烟中的舞蹈

张惠妹或许美静，两个流行的象征符号，恰恰成了她爱的对象，成了她的视觉寄托物。这里面有着纯真，也有着悖谬。正是源于内心强烈的声音，让小跳跳在诗里得以敏感地观察。她的目光经常停留在家里的人（如母亲）和事物（如化妆品、电脑、明星海报）上。

在小跳跳早年的诗里，“父亲”，尽管是“戏的主角”(如写于 2003 年的《生日》)，却是不成比例地缺席的。而“母亲”，成了她诗里的真正主角。她和母亲是两个似乎有着相同命运又无法相互沟通的人。同样写于 2003 年的《两扇门》令人印象深刻：

母亲坐在门边
编织着毛衣，风时而吹过她的手
我幻想自己拥有风的速度
穿过我的门
去握住她，理解她的艰辛
然而，我的心中仅有一只鸟儿
两只巨大的翅膀像乌云拢在一起
这平静的世界，听得见我们
在两边不停地哀鸣

这首诗从视觉逐渐转移到了触觉，最后进入了听觉。而在这里，听觉是被动的。小跳跳不是想去倾听世界，而是渴望世界倾听她和母亲——倾听她们的“哀鸣”。显然，这是两个被困在各自的日常生活中的痛苦的女人。但她们之间并不能倾听对方。她们各自封闭、囚缚在自己的门内。这样的隔绝成就了小跳跳对自身痛苦的透彻领悟，并让流动不居的诗句获得了坚实的堤岸。

然而，在小跳跳的诗里，“爱”是一个高频词：

而伟大的
愿望就是雪，一片一片被吹亮
和我相爱

——《灯光》(2003)

我回忆着
那么多的爱

那么多能将心撕碎的力量
一圈又一圈不停地跑
直到镜子出现裂痕

——《在这个春天》(2009)

我多么无知
爱得热烈
甚至忘记了窗台上的寂静
忘记我多么害怕独处

——《此时》(2013)

我的海，你就是我所爱的男人
一个美丽的谎言
我多么喜爱你
这种情感，在阳光下穿过了小镇暗涌的波涛

——《我的海》(2016)

我深爱着我的爱

——《深情》(2018)

这一切，在得到与逝去之间
为爱而生的灵魂
为感激自己从黑暗中潜行而来

——《夏至》(2022)

我引用这么多诗句，不只想说明“爱”之于小跳跳是多么重要的写作素材，也试图解释她诗歌中强烈的情感源于何处，她的具有极强穿透力的声音源于何处。爱的不满和缺失，让她深刻领会并坦然承受了人世的虚无和空茫。以至于，到了 2019 年，她依然在写：“我每一天都惆怅/没活过的每天我都在敬仰这份惆怅。”(《意义》) 但，她并不只是宣泄惆怅。“敬仰”这个词，让“惆怅”具有了感性的肉身，也让“惆怅”有了张力。诗歌写作正是要让词语获得感性的肉身，让我们可以观看，可以触摸，可以倾听。

小跳跳善于在诗里观看和倾听。观看的出现，是被不可实现的倾听所挤兑的。因为倾听才是“爱”的根本渴望。幸福的爱，在于能够常常倾听恋人的声音，听出不可化解的浑然，听出难以简化的差异，听出无需传达的神秘和超越。但是，当倾听受阻之后呢？“爱”就化为了涌动不息的大海，成了“在阳光下穿过了小镇暗涌的波涛”。因此，小跳跳在诗里一再地观看他者：母亲、父亲、忙于生计的居民，尤其是“恋人”。观看，保护了爱的主体，不至于被伤害。但悖谬的是，观看往往是被伤害后的妥协，是不被倾听后的无奈。比如她在《而，自尊》(2007) 中写到了观看：

而在夜晚，
而我流着泪时看着你
而我坐在你的前面时，你却看不到我
触摸不到我的身体
感受不到我的温暖
倾听不到，我为你跳动的脉搏

我爱着你，我流血，这一切你无从获知
你是个不可理解的人

诗的语调里透露着轻微的埋怨，但更多的是，自我生命激情的示演和鸣奏："我流着泪""我的温暖""我为你跳动的脉搏""我爱着你""我流血"。"我"一直占据着声音的主体地位，而这个"你"成了被观看的冷漠对象：没有能力触摸、感受和倾听，无从获知。"你"是一个不可理解的人，或者说是一个无能的理解者。小跳跳的诗的可贵之处就在于散漫。这散漫，意味着宽容和理解，对超越他者的声音的倾听，也意味着倾听的渴求，倾听的缺席形成的静默和痛苦。但，她的诗并没有走向神秘和邈远，也没有走向宣泄和臆想，反而是一直在近处涌动，在低空周旋，在大地上踽踽独坐而观看、倾听着。这个大地就是七浦塘畔的任阳小镇。

这个小镇出现在小跳跳的诗里，是和解所致。《寻觅黄草荡》《迎阳桥》《在十字路口》《七浦塘》是见证之作。在寻觅、凝视、漫游中，小跳跳要与当地和解，与自己的生活和解，与他者和解，与父亲和解。2007 年以后，父亲逐渐在和解的状态中出现。直到写《寻觅黄草荡》那一年，即 2011 年，小跳跳写下了《养鹅》，一首叙述父亲的劳动者形象的诗：

还有没下咽的口水，还有窥视在远处的黑
扛回一大捆鲜草，父亲刚刚结束劳作
农具倾斜着被有力的臂膀插进门框边的土壤中
他走进去，以食物安抚它们

像他滴下的血洒向铁锹锋利的切口

父亲的“声音”在这里是缺失的，但视觉形象十分鲜明。结尾“血”和“切口”让父亲的生命有了质感和重量。因为，在《寻觅黄草荡》中，小跳跳已经写过：“这里的生活富足，像太阳造访。”而在2015年的同样是写父亲的《递给我已经捂热的伞把儿》里，她写道：“该死的，我爱着这样的生活。”“该死的”这个口语词，让“爱”显得既世俗又超越。

其实，早在2007年，小跳跳就已经开始和自己的生活、自己的小镇和解。甚至更早，在2004年的《诉说》中，她写过：“一个人，一生，在这里，枯燥而幸福。”对的，就是“在这里”。与其说，她是任阳小镇上的狄金森，不如说是任阳的佩索阿，或者，是卡夫卡和陶渊明的合体。通过诗，她在荒诞和澄明的生活之间摆荡。在自我和他者之间来回移动，在虚无中和解。在生命中的一个时间点上，她已经理解了，所谓爱的激情并不是去对峙、去炫耀矛盾，而是让自己身体里的野兽变得“温顺”。因此，她的诗的声音就迅速凝聚了，并开始向着“枯燥而幸福”的周身世界、向着辽阔的自由世界“诉说”。在《平凡女子》中，她写道：“她耗尽一生，耐心喂养身体里的野兽，直到它们变得同她一样温顺。”温顺，当然不是安于权力结构，安于不正义和不公平的生活。恰恰相反，温顺意味着辨认，意味着辨析，承认生活中丑陋不堪、难以平息的差异。以至于，她终于能够在楼宇中看见温暖的情感：“有大片的建筑互相依靠着取暖。”（《安眠》）

依然是一首2007年的诗，《献词》，采用了一种十分抒情的语调，表达了与“常熟”的和解，或者说是对本地的承认：

常熟，你的水，赐予你的是一个永远鲜活的生命
我们是无知的群体，是大街上一只只飞翔的鸟
在你的胸脯上列起长长的队伍仰望，崇拜着你

飞鸟和大海是小跳跳诗里的核心意象。大海，本身就是自由的元素。飞鸟，是渴望超越束缚、渴望自由的他者，或是爱的对象。而飞鸟的声音，在空中，会显得极其隐幽、辽远而苍茫——这不正是小跳跳细腻而散漫的诗风中的内在质地吗？她在《大地》（2003）中写道：

啊，那流动的欢快同时吸引了鸟儿，它们过来嬉水，毫无顾忌地弄湿它们的羽毛；倘若一有惊动，它们便立刻飞走，越过我的屋顶。

亲爱的，鸟儿每一个细致的动作都是我的财富与快乐。

她的诗中并非没有快乐，她渴望让快乐在诗里流动。但快乐诞生于他者的存在和爱。“飞鸟”就是那个带着爱而栖止在她的诗里的他者。这也能解释，小跳跳的诗中为何不厌其烦地出现的呼语“亲爱的”。那是她的诗歌的倾听者，那个携带着爱飞翔的他者。“亲爱的”，这样的称呼和召唤，就在她的诗里构造了“我和你”的倾听和被倾听的关系。比如在《爱》（2013）中，她进行了自我观照和分析：“亲爱的，如果我选择了这样的方式爱你/相同的，我的诗中会出现那么多个我所爱的‘你’。”“你”就是诗歌吗？没有那么简单。“你”是因为生命激情丰盈而出现的需要去、渴望去爱的他者，也是因为爱的缺失而虚构出来、让生活之爱变

得丰盈而具体的他者。在他者日益消失的当代数字社会里，小跳跳诗中丰盈而具体的他者是多么可贵。

小跳跳的诗里总是有着出其不意的转折，令人喜悦的过渡，起伏不定的诉说。这一切并非从散漫中得来，而是需要足够结实的经验支点和情感框架。于是，小跳跳的诗逐渐走向了气定神闲的轻盈和动人。比如，写于2018年的《用尽一切》，只有四行，却写得那么自信和自在：

虚无多么沉重
今日阳光扑来
我是那一小撮不会悲伤的灰
我被吹开，才见到你那朝我挥起的手

从沉重的"虚无"开始，到轻盈的"阳光"的引入，到"我"的翩然出场，一切那么恰到好处。曾经那激情的声音在这里消弭成了和解的声音，化为自由的存在："那一小撮不会悲伤的灰"。最后一行里的被动性和敞开性特别令人感到亲切。唯有谦逊，让自己在巨大浩瀚的事物（虚无、阳光）的冲击下自然而然地存在，那么友善、充满爱意的他者才会到来，才会重置"爱"的空间、关系和气息。

诗，终究要面向切身的世界，面向能够与我们联结的他者。让我们再次倾听这句诗："我被吹开，才见到你那朝我挥起的手。"

2023年7月26日，上海金山海边

第三辑　跨越边界

天性顺从于它所从事的，如同染匠的手[1]

细究起来，20世纪上半期，大西洋彼岸的美国诗人们显然偏爱去欧洲旅行、生活甚至加入国籍。去那个绵远、幽深、丰盈、活跃的老欧洲。1908年，美国诗人庞德移居英国，三年后，他的未婚妻希尔达·杜利特尔也追随而来。而希尔达·杜利特尔最终在1913年嫁给了英国诗人奥尔丁顿。同一年，庞德在伦敦结识了美国女诗人艾米·洛威尔。我们知道，正是这批诗人与T.E.休姆一起创立了意象派。又过了一年，同是美国诗人的T.S.艾略特抵达英国，甚至在1927年入籍。还有一位美国诗人E.E.卡明斯在"一战"中和"一战"后两次来巴黎居住。这还不算海明威、菲茨杰拉德、辛克莱·刘易斯、舍伍德·安德森等美国小说家，在1910、1920年代纷纷前往巴黎，出入美国女作家格特鲁德·斯泰因位于巴黎左岸卢森堡公园附近的文艺沙龙。

有趣的是也许就是诗人和世人的流动。卡明斯在一首关于巴黎的诗里写过："人们迅速地移动爱，在轻轻到来的昏暗中。"

[1] 本文为本人译作《染匠之手》（上海译文出版社，2024）译后记。

人在流动中，的确是在将爱从一个地方移置到另一个地方。保罗·策兰出生于罗马尼亚，后来流亡到维也纳，最终在 1948 年来到巴黎，后来加入了法国国籍。然而他在诗里写道："你/在巴黎的居所——成为/你双手的祭祀之地。"（《十二年》）触摸、亲近、联结他人的手，在异国失去了自己的能力，变得无所适从，无家可归。同一的世界分崩离析，将他抛到了这个碎裂的世界。在另一首诗里，他写道："那/同一/失去了/我们，那/同一/忘掉了/我们"。(《在两只手上》)

人在尘世的流动并不见得全然主动、自由。俄狄浦斯为了抵抗命运而自我流放。而英国诗人奥登并不相信古典的命运，却也选择了离开自己的祖国，来到美国。那是在 1939 年 1 月 19 日。初抵异国，他便写下了几首悼念性的诗：《悼念威廉·叶芝》《悼念恩斯特·托勒》《悼念西格蒙德·弗洛伊德》。叶芝和弗洛伊德，人尽皆知。而德国作家恩斯特·托勒，可能是我们陌生的。由于纳粹德国的崛起，托勒先于奥登两年多流亡美国，却在奥登抵美四五个月后，自杀于 1939 年 5 月 22 日。这些悼念诗以一种浓郁的追忆视角回顾并反思了"老世界"——那个垂垂老矣的欧洲。甚至，他是在怜悯老欧洲。他在《悼念恩斯特·托勒》中写道："在你头脑里避难的欧洲/伤得太重而无法康复了吗？"这个老欧洲正在蜕变、堕落，到处是危机、战争、杀戮和不公正，罪恶蔓延，联结人与人关系的共同体分崩离析，以权力安排、处置甚至剥夺人们的爱。"我们活在各种权力之下，我们假装理解它们：/它们安排我们的爱。"

来到美国，奥登渴望的是自由地安排自己的爱。在经历了早年的弗洛伊德主义、马克思主义思想阶段后，他已不再满足于用精神分析、社会环境视角去观察、凝视、思考自己的时代和人们。他的自由主义思想越发强烈。他对基督教的信仰也开始变得坚定。1940 年，他皈依英国国教，尽管早在十六岁时就放弃过国教。这一回归，意味着他在诗学观念中，将大幅度增加对基督教善和罪、爱和恨的展示。标志性的文本特征便是，“圣爱”（agape）观念开始充盈在其作品中。门德尔松在为其编著的诗集里写过一篇序言，其中借用了《一天黄昏我出门散步》中的诗句“你应去爱你不诚实的邻居/以你不诚实的心”，揭示出奥登诗歌中弥漫着“爱”这个人称动词和“我的邻居”这个社会名词之间的关系。这首诗写于 1937 年。1940 年的诗作《1939 年 9 月 1 日》再一次加强了对爱的书写，尽管这首诗后来被奥登本人从自己的诗集里删去。但它流传甚广，特别是其中这句：“我们必须相爱否则死去。”（We must love one another or die.）当然，这行诗，他先后修改过几次。他在“并且”（and）和“否则”（or）之间犹豫不定。但无论如何，他只在爱的程度上移动摆荡，对爱本身的信念却是那么耀眼。他试图以爱去对抗政治权威对爱的打乱和消除。这首诗里有几行是这么写的：“因为每个男人和女人，/骨子里繁衍的谬误，/渴求着无法获得之物，/并非普遍的爱，/而是孤身一人被爱。”奥登思虑的是，为什么世上的男男女女渴望的是孤身一人被爱，而不是普遍的爱？因为人与人的联结纽带被截断了，个人与共同体不再合一。人成了孤零零的个体。他爱转变成了自爱。因此，始于 1930 年代后期，他的诗歌的基调显得悲观。他对爱的信念里缠绕着个人情感的起伏（比如与切斯特·卡尔曼的爱欲关系），更渗透着他对时代之虚无和绝望气息的体验。《1939 年 9 月 1 日》是这么结尾的：

毫无设防，我们的世界
在夜晚昏睡，
然而，在正义互换信息之处
讥讽的灯光在闪动
点缀着各处：
但愿我就像它们一样，
由爱欲和尘土构成，
被同样的虚无与绝望围攻，
绽射出一束肯定的光。

“爱欲”和“尘土”的并置意味着爱的易逝，也揭示了爱如尘土一样与我们的肉身共存。但奥登并未走向悲观主义。虽然世上的男男女女被虚无和绝望围攻，但终究会“绽射出一束肯定的光”。这正是“爱”的光芒。

奥登说过：“我写下的所有诗歌都是为了爱。”这是他在随笔集《染匠之手》前言中坦陈的一句话。《染匠之手》可能是他生前出版的最为重要的一部随笔集，含纳了他许许多多深邃的思考。除了写诗，奥登的随笔创作量巨大，且独树一帜。爱德华·门德尔松主编的奥登全集中的散文卷多达六卷，最厚的一卷有一千多页，最薄的一卷也将近六百页，可谓卷帙浩繁。但他生前正式出版的散文随笔集并不多。《演说家》（*The Orators,* 1932）、《冰岛书简》（*Letters from Iceland,* 1937，与路易斯·麦克尼斯合写）两本书里既有诗歌又有散文，并非纯粹的散文集。《狂怒的海涛》（*The Enchafèd Flood,* 1950）包含三篇关于浪漫主义诗歌和小说的演讲词。《序跋集》（*Forewords and Afterwords,* 1973），顾名思义，应酬文章居多。唯有《染匠之手》虽不时透露出维持生计的难言之隐，但收录的文章却多是精心编织的，包括全书的结构。这是一本读书笔记、演讲词、书评、诗人评论、翻译手记组成的大杂烩。但他告诫读者，一定要按照现有的章节编排方式去读这本书，而不要随意跳读。

不过，他的文章确实是反体系的。在前言中，他说："一首诗必须是一个封闭体系，但是，在我看来，体系化的批评会纳入一些死气沉沉甚至错误百出的东西。在对自己的批评文章进行润色时，只要有可能，我就会将它们删减成笔记，因为作为一个读者，我偏爱批评家的笔记本，胜于他的论文。"他追求一首诗的精密、完整，但反对"体系化的批评"。他不会像燕卜逊、艾略特、I.A. 瑞恰兹、兰色姆等人那样从事论文式的写作。他偏爱笔记化、随感化的文字。他的很多随笔都是由分成许多段落的笔记拼贴而成的。他还经常在随笔中插入图式，像是一些来自阅读、思考时突发奇想的笔记草图。不过，他的文字看似散漫、天马行空，却内蕴着自由、思维的晶体。在随笔写作中，他力图成为和塞缪尔·约翰生、弗吉尼亚·伍尔夫一样的"普通读者"。

奥登是文体大家。无论诗歌、散文、随笔、剧作翻译，都具有高度的原创性。奥登早年是强力的现代主义诗人，身边围绕着一批被称为"奥登一代"的追随者。来到美国后，他的原创性不再沿袭欧洲现代主义模式，而是深潜入传统的深渊。在继承和模仿中，打造自己的原创性。罗伯特·格雷夫斯曾说，奥登从未写过一行原创的诗。为此，兰德尔·贾雷尔在 1951—1952 年于普林斯顿大学做的六次关于奥登诗学的讲座中进行了辩护。他认为，格雷夫斯的判断过于荒诞，恰恰相反，奥登是在世的最具原创性的诗人。奥登“善用”别的诗人对他的影响，而不是无知地模仿别人。他从不模仿别的诗人的根本观念和技法。他深受里尔克影响，却从不让人误认为他是英语世界的里尔克。这不仅体现在他的诗歌上，也是体现在他的散文和随笔里。他深受克尔凯郭尔影响，但他的散文随笔无论是文风还是主题都不是克尔凯郭尔的。他深受同时代神学家莱茵霍尔德·尼布尔的影响。但《染匠之手》里没有一处引用尼布尔的著作，更缺少尼布尔文字中独有的宗教沉思。奥登的随笔深具英国随笔的特色，但又迥异于任何一位英国作家的文风。

贾雷尔把奥登称为“悲剧性最少的批评家”。他的理由是斯宾塞将悲剧定义为一种被丑陋的事实杀死的美的理论。奥登的批评文章并不固守于丑陋的事实，并不让艺术作品呈现为需要读者冷静观察的客体，而是通过艺术作品刺激读者，让读者感到震惊。然而，我们大概不会把他作为批评文章的散文随笔与布罗茨基、希尼的混为一谈。布罗茨基，一位苏俄诗人，正是在奥登的帮助下先在西欧安身立命，最终来到美国。他的散文随笔富于生命和修辞双重的忠诚，充满与权力的对抗，敏感于现实的幽暗、语言的沟壑、历史的深渊。希尼的诗歌批评文章则饱含语言的潜能，特别是流溢着晶体般的语言光芒，并精心编织着历史的暴力和温柔痕迹。但奥登的批评文章，仿佛深山中波澜不惊的湖泊，洞悉着世事人情，诉说着人与人之间联结的可能与必要。所以，奥登并不是依靠激情和绝望去打动读者，让读者惊讶不已。因为他在《写作》中说过：“一名作家创作时所感受到的激情对他最终作品的价值的揭示，其程度相当于一位敬神者在礼拜时所感受到的激情对其敬神的价值的揭示，也就是说，几乎没什么作用。”

他的文章里充盈的是智慧，是坦诚，是文学对于生活、生命的必需。

他甚至在《染匠之手》的前言里不加任何掩饰地说："我写评论是因为需要钱。"这与出于爱而写诗的他判若两人。当然，在这一表述中，我们大概能体会到奥登的无奈甚至悲观。这与他同一时期的诗歌基调是一脉相承、暗通款曲的。他说："关于我们的文明，一个令人伤心的事实就是，诗人只有通过写作或谈论关于自己诗艺的东西，而不是通过写下实际的诗，才能赚到更多的钱。"《染匠之手》出版于1962年，距离他初抵美国已经二十三年。他已经对世俗和精神世界洞若观火。他的随笔里，激情并不溢于言表，反而是显得那么冷静、克制，富于哲思，细心阐释着自己的传统。他深知与自己的传统和解是多么急迫。

初读《染匠之手》，我们会感到困惑，书里占据篇幅最多的诗人竟是莎士比亚。即便如此，他并不会将莎士比亚视为影响的焦虑、强力的阴影。奥登并不热衷于人性和历史的阴影，而是对传统的深远回声感兴趣。布罗茨基的随笔中出场的都是20世纪的现代主义诗人：曼德尔施塔姆、茨维塔耶娃、帕斯捷尔纳克、里尔克、阿赫玛托娃、蒙塔莱、哈代、斯彭德，当然还有奥登。列队于希尼随笔中的诗人同样是这些经典的现代主义诗人以及比他略早的自白派或具有自白属性的诗人：叶芝、狄兰·托马斯、毕肖普、洛威尔、普拉斯、拉金、布罗茨基、米沃什等，当然也包括奥登。然而奥登的随笔虽然不乏思想的深度，但其现代性尤其是当代性特征并不强烈。他对时髦的现代、当代思想并不趋之若鹜。奥登在《阅读》中甚至判定："当代"是一个被过分滥用的词。在《测听奥登》一文中，希尼说："奥登渴望一种形式。”虽然这是在说奥登的诗，但对于奥登的随笔而言，依然是一语中的。特别是来到美国后的奥登，他要在一种诗的和随笔的形式中获得“丰富”，而不是“奇异”。他追求原创性，但不沉溺于个性化的风格。他在《写作》一文中就区分了“爱丽丝”和“梅贝尔”两类作家。在刘易斯·卡罗尔的小说《爱丽丝漫游奇境记》中，爱丽丝知道各种各样的事情，而梅贝尔什么也不知道，除了自己。

《染匠之手》中的奥登，乍看之下，尽管充满睿智，却显得保守甚至陈旧。因为，他要在传统尤其是英语文学传统的丰富性中隐匿自己。而很多现代主义作家、诗人则追求个性化风格，沉溺于幽暗、撕裂、分异、矛盾的世界，而显得新异。如果我们习惯了新异的文字，初读奥登会觉得乏味。他的文字尽管处处充满智性的辨析，也不体察个体、词语之间的辩证搏斗，却终归是要进入神圣的秩序里。所以他在《阅读》中将对语言的败坏视为罪恶。“作家不能自创语言，而是依赖于所继承的语言，所以，语言一经败坏，作家自己也必定随之败坏。关切于这种罪恶的批评家应从根源处对它进行批判，而根源不在于文学作品，而在于普通人、新闻记者、政客之类的人对语言的滥用。”作家不应该紧随当代人日新月异的语言去败坏文学的语言。有时候，我会觉得奥登的语言，特别是散文里的语言，流于机智，而缺少面向极限体验的创生感和流溢感。但考虑到爱丽丝和梅贝尔的二元世界，我们也许就可以释然了。奥登试图成为走向丰富的爱丽丝。

奥登的确迷恋二元世界。大概是因为基督教就二元区分了天堂和地狱、善和恶、清白和罪孽。奥登心有戚戚于两个不同的世界：神圣存在和世俗事物。神圣存在是超验的，至高无上，超越人类，自给自足，无欲无求。而人类世界则充盈着世俗事物，求助于欲望，通过对他物、他人的欲望而凝聚起来。它们之间泾渭分明，但也可以相互融合。而融合的方式唯有“想象”。“想象”不带“欲望”。在奥登的世界里，“想象”是通往神圣存在的隐秘通道。诗人的任务是要超越欲望的世俗事物，从而获得“想象力”。在奥登的思考体系里，诗人的“想象力”无疑具有神圣性。他在1956年牛津大学诗歌教授就职演讲《创作、认知与判断》中写道：

> 一种神圣的存在也可以成为欲望的对象，但是想象不会欲求于它。一种欲望可能成为神圣的存在，但是想象是不带欲望的。在神圣事物的在场中，它是毫无私欲的；没有神圣事物时，想象就成为了特定种类的世俗事物，“上帝的一切造物中最无诗意的”。一种神圣的存在也会要求被爱恋或顺从，会进行奖赏或惩罚，然而与想象无关。对于想象而言，一种神圣的存在是自足的，就像亚里斯多德的上帝可以无需友伴。

但通往神圣世界的诗歌想象力到底是奇异的还是丰富的？在《巴兰和他的驴》中，奥登还区分了“爱丽儿”和“普洛斯彼罗”两个世界。希尼在《测听奥登》中注意到了奥登的二元思维。奥登在批评文章中不断追溯诗歌的双重属性。一方面，诗歌是“神奇的咒语”，通过神秘莫测的声音将我们的身心凝聚为一个敏感的复合体。另一方面，诗歌又可以“制造智慧和真实的意义”，并在意义的探寻中让我们获得情感的认同。这两方面可以由莎剧

《暴风雨》中的爱丽儿和普洛斯彼罗来代表。绝大多数诗歌是两者的结合，前者展现了诗歌的美，后者将意义赋予诗歌。在诗歌写作上，奥登是要把美丽/神奇的部分归于爱丽儿，把真理/意义的部分归于普洛斯彼罗。显然，对于后期奥登而言，他偏爱普洛斯彼罗胜于爱丽儿。因为，他眼里的诗歌想象力并不是极端现代主义者那种癫狂、谵妄、撕扯、混沌的悲观主义或激进主义的奇思异想。奥登在《罗伯特·弗罗斯特》中说过："普洛斯彼罗的立场则由约翰生博士以同样简洁的方式表达：'写作的唯一目的是，能使读者更好地享受生活或更好地忍受生活。'"想象力必须与意义联结，享受生活与更好地忍受生活，必须与神圣存在相遇。这一相遇，要求诗歌超越可以欲求的事物和事件，去描述可以想象的事物和事件，赞美世上的神圣存在，和人间发生着的一切。他在《创作、认知与判断》的结尾向世人宣布：

> 无论实际内容或外在趣味是什么，每一首诗都必须扎根于富于想象力的敬畏之中。诗歌可以做很多事，使人欢愉、令人忧伤、扰乱秩序、娱乐、教诲——它可以表达情感的每一种可能的细微差别，描述每一种可以想象的事件，但所有的诗歌必须做的只有一件事；诗歌必须尽其所能赞美存在和发生的一切。

奥登在《染匠之手》里构筑了一座"莎士比亚之城"。莎士比亚便是一位想象的诗人，一位揭示人类各种欲望从而超越欲望的诗人。"回到莎士比亚"意味着回到神圣和爱赋予人类的永恒意义。《狂怒的海涛》和《染匠之手》的书名均源自莎士比亚的文字。“狂怒的海涛”是《奥瑟罗》第二幕第一场中一个军官在一个塞浦路斯岛港口说的话：“我从来没有见过这样狂怒的海涛。”狂怒的海涛是神圣的，与想象融合在一起，令人心生敬畏，也可以反衬出人的脆弱。而“染匠之手”出自十四行诗的第111首，一首有关命运女神的诗。其中的两行便是书名的来源：“我的天性几乎因此顺从于它所从事的，如同染匠的手。”这两行诗，梁宗岱译为：“也几乎为了这缘故我的天性被职业所玷污，如同染工的手。”“所从事的”（what it works in）可以落实为“职业”。考虑到“染匠的手”，对所从事的事务的“顺从”往深处领会，的确有“玷污”的可能。无论如何，这两行诗畏惧于命运女神福尔图娜的魔力。命运女神，让抒情主人公从事平凡甚至卑下的职业，让他与心爱的女子之间的爱出现了落差，是该谴责的。这正是这首十四行诗的第一行所写的：“哦为了我请你谴责命运女神。”面对命运的不公正，唯有友爱和怜悯才能救赎一个人。诗的结尾写道：“请怜悯我，友人，我向你担保/正是你的怜悯足以疗愈我。”

莎士比亚的诗让奥登走向命运，走向怜悯，走向共同体的弥合，从而疗愈人与人之间的矛盾、冲突、孤立和痛苦。这是他在《染匠之手》的“纳喀索斯之井”和“莎士比亚之城”两辑中有关莎士比亚的解读的核心观念。《染匠之手》的书名同时是该书第二辑的名字。但在此之前，也就是1955年6月8日、15日、22日，他在英国广播公司第三台做了三次广播节目，节目的名字就叫“染匠之手”。在这里，他再次启动了二分法：诗人和历史学家。诗人钟情于自然，而历史学家偏爱人的存在。诗人认为人必须受到上帝的恩宠，才能超越不幸。而历史学家不相信人的生命由命运注定，人的命运和自己的行动合一，换句话说，人的命运取决于他们做出的行动和选择。因此，历史学家忠实于历史和当下，而诗人热衷于想象和未来。诗人乞灵于神圣存在，历史学家凝视人的行动。

他在广播稿中比较了索福克勒斯的《俄狄浦斯王》和莎士比亚的《麦克白》，从而发现了希腊悲剧和现代悲剧之间的差异。俄狄浦斯王正是在毫不知情、违背自己意志的偶然情况下弑父娶母。他不能选择自己的行动，行动也不能改变他的命运。他的所作所为与神圣存在合一，全部在命运的掌控中。最关键是的，俄狄浦斯缺少欲望的诱惑。他弑父娶母不是被人诱惑而行动。但麦克白的行动源于自己傲慢、贪婪的天性，他谋杀国王邓肯、班柯的行动出于自己的欲望的诱惑。麦克白的行动改变着他自己的命运。从这个角度出发，奥登也解读了现代侦探小说。他认为侦探小说和希腊悲剧有一个共同特征，即“人物并不在行动中发生变化，或由行动引起变化”(《罪恶的牧师之家》)。

索福克勒斯是诗人。在他的剧作中，人与其他造物别无二致，缺少诱惑，均受命运宰制，其周身处境是非历史的。莎士比亚是历史学家。在他的剧作中，人是独一无二的，拥有意识和欲望，被自己的行动改变，其肉身存在与必然的天性合一，其行动创造历史。奥登心目中的现代诗人是历史学家，而不是古典的诗人。因此，在他看来：“诗的主要目的，像所有艺术一样，是肯定个人存在和个人生成，并击败它们的敌人，偶然事物和幻想事物。”在技术时代，万物有灵论已经不再是诗人的信念。现代诗人不再可能对着冰箱写颂歌。现代诗人去书写公共事件注定要失败，因为公共事件不是个人行动，政治不可能一夜之间改变他的个人存在和个人生成，即无法改变他的现实生存和对未来的想象，除非是在一个政治权力被过度放大的社会。

在这个意义上，何为“染匠之手”？染匠需要忠实于自己的职业，需要承受自己的行动，哪怕是被自己的职业和行动玷污。染匠也是现代诗人的隐喻，及其现实写照。毕竟，现代诗人在一个共同体中的角色是卑微的。现代诗人和普通人一样，已经远离了命运，与自己的天性合一。而现代人的天性是在自己的行动中变化的。染匠的手在当代世界的危机中展开行动，在世界的分崩离析中渴求完整，让人与人重新联结为共同体。这是基督教时代的诗人的任务。

归根结底，诗人和历史学家的区别在于，前者属于古典时代及其艺术，后者属于基督教时代及其艺术。《俄狄浦斯王》是古典艺术，《麦克白》是基督教艺术，莎士比亚是基督教诗人的代表。

作为诗人，奥登深深卷入了自己的时代，又侧听并命名了自己的时代。正如他的一本诗集的名字，他将自己的时代命名为“焦虑年代”（*The Age of Anxiety*, 1947）。这里，我们可以看到克尔凯郭尔对奥登的隐秘影响。奥登曾为其主编的选集《克尔凯郭尔的生命思想》（*The Living Thoughts of Kierkegaard*, 1952）写过序言。他从克尔凯郭尔的生命思想里进一步加深了自己对基督教及其艺术的理解。

克尔凯郭尔在《致死的疾病》里解释过人的“焦虑”：“没有一个活着的人不秘密地隐藏着某种不安、内心的争斗、不和谐，对某种还不知道的甚至不敢知道的事情的焦虑，对某些生存中的可能性的焦虑，或对他自己的焦虑。”焦虑来源于必然性的束缚、可能性的丧失。每个人的“生成”（becoming）受到阻碍。焦虑，伴随着绝望，是碎片化、困境感的当代世界中的普遍的精神疾病。按照克尔凯郭尔在《人生道路诸阶段》中的解释，焦虑和绝望是在人生最终的阶段里的存在感受。克尔凯郭尔把人生分为三个阶段：审美阶段，沉溺于感性和欲望；伦理阶段，意识到自我不同于他人，自我渴望与他人联结，产生了道德义务和责任；宗教阶段，意识到人的有限和脆弱，自我感到焦虑和绝望，发现现实世界中存在着罪恶，道德律令不起作用，渴望获得上帝的恩典。信仰不能通过理性的推导和遵从道德的律令而获得，信仰需要超越理性和道德。成为基督徒是一种绝对的承诺，即“信仰的飞跃”。所以，在焦虑年代，人恰恰会渴望获得宗教救赎，需要在一次飞跃中实现信仰的承诺。我们会在《染匠之手》里读到许多对克尔凯郭尔的引用。

奥登曾借用亨利·亚当斯自传《亨利·亚当斯的教育》第二十五章“发电机与贞女”的观念写下一篇随笔《贞女与发动机》（*The Virgin & The Dynamo*）。“贞女”的历史世界代表艺术，只能用话语来描述。在这个世界中，“必然性是关于自由的意识，正义是对我的邻人的爱，将邻人视为独一无二、不可替代的存在”。基督教的观念渗透在艺术里，让人去爱自己的邻人。“发动机”的自然世界代表科学，只能用数字来描述。在这个世界，“必然性是关于自由的意识，正义是对我的邻人的爱，将邻人视为独一无二、不可替代的存在”。艺术，让我们趋近、热爱神圣事物，让我们自由。科学，让我们正确地认知世界的本原，让我们平等。所以奥登说：“缺少艺术，我们将无法获得关于神圣事物的观念；缺少科学，我们将总是膜拜错误的神。”当代世界同时需要艺术和科学。因为人既需要从必然性中解放出来，成为自由的人，又要时时刻刻意识到必然性的不可超越。没有必然性的约束，人就会进入不可承受的轻浮和虚无。奥登后来在《轻佻与庄重》中写道："人渴望获得自由，并渴望感知到自己很重要性。这让他陷入困境，因为他越是从必然性中解放自己，就越觉得自己不重要。"

在《基督教与艺术》中，奥登进一步明确了自己的基督教艺术观。当然，在奥登眼里，就像不存在基督教科学一样，并不存在基督教艺术。"只存在基督教精神，有些艺术家和科学家怀着这种精神而工作，有些则不然。"在当代社会，每一件事情，每一件物品，都极其丑陋，无比平庸。艺术家不应该变得神圣，以不能违背正统的方式去表现这个世界。当代艺术是一项世俗活动，"每一位艺术家都可以自由处理那些激发想象的主题，并采用他觉得合适的风格手段"。当然，对于奥登而言，艺术需要获得"基督教精神"。而"想象"便是从人的脆弱和有限出发，对这个神圣的世界不再无动于衷，而是让人去敬畏神圣存在。一个人，如果不再敬畏神圣，就会陷入以自我为中心。以自我为中心的人，并不是自私的人，因为他并不满足于自己的欲望。"对于以自我为中心的人来说，别人只是一种形象，要么像他，要么不像他，他面对他们的情感只是对自己怜悯或仇恨的投射，他对别人做的所有事情其实对象都是自己。"他把以自我为中心的人称为遭受"韦斯特之病"折磨的人。这样的人是需要拯救的，让他真正走向他人。

巴尔克在《后期奥登》（*The Later Auden*）一书中这么总结奥登的诗学思想："在人的脆弱中，奥登看到了他的潜能，他的艺术在最好的意义上保持说教：它引导人去认识自己。"带着这样的诗学，奥登开始了在美国的生活。就像1960年移民美国的米沃什，他们都接纳了当代社会的世俗性，却并不满足于、沉溺于世俗生活的感性欲望，而要去思考、信仰神圣存在。在译完《染匠之手》后，我又翻译了米沃什来到美国后的第一本散文集《旧金山海湾景象》。米沃什是天主教信徒，而奥登是新教信徒。在他们的眼里，美国是不一样的。米沃什眼里的美国充满着欲望、矛盾、斗争和浪费，还有过于辽阔的荒蛮。而奥登眼里的美国则是一个显现出人之脆弱的世俗共同体。他在《染匠之手》中也解读了纳撒尼尔·韦斯特、玛丽安娜·摩尔、亨利·詹姆斯、叶茨尔丝卡等美国作家。在奥登看来，美国缺少传统和习俗的约束，因此，美国人一直不固守自己，在行动中变化。在《美国诗歌》中，奥登写道："美国人无意于成为他自己；这是移民和美洲大陆的性质使然。一个移民永远不清楚自己想要什么，只知道他不要什么。一个人从栖居了数个世纪的土地来到粗粝的荒野，他面临的问题没有哪个是自己的传统和习惯所要处理的。因而他无从预见未来，所能做的即是必须每天随机应变。"但每天行动的美国人，需要接受神圣事物的检验。他在 1948 年的一首诗《天黑后的散步》（*A Walk After Dark*）中写道：

而星辰在头顶燃烧
对最后的结局毫无知觉，
我步行回家，上床，
追问什么样的审判在等着
我的身体，所有的朋友，
以及这些美国的州。

他在美国的确与有很多思想上的朋友。1933 年左右，奥登已经开始关注激进新教神学。他受到德国神学家卡尔·巴特和保罗·蒂里希、英国神学家雷因霍尔德·尼布尔等人的影响。这一年，卡尔·巴特的《罗马书释义》（*Der Römerbrief,* 1919）英译本出版。蒂里希和尼布尔则是朋友，两人先后移民美国。1928 年，尼布尔成为纽约协和神学院教授。1933 年，蒂里希移民纽约，进入协和神学院，成为尼布尔的同事。他们都试图将马克思主义融入新教神学。一种新的真理观出现了，这种真理紧密关联于克尔凯郭尔的个人处境和马克思的社会处境观念。这一思想倾向和奥登不谋而合。这一时期的奥登刚刚走出弗洛伊德主义，转向了马克思主义。更为重要的是，这些神学家的神学思想都源于克尔凯郭尔。他们在英语世界掀起了一股克尔凯郭尔热潮。克尔凯郭尔的大量著作得以译介。奥登主编并撰写序言的《克尔凯郭尔的生命思想》就诞生于这个时期。此外，德国哲学家马丁·布伯的《我和你》（*Ich und Du*）英译本出版于 1937 年，其中克尔凯郭尔式的沉思也汇流到了奥登的思想之湖。

尼布尔后来成了奥登的朋友。在 1941 年 1 月和 6 月，奥登分别为尼布尔的著作《基督教义与权力政治》（*Christianity and Power Politics,* 1940）和《人的本性与命运》（*The Nature and Destiny of Man,* 1941）写了书评。我们可以在尼布尔的著作里发现很多奥登的思想源头。比如对“人：作为自己的一个问题”的思考，古希腊、基督教、现代人性观的差异，人的命运等等。秉承《道德人与不道德的社会》（*Moral Man and Immoral Society,* 1932）等早期著作里的思想，尼布尔发现了当代世界里人与社会的二元分裂。在《人的本性与命运》中，他认为，人的本性包括两个成分。一方面，人的本性包括一切天然的禀赋和决定条件，即一切属于自然程序上的品性。另一方面，人的本性也包括灵性自由，他对自然过程的超越性，以及他超越自我的能力。人是具有创造性和想象力的存在。灵性自由与“宗教德性”的信、望、爱相符。其中，爱是自由之灵的独特需要，也是由信心而生的。由于爱的关系，天然的团结就不再是将别人视为供自己利用的对象。别人是具有生命和独到意志的主体。所以，以爱上帝为前提，人可以做到爱邻人如自己。此外，神战胜邪恶，不是消灭邪恶，而是将邪恶承担在身上。神的爱是受苦的爱。受此影响，奥登认为，脆弱、彷徨的现代人，要承受并超越自己的罪，在“焦虑年代”，尤其需要走向他人，爱他人。

《兄弟和他人》的题词值得注意，是阿伦特在《人的境况》（*The Human Condition,* 1958）中写的一段话。“一个人无法取消曾经做过的事情，这是不可逆性的困境，对这种困境的可能的救赎是宽恕的能力。至于不可预见性，未来的混沌的不确定性，对它们的拯救包含在作出承诺并信守承诺的能力之中。这两种能力依赖于复数性，依赖于别人的存在和行动，因为没有人可以宽恕自己，没有人可以遵守对自己做出的承诺。”《人的境况》是奥登曾经反复阅读的一本书。如果说，《染匠之手》里的“本性/天性”“命运”“爱”“他人”等概念出自尼布尔等激进新教思想家，那么“行动”这个词显然与阿伦特的关系十分紧密。阿伦特区分了人的劳动、工作和行动，并赋予行动至高的尊荣。然而，人的存在和行动必须在“世界”中完成，在人与人的共同体中实现。人的宽恕和承诺的能力都依赖人的复数性。人在复数性中，要求将他人视为友人。奥登也是从这个角度去理解莎翁的剧作的。他要求我们将他人视为兄弟。这无疑体现了基督教的“爱”的要义。

在汉语里，奥登是迟来的诗人。虽然早在奥登在世时，杨宪益、王佐良、卞之琳、穆旦、杜运燮等人就译过不少他的诗歌作品。然而他的诗歌、随笔的全面集中翻译出版要在他去世后四十余年。因朋友蔡海燕的推荐，我在 2013 年开始翻译《染匠之手》。当时我在德国波恩大学访学，在亚马逊上从大西洋彼岸的美国网购了一本 1962 年的初版《染匠之手》。但直到 2015 年 5 月才交稿。此后，又由梵予和责编顾真校对了一两年。译本问世已经到了 2018 年。2013 年底，我回到上海，一年后留在同济大学工作。然后，那些年一直在和奥登精密、隐幽的英语斗争着。

奥登是我喜欢的诗人。然而，翻译是痛苦的。奥登善于引经据典，经常凭记忆引述许多诗歌、小说、哲学段落，并不注明出处，且有不少记忆的失误引起的笔误。如果不知道一句话的语境，不知道原文的正确表达，我是不敢胡乱翻译的。特别是涉及一些剧作、叙事诗、小说的评论，如果不熟悉莎士比亚、韦斯特、狄更斯、拜伦的作品里的故事和人物，就不能准确翻译奥登的引文。有时候为了找到原文就迷失在了文献的海洋中。虽然，有些引文目前我依然没有找到出处。特别是那么多文章是讨论莎翁剧作的。此前我并没有认真研究过莎翁。所以，一边译，一边补课。反复重读莎翁的英文剧作和汉译。往往为了一句台词的翻译，要查阅很久的文献。翻译面向一个语言的、文化的深渊。但在深渊中，有时候也有飞翔的快乐，有在荒凉的谷底发现溪流的惊讶和赞叹。

翻译《染匠之手》的最初一年是在德国波恩郊区的出租房里。房东乌利是 1970 或 1980 年代毕业于波恩大学的哲学和心理学硕士，在波恩一家精神疗养院工作。舍友安德列亚斯是科隆大学在读的神学和拉丁语硕士。我经常与他们一起讨论一些问题，甚至某些特定的句子。我的房间对着小区的中央空地，我经常望着窗外的树和房屋，还有缓缓到来的夕阳，感觉时间是可贵的礼物。窗外来来往往的行人，尤其是嬉闹的孩子们，让我体会到了奥登所谓的“爱邻人”的劝诫。我的邻居是一家土耳其人，他们家的小孩塞尔玛常常在我阅读、翻译的间隙来串门找我们玩耍。她的母亲戴着面纱，一般不会进门。感谢这些在我生命中出现过的人。2015 年 10 月，乌利死于失败的肝脏移植手术。他的葬礼是在 10 月 31 日。我没能去参加。但在这本书的译稿里，充盈着关于他的记忆。对了，从美国买的英文版《染匠之手》在邮递中出了问题，是他帮我和邮局联系解决的。回国后的一两年，我基本是在上海图书馆四楼的外文阅览室度过。每天早上去，傍晚回。我每天查阅的那些厚重的词典应该还在吧。感谢它们。

奥登自己也做翻译。他和卡尔曼一起翻译了歌剧剧本《唐·乔万尼》和《魔笛》。《染匠之手》中就有一篇他们合写的文章《翻译歌剧剧本》。翻译不仅要传达原作的思想、情感，还有再现其语调、声音。从英语，到汉语，这漫长的旅行中，翻译损耗了太多。不过，我尽了全力去呈现奥登的诗学思想和关于行动、神圣存在、爱的思考。借用奥登在《写作》中的话，我相信，“每一位真正的诗人对世界的独特看法能够经过翻译而得以幸存”。但愿。

2023 年 6 月 25 日，上海

诗的伟大，是瓷马临盆

一

2014 年 12 月 8 日，民谣组合“小于一”发布了第一首歌曲《壹生》。这首歌的音乐幽深、迟缓，略带苍凉和绝望，又透露出神秘甚至诡异气息。歌词则冷峻而悠然，仿佛决心舍弃掉一切而前行。歌词的开篇出现了一辆缓缓行驶的火车：

在森林深处有一列火车
它拖着长的烟去向远方
在命运背后有一双眼睛
它注视我，也注视你
年轻的姑娘你不要哭泣
为了死去的人自由地生活
记忆已经老去
还能有什么意义
我们就这么过一生吧

紧随“火车”而来的，是命运背后的“一双眼睛”。命运之眼对你我的“注视”，顷刻拉开了音乐空间，呈现出开阔、凌冽的意味。紧接着一句“为了死去的人自由地生活”似乎要放开了要去抒情，然而接下来的歌词又随即将抒情克制住了，转入虚无的喟叹：“记忆已经老去/还能有什么意义/我们就这么过一生吧。”歌词在气息和节奏的把控上，在转折的调度上，显得得心应手。它的作者就是俞璐。

“小于一”组合横空出世，迅速成为2015年度热门民谣乐队，跻身2015年豆瓣阿比鹿年度最受欢迎新人、微博音乐人年度十大最受欢迎新人、百度音乐独立类年度最佳DEMO、网易音乐年度二十组代表性音乐人年终盘点。这个组合的成员其实就两个人：俞璐和陈一锋。在DEMO封面上，他们以森系装扮亮相，并排而坐，神情冷淡，目光投向自己的前方，好像在凝视各自的虚无，一副要与时代主潮进行较量的样子。他们两人都有过各自的乐队。这一次组合，激发出了他们各自的潜能。尤其是对于俞璐而言，她内在的音乐记忆被激活了。索马里在代表《鲤》杂志所做的专访《小于一：无穷大的合作关系》里写过：“二〇一四年年底，和音乐人陈一锋确定成立小于一乐队之前，俞璐内心一直渴望一种音乐，能高于自己写的那些诗句和段落，让文字变成旋律，抵达听觉、视觉，内在的一切。她喜欢法国哲学家齐奥朗的说法，我们揣着一生中从没听过的音乐，我们身上所有音乐的元素都是记忆，在我们还没有名姓时就听过一切。”何为记忆？俞璐在一首短诗《漂流》里写过“记忆”。这似乎是一种残酷的“记忆”：

我的记忆有了新主人
它不辞而别，借口散步
远离深渊下濒死的我

俞璐对当代人的“深渊”状态深有体悟。更准确地说，她把自己的内心视为自己的“深渊”。在她眼里，人类在当代已经丧失了控制自我的能力。所以，在《壹生》中，她毅然决然地吟唱：“记忆已经老去。”她拥有苍老的记忆，亘古绵延的记忆，浩瀚的记忆。但她并不把记忆霸占为私有财产。记忆，不再是主体在走向圆满、成熟过程中日积月累而得的碎片和零件。换言之，记忆是她的“深渊”里涌现的自由，不依赖经验的束缚。正如她所喜欢的哲学家齐奥朗所说：“唯一自由的精神，与存在和客体完全无关，只不断增加自身的空虚。”

“小于一”的音乐独特而复杂，歌词极具文学性。其音乐性来自陈一锋，文学性则来自主唱俞璐。至于乐队的名字显然是对布罗茨基散文集《小于一》的致敬。他们从各自名字里取了一个字，然后谐音组成了“小于一”。那么，“小”来自何处呢？“小”大概构成了对宏大性和完整性的质疑，对同一性的超越。一个人可以小于“一”的存在。一个人可以小于“一”的生命。小于一，仿佛一场激烈的、决绝的对抗和消解运动。俞璐有一首诗名为《消解的人生》。在诗里，她将“消解”视为一种减法：

减去句式和修辞
减去“去”这个字
等于撤下复写按钮

——去去去去去去去
最终构成一个角度的问题

再减去羚羊的飞奔
羊群是壁龛里风化的石雕
那么加法呢
又是减的反面，减去负数的减
正像避免对话
交谈反倒变得啰嗦

“小于一”便是减法的结果。布罗茨基在自己的散文里写过：“一个人也许小于‘一’。”但俞璐对“小于一”的借用，显然别有深意。布罗茨基厌恶历史暴力对个人的入侵，认为历史暴力缩减了个人存在的深度和广度。索马里在《小于一：无穷大的合作关系》里转述过俞璐的解释：“‘一加一小于一’，他们之间有一个比‘一’小的点，就是‘一’之间要有一个重点的点，反过来‘小于一’又等于无穷大，因为越往微观、越往内走，空间其实会变得更大。”这个解释贴近俞璐对心灵的定义——人的内在是一个无穷小又无穷大的世界。人生在减法中得以消解，也得以重获新生。

《壹生》是写给俞璐原来参加的乐队“罂粟”的。《寒山行》才是她为“小于一”写下的第一首歌词，古意盎然。而俞璐的嗓音，仿佛逶迤绵延着精灵甚至幽灵的音响。这种声音，沉郁又缥缈，隐忍又决绝，如一辆孤独穿越森林的火车，又像一头卡在深海岩丛的蓝鲸。俞璐的歌词十分耐人寻味。特别是歌词叠加上她的歌声，处处盈满了文学性。那些歌词都出自她的手。显然，这些歌词就是诗歌。因为，俞璐不仅是歌手，也是诗人。

里尔克在一百年前就写过："歌唱即存在。"在汉语的古旧记忆里，诗往往能被之管弦，歌诗合一。诗和歌，在为世界和人心赋形。然而，随着现代诗的诞生，诗与歌的分离已是极为久远的事了。即便像魏尔伦、马拉美、瓦雷里那样强调诗歌的音乐性，现代诗人也不再对诗的吟唱性提出要求。现代诗的音乐性往往在言说诗的内在节奏。魏尔伦在《诗艺》一诗开篇写过："音乐超越一切。"但他并不要去唱诗。俞璐在唱出自己诗作的时候，大概并不会想起魏尔伦这些象征主义诗人，而是会想起莱昂纳德·科恩和鲍勃·迪伦吧。或许，对她来说，诗和歌的边界本来就没有那么森严，她唱歌、写诗，都是在召唤内在的与生俱来的记忆。她的生活实在太丰富了。她唱歌、写诗、旅行、街拍、代言，从不拘泥于现实和经验的限定，一切源自天赋才华。一切身份都是她的镜像。她在镜像的迷宫里自如地穿梭，正如《星丛》这首歌：

你去吧，去未来找我
不如你向昨日求我
一个水中的旧我
比将来的要新

你来吧，来今朝见我
而我惶惶归于往昔
一个镜中的假我
比此时的更真

在俞璐的微博上，她给自己设置了更多身份：专栏作家、旅行博主、旅行达人、时尚博主、乐队主唱、音乐人、民谣、时尚达人、知名博主、电影人。但无论怎么变，她始终是诗人。她毕业于上海大学影视学院。毕业后在上影集团电影频道做过记者。但是在她的朋友圈和微博里，她展示了另一种生活形态——民谣歌手、环球旅行者和时尚博主等。她的微博粉丝有三百多万。她被有些媒体称为“上海颜值最高的女乐手”。很长一段时间里，我是静静围观的人。有时候，我也给她点赞，然而这些赞会迅速被成千上万的赞淹没。她的形象是夺目的。她的写作和生活有着行云流水般的想象力。

早在 2006 年 1 到 2 月间，她就写下了一组诗：《废记》《流动一组》《老年》《南方》《谜》《分娩》。以《废记》为例：

文字仅代表符号，视觉上的欺瞒
我将被禁足

鸦巢旁住满失语鸟群
因智慧引发出复杂可能
枯枝经历折射的旅行，一夜萌芽

水，比爱泛滥

鸟喙自带插销
缄默来不及发生
列车退行，载满旅客的遗憾

可除了我，并无人走失

毁坏的鼻腔暗示衰老
升降梯下，废弃记忆霎时溃泻
我只在睡时飞行

一开始，俞璐的诗就绝缘于黏稠的个人经验和情绪。她的诗是面向语言本身的运动，却又不是语言实验和游戏。她的文字世界里，废除了个人记忆，并不囚禁于个人记忆。因此，她的诗里少有关于个人的家庭、性别、工作、城市的直接经验。在她的写作里，“文字仅代表符号”。她的使命是让感官朝向符号去倾听声音、观看色彩、嗅闻味道，让心灵去拆解、拼贴、重组、建构语言符号。在写作时，她的头脑运转如一台紧密的仪器，流动如冰下的暗河。

二

当然，我和俞璐是朋友。我们认识至少十年了。我们第一次见面大约在十年前。其实，在见面之前，通过朋友贾鉴，我已经开始了解她、接触她。我们早已是QQ好友，虽然我已忘了是什么时候加上的。那时，贾鉴和我都在王鸿生老师门下攻读博士学位。贾鉴是我的同门师兄。他是在职读博，本职工作是在上海大学影视学院教文学。而我，从上海大学中文系文艺学硕士专业毕业后，考到了同济大学攻读外国哲学博士。

2012年冬天，欧阳江河、贾鉴、俞璐和我，在上海一栋大厦的高层咖啡馆里见面。欧阳江河滔滔不绝说着他的时代、友人和诗。那是我第一次见欧阳江河，关注力过多地聚焦在了他身上。相比之下，俞璐显得很沉默。倒不是说她无话可说——相反，她言谈那么优雅、自如、得体——而是我觉得她要说的和已经写下的、即将写下的，并不处于同一个次元。以后每一次见面，我都是这个感觉。她内心装载着另一个宇宙。她不屑于谈论诗歌的历史、故事和写法。在为“小于一”作的歌词《简》里，她就写过：

正因为我记得每个第一次的见面
才会对人与人的关系彻底绝望

我不知道她对于我们这第一次见面，是否也持有这种绝望。至少，我们的友谊持续至今，每隔几年见一次面，有时会与友人一起喝酒到凌晨。我明白，她对于人世的交往并不太在意。甚至可以说，她对现实中的人也不那么在意。

她从人与人的缠绕关系中解放了出来。生活中的她那么温和，那么精致，而文字和网络世界里的她则近乎冷艳甚至残酷。她并不要与世界争吵，她是要为世界重新赋予秩序。后来，我们又陆陆续续见过几次，我总是能感觉到她内心盘旋着一个幽蓝的宇宙。相比见面，可能她更擅长告别。对于她，唯有告别，才能将人恢复到无牵无挂的不羁状态，就像她在一首歌里写的：

这世间不再有一个具体的身躯
足以盛下我全部的柔情

我和这世界已经毫无关系
除了你
然后是告别
告别就是死去一点点

她在歌词里肆无忌惮地挪用别人的词句。比如，我们知道“告别，就是死去一点点”，是法国诗人哈劳科特的诗句，后来被小说家钱德勒引用进了《漫长的告别》中。俞璐的引用，为诗句中的绝望增添了柔情和淡然，一份疏离于现实的决心。

在俞璐的诗里，创造性保持着一以贯之的神秘感。她不是模仿型诗人，也不是苦吟诗人。借用古尔蒙在《头发》里的诗句来说，俞璐的写作“具有一种绝大的神秘”。

俞璐的诗，让我想起上海诗人陆忆敏。陆忆敏总是在自己的诗里“隔渊望着人们”。和俞璐一样，陆忆敏也有着一种随时疏离于现实的决心。陆忆敏有一首诗叫作《温柔地死在本城》：

当有人走过大路，群鸽带我跃起
人们争看我睡梦似的眼睛和手臂
我看见自己实现了在屋顶盘飞
并叹息墙不够红润显得发青

我的这些孩子会把我带回家
我猜它们会轻轻放在窗外抽去绳索
乌鸦驱赶喜鹊，喜鹊追逐乌鸦
我不再醒来，如你所见，温柔地死在本城

俞璐不一定读过陆忆敏的诗。但在精神气息上，他们却有着传承关系。这大概是上海这座城市的魔力所在。和陆忆敏一样，俞璐也是土生土长的上海人。她的童年在延平路康定路一带度过。但她的诗歌写作绝少“本城”的气息。她的诗中没有出现过上海的街道，仅有的属于这座城市的建筑物是“淮中大楼”——2019 年她写过一首以此为题的诗。诗并不长，算是少有的关于这座城市中一个实有空间的诗：

那个房间，具体面积不算太大
我经历过所有的空间，它
　　占去总和的十分之一。

我无法原谅自己
胸膛，住过全世界的弃婴
它们尖叫，烧毁精巧的门廊
烧毁历史必然的可能。

这座流光建筑的极智精舍
　　耗费十年造出来
为了让我重新有资格动用书架上的词
有资格，
加入一万排书架跺脚的哗动

在门背面，我只待过十分钟
十年后

我的十个分身仍是房屋的主人。

交钱的租客踏破真正的门槛
　　他们不可能发现的
前天，我悄悄调整了挂画的位置
还将多年前寄走的书摆回枕边。

这首诗里的经验化的叙述笔法在她的诗里是少见的。她的诗不依赖对日常经验的叙述——而对日常经验的叙述恰恰构成了当代诗的“传统”。俞璐喜欢在语言的轨道上放任自己的想象，让语言跳跃，错轨，升降，进退，尽管在防不胜防的时刻，她的写作也会让语言迷失自己，因为，“一切陷阱里/语言是最狡猾的”（《说明书：节日来历》）。在一段清晰的叙述结束后，诗的第二段就进入了让我们感到意外的语言空间。“我无法原谅自己/胸膛，住过全世界的弃婴”，这一句召唤出一个势不可挡的幽灵空间。我们知道，内在空间的幽灵感同样弥漫在“小于一”的歌词中。晦暗、紧张甚至暴烈的内在空间与历史、现实空间反复交织，构成了这首诗的语言动力。但是这两个空间是有等级的。在俞璐的诗歌里，历史和现实空间从未取得过绝对性的优势。果不其然，紧接着，内在空间的火焰“烧毁精巧的门廊/烧毁历史必然的可能”。随后，诗歌又进入对书房的比较日常的叙述。当然，我说过，俞璐不甘于日常性，而一定要“加入一万排书架跺脚的哗动”。诗歌的第四段仿佛依然是在叙述日常经验。然而，按捺不住的是诗人对自我身份和内在世界的辨认和命名：“十年后/我的十个分身仍是房屋的主人。”不仅是在现实里，俞璐过着拥有很多分身的生活，在诗歌里，她同样不安于确定的经验和情感。不过，一旦留意到“十个分身”出现前的一行，我们就会发现一个秘密——“在门背面，我只待过十分钟。”在我向她询问后，证实了这首诗并不是在写她的居所，而是一次租房之旅。在这“十分钟”的观看中，她短暂地占有了这个房间——它属于作为历史文化建筑的淮中大楼。这栋现代派风格的老楼竣工于1939年，房租不菲。在一番纠结后，她终于放弃了这个房间，但留下一首诗。

在俞璐这里，写诗从不是自我沉溺，哪怕是在面对可贵的个人经验时。她写作，要将自己的意识让位给对语言的感觉和想象。她的意识，在写诗时，就好像是漂浮在语言之海上一艘任由强风推行的纵帆船。

她说过，在上海，童年普遍孤独。她时常会想起萨特小说《恶心》里的片段：“当你独自生活时，你连讲述也不会了。真实性随朋友们一同消失。事件也一样，你听任它流逝。你看见突然出现了一些人，他们说话、走动，于是你沉入无头无尾的故事之中，你会是一个蹩脚的见证人。”然而，在俞璐这里，这种孤独是普遍的，犹如海上的季风。在她的诗里，孤独绝非轻罗小扇的私人情绪，而是一个伴随着“恐怖”而来的让事物相互毁灭的幻境。她说过：“害怕是相互毁灭的当代艺术——这正是我们日渐感知到的恐怖。”这个时代让人害怕，并非源于它的不堪，而是它远离了一切古老而永恒的情感和体验。她在早年的诗作《南方》（2006年2月14日）里写到过“孤独”：

记忆分割成十字

你位于中点的沿岸
你以孑然一身
远离此水。

我无法期待河流静止
来环绕一脉孤独的树根
我活在奥维德的瞳孔里
活在
塞浦路斯的黎明

那是高度隐喻化的孤独。南方的孤独。“奥维德的瞳孔”打破了孤独的封闭与幽暗。“塞浦路斯的黎明”甚至让这份孤独成了一个诗人可以去正面接纳、栖居其中的情感。俞璐面对孤独时，有着主动的选择。因而，她笔下流动着一种积极的孤独。正是孤独，像一颗明亮的星，携着诗人不断前行、漫游。所以，诗歌的结尾再一次写到孤独时，语调已然十分平静：

秘密，是的
并无秘密
夜晚藏起了阳光
书也收走你的阴影
我比以往孤独，且挨受寒冷
是我选择这方位
选择接近，选择背离

在她的诗里，我们能读到一种决心。她决心成为面向非生活的敏感的感应器，随时辨析和接纳着生活所赐予的全部负累。她在《在上海，虚构约等于现实》中写过："正是这份与生俱来、无可逆转的流动性，我始终活得像一个身处故乡的异乡人。敏感之于我，是老天的馈赠，更是无比沉重的负累；我能感知海的一百层颜色，同样也能区分情绪的一千种变化。"流动的正是这座城市，仿佛亿万年来的地质运动依然在它的深处悄然进行。正因此，她将上海定义为"建在流沙滩涂上的城市"。在写于 2006 年 2 月 2 日的短诗《漂流》里，"孤独"则是次一等的幻境，荡漾在它之上的，是"梦魇"：

这一刻，文字重获生命
城里的野猫出门寻找伴侣
海平面倾泻
我的梦魇距离此地有三千公里
它比孤独迷失得更远

俞璐的诗歌具有极强的虚构能力。比如《漂流》里的"城里的野猫出门寻找伴侣"和"海平面倾斜"并置在一起，画面生动，然而与"真实"的距离则渺若烟云，丝毫不亚于异次元时空里无从相遇的事物。对于生活在数字时代的俞璐，时空的虚拟性，稀松平常仿若人们呼吸的空气。对于她，虚拟的世界构成了一个迷宫，我们的身体也构成了一个迷宫。我们生活在迷宫中。在我们时代，他者消失，自我幻化。迷宫，诉说着自我和自我之间的无尽周旋。她有一首诗叫作《迷宫须知》，一共五节，第一节是这么写的：

庞大的迷宫，它作为一个整体
在肉身上走
从人的右肩去向左肩
由窄至宽
最终
导入更窄的密道

它的出口
相接着虚构的门槛
迷宫问路
密道就玉碎了

由于这是一个“相接着虚构的门槛”的迷宫，它只能向自身发问，将迷宫变成一个没有出口的迷宫。就像我们在卡夫卡的小说中早就遭遇过的，一个人，一个当代人，总是跌跌撞撞，碰到拐角、路口、门洞、陌生人，然而顷刻间遗忘了自己的来路，只能继续去往拐角、路口、门洞、陌生人处冒险，要么前行，要么折返，浑浑噩噩，兜兜转转，在一个虚构的迷宫里。《迷宫须知》的第四节是这样的：

必须花三十年
才能解开自身的三十条岔道
距离黑色

迷宫要比其他黑的事物更近一点

在重复的拐角处等
搜寻反向出口

谈到文学的虚构性，我们不会想不到博尔赫斯。对博尔赫斯而言，世界的虚构源于自我存在的令人捉摸不透的困惑。或者，我们也会想起诗人斯蒂文斯所谓的用以对抗现实的“最高虚构”。但对于俞璐，虚构就是现实，自我并不令人困惑。虚构，是对生命的闪电般的照亮。她的虚构世界更贴近蒲松龄的世界——一个虚构的鬼魅世界，一个幽灵超越了人类的世界。俞璐的诗歌有着对虚构的敬意。对虚构的持续渴望，让她的诗歌一直保持着流动甚至消解的姿态，就好像是新生的病毒，让人类的身体和社会组织一再地去重整秩序。她的诗歌往往是让人在词语的迅速流转中感到晕眩，而又仿佛被甜蜜所滋润。她在歌词《婴宁》中写过这种晕眩和甜蜜：

笑是枕下枯梅入梦
笑是南山碧桃春风
笑是细草杨花叩门
笑是娇娥海棠簪朵
我非爱花，独爱拈花之人
何便是痴，贪恋便是痴
我非爱笑，独爱憨笑之人
何便是痴，贪笑便是痴

笑是来处坟垅湮没
笑是归途山花零落
笑是哀极了殊无悲意
笑是笑解了世间愁离

俞璐的诗总是要进入到词语增殖的状态，凝视那些事物满溢处自身的时刻。我记得有一阵她的 QQ 名字是“白色上的白色”。这是对葡萄牙诗人安德拉德一本同名诗集的引用。“白色上的白色”是什么颜色？一种消解自身的颜色？借用她自己的诗句来说，“白是中阴身”（《瓷马临盆》）。中阴身构成了生死之间的中间形态。“白色上的白色”意味着俞璐诗歌意识中拿捏有度、进退自如的临界感。

2018 年春天，她写下一组包含六十四首短诗的长篇组诗《角蝉谱系》，细致地探究了角蝉的六十四中拟态：“水之拟态”“哺乳动物之拟态”“歌之拟态”“双胞胎之拟态”“佛之拟态”“亡灵之拟态”“爱之拟态”“银行之拟态”“密码之拟态”“老年之拟态”“电影之拟态”“语言之拟态”“蛹之拟态”……这是一首容量惊人的诗。自浪漫派诗歌以后，现代主义诗歌一直弃绝灵感，崇尚智性。瓦雷里有一首名为《文学》的诗，如此赞颂写作的智性：

一首诗必须是智力的节日。它
不能是别的东西。节日：这是
游戏，但却是严肃的、有秩序的
有意义的。它是个赎罪的形象

不是人们通常的形象；它也是一种
状态，其中的努力就形成节奏[1]

智性在俞璐的《角蝉谱系》里施展得那么漂亮。这组诗处处闪烁着思维的蝴蝶振翅洋溢出的光芒。六十四种拟态，实现了六十四次智性的高难度动作体操动作，处处契合着幽灵般的生命形态，仿佛是语言的一次次僭越的呼吸。在这组诗里，拟态，标识出生物的虚构能力，在重复中虚构的能力。在《亡灵之拟态》中，她回应了世界的“恐怖”：

墙角的盖布上
蛇正在编织另一条蛇的纹路。
偶尔，死亡也用一个真相去编另一个真相。

惟有恐怖永不消散

世界及其事物，在这短短的几行诗里诗中处于不稳定的状态，也在不停地分裂、映射、延展、替代。流动的语义使得这样的写作始终是不及物的。如果说，及物性成为 1990 年代诗歌对抗 1980 年代的抽象和虚构的武器，那么现在，在新世纪，像俞璐这样的诗人有理由进入“仿真与拟像”的世界，用抽象和虚构去超越 1990 年代的及物写作。《角蝉谱系》虽然是一首以具体事物“角蝉”为书写核心的组诗。但由于将“谱系”的构造作为写作

[1] 引文为胡家峦所译。

方法，这首诗在一次次“拟态”的跳跃和变形中，拒绝停留在一个具体的经验的事物上。所以，它不是咏物诗，当然，也不是及物诗。它是一首关于语言本身的诗。蛇编织着另一条蛇的纹路，死亡用一个真相编织另一个真相。“蛇”和“死亡”之间的换喻，呈现了语言的亡灵/幽灵本性——亡灵/幽灵通过编织自己在编织我们的生命。我们时代的可怖在于，亡灵和幽灵借由不在场而在场。而“惟有恐怖永不消散”这个表述本身就具有恐怖性。这一行诗，孤零零地悬在那里，恰恰揭示着恐怖在我们时代的无处不在。就像人的身体的扭曲、缺失构成了亡灵/幽灵的恐怖，语言试图去再现的具象世界的缺失，构成了语言的恐怖。但这是俞璐写诗的基础。语言的恐怖，恰恰是一种我们必须面对和承认的当代状态。在另一首《语言之拟态》中，她明确写道：

具象的蝉蜕和语言并无关系
语言只供解释一部分角蝉化的现象。

语言、孤独、恐怖、虚构、亡灵/幽灵，构成了一整套俞璐诗歌的装置。她的诗构成了对我们时代的命名，至少，以我们的时代为前提。然而，语言中的恐怖恰恰构成了对世界之恐怖的消解。在拟态的意义上，语言在对恐怖的编织中消解了恐怖的暴力。恐怖是一种执着于意义的说教，那么，写诗是一场轻盈的、与意义嬉戏的审美。所以，俞璐的诗书写恐怖经验，却是不恐怖的，反而是温润、轻盈的。她在《我是死神轻佻的情人》一诗中，就轻而易举地消解了“恐怖”的恐怖性：

空荡荡的恐怖正变形，篡改词意
一匹人马，一个观景台
直到巷道里的幽灵们体无完肤。

我做过死神轻佻的情人。
命运的简单拜访。

“死神”和“轻佻的情人”之间的奇异组合，显得举重若轻，瞬间消解了世界的让人倍感沉重的恐怖性。她在另一首诗《化装舞会上的幽灵》里写道：“幽灵的苦修是终极享乐。”既然我们无法拒绝幽灵/亡灵时代的到来，就唯有和幽灵共享这个时代，共享一种终极的虚无，共享虚无中的快乐。

三

俞璐从未将上海视为故乡，当然也不将它认作纯粹的异乡。她认为自己“始终活得像一个身处故乡的异乡人”。她需要这种悖谬的修辞和处境。单向度的栖居、漫游和疏离并不属于她关于这座城市的核心体验。她渴望缠绕、对抗、渗透、变形和崩塌，渴望与亡灵/幽灵对话，甚至渴望与之互换身体和生活。她说过，在写作时，她“引导一个‘亡灵’进入身体，是它在写而已”(《在上海，虚构约等于现实》)。因此，她从不守护自己的孤立存在。在《生日》这首诗里，她就努力去打开自己，让他人在自我的内部随意出入，融合一体：

三百六十六个生辰节日
（偶尔少一天）
外祖母、母亲，情人和女儿被捏成一个人
并且宣称：同一人的不可战胜
为什么不是人性和兽性呢？
明明是叛徒的仇恨
还得收获爱，收获安宁

外祖母、母亲和“我”是同一个人，情人和女儿是同一个人。他人和自我也是同一个人。俞璐的诗告诉我们，我们生活在一个无主体性的亡灵/幽灵时代。不过，让我惊讶的是，她在诗里似乎没有写到过曾祖母，一个对她而言至关重要的“人”。

俞璐出生于静安区延平邨十二号一栋有着钢窗蜡地的三层楼房。这里的住户多为外籍商人、律师、教授、医生、艺术家、买办等。从抗日战争开始，她的曾祖父母就住在了这里。然而，小时候的她骑着儿童自行车绕着楼房兜圈，看翻刻的卡通片看坏了一台松下录像机，将祖母给她的一本《新华字典》翻烂，读祖父和姑妈书柜里的书——《儿童文学》《少年文艺》《世界儿童文学名著故事大全》《窗边的小豆豆》《新来的小石柱》《桃色的云》《爱弥儿》《巨人传》《布拉格之春》《辞海》《大不列颠百科全书》，去日本探望在筑波大学做访问学者的父亲，甚至到工作后去周游世界，她自始至终都没有想到，自己的曾祖母是民国的一位女诗人——她曾经就生活在这栋楼房里。父亲在复旦大学医学院电子显微镜研究室里的显微镜，也无助于她去曾祖母的生命察微探细。她唯有启动自己的程序，让自己的生命与曾祖母的生命相互应和。

2013 年 12 月 17 日，俞璐在自己的微博上写道：“八十四岁的爷爷饭后忽然提起，说要一写童年往事。刚想起这事，随手查了太婆的名字许心箴，竟跳出同名的民国上海女诗人，山水画居然也入过拍卖行。这姓名特别，重名怕也挺少，不知是不是同一人。过去爷爷只向我展示过太婆的字画及弹风琴的相片。陡然打了问号，若真是她，除了我太婆之外，她又是‘谁’？”祖父的这次回忆，推动了俞璐迅速跃入家族记忆深渊。她写于 2017 年初的随笔《在上海，虚构约等于现实》以上述文字开篇，略做了改动。许心箴这个名字的出现，让她开始搜寻、辨认自己与作为诗人的曾祖母之间的隐秘联系。

许心箴是民国女诗人。作为诗人的许心箴，在 27 岁嫁人之后就消隐了。但从一些文献我们得知，许心箴是江苏吴县人。曾入读杨白民创办于 1904 年的上海城东女学。城东女学位于南市竹行弄杨白民的私宅。学校初名女子苦学社，是上海最早由中国人自办的女子学校之一。这所学校在中国女学历史上成绩斐然，提倡男女平等。学生众多，从最初七八人，发展到后来的百余人，甚至吸引了松江、苏州、无锡、嘉兴、常熟等外县女学生。女学经常举办游艺会，多的时候，可以吸引上千人参加。郑逸梅在《城东女学的特殊施教》一文中记载：“白民是清季的秀才，留学日本，具有新头脑，毕业归国后，有志振兴女学，因寓所宽大，有九间厅堂，便设女学于家中，其妻詹练一，脱簪珥为助。”

城东女学先后设有幼稚科、初等科、高等科、文算专修科、速成师范科等。该校时负盛名，十分重视美育，1908 年特设文艺专修科，有音乐、手工、图画、文学等课程，是学校较有水准的学科。1912年，自日本归国不久的李叔同在该校教授国文、音乐。1915年，李叔同的学生刘质平来到该校教授乐理、声乐、钢琴等课程。王一亭、邵力子、吴昌硕、吴梦非、叶楚伧、丰子恺、杨逸、黄炎培、包天笑、吕秋逸、萧退闇、雷继兴、陈景韩、刘季平、杨东山等名流先后在此任教。文艺专修科的学生可以根据自己的兴趣选修音乐、国画、手工或油画。1912年4月1日，李叔同在《太平洋报》创刊当天发表《城东女学制作品》，赞誉该校“学科成绩卓然，占上海女学第一位置，即所作各种美术品，亦精妙古雅，冠绝侪辈。如刺绣之琴联、屏条等，尤为学界同人所称许”。

城东女学为上海艺术家贡献了诸多名人，如书画家顾飞、杨雪玖、杨雪瑶、杨雪珍、朱贤英、程耀、陆坚毅、孟俊、鲍亚晖、彭凤英，南社诗人陆灵素，教育家倪寿芝，电影演员吴茵等。有趣的是，上海青楼“四大金刚”之一的金小宝也曾就读于此，只是因为参加“叫局”被黄炎培遇到而遭开除。

这些学生中就有俞璐的曾祖母许心箴。我们稍加留意就会发现，同学中的顾飞与许心箴渊源颇深。她后来成为黄宾虹最得意的女弟子，其兄长是民国旧体诗人顾宪融，字佛影，别号红梵精舍主人、大漠诗人，其诗文词曲造诣均深。顾佛影曾在城东女学教授国画和文学。从城东女学毕业后，许心箴和顾飞一起继续跟随顾佛影学诗。

顾佛影女弟子众多，有袁枚再世之感。郑逸梅《梅庵谈荟》有云：“大漠诗人顾佛影多女弟子，刊有《红梵精舍女弟子集》，今世之随园也。”1928年，在许心箴嫁人之后一年，顾佛影刊刻了这本《红梵精舍女弟子集》，收录女弟子五十余人诗词作品，如邵英戡、沈乐葆、李信慧、王洁明、范汉贞、徐祖娥、陈太素、孙美影、沈嘉宝等。幸亏这本集子，我们才能在近一百年后有幸读到许心箴的诗。在许心箴拿到这本集子的瞬间，她对自己习诗、写诗的岁月会心一笑，抑或黯然神伤？诗人从天赋中领受了岁月的馈赠，去开启内心温柔的可能性。然而，许多诗人的写作往往被生活的进程阻碍、击毁，或发生偏移，或停顿。十九岁的兰波就放弃了诗歌写作，去周游世界。陆忆敏完成《室内的一九八八》后就不怎么写诗了，也不怎么与诗人们来往。

《红梵精舍女弟子集》中录有许心箴诗十一首及词一首。有一首《雨霁野望》常被人传唱：

江边独立思悠悠，
极目荒凉去不留。
急雨初收斜日里，
寒鸦数点送归舟。

郑逸梅在《艺林散叶》里称赞了许心箴的“可诵之句”，即《偶成》中的“几日新篁高过屋，小斋虚署碧云天。”许心箴的诗艺经过顾佛影指点，深得秘径，虽称不上大家之作，却是词气严正，意境绵远，情韵款款，不拖泥带水，不缠绕于儿女情长。诗里的许心箴无意于成为你侬我侬的小家碧玉，倒像是一介欣喜于自然律动、万物讯息的隐逸村夫。在城东女学，许心箴便曾画下一幅《夕阳归棹》扇面。扇面左方一片萧疏的山石、树林中藏着一座朴素的凉亭，右方浩渺烟波上则是一叶微小的归棹。扇面作于 1929 年 5 月。背面有曾祖父俞宝基的题词，内容是陶渊明的

《归去来兮辞》，署名“少耕”——这是他的另一个名字。这一幅恬静的扇面显然记录了爱的激情。得悉俞璐家族考古的浓烈兴趣后，祖父找出了这幅珍藏的扇面送给了她。许心箴那一种与世无争、安然闲适的心性，的确是流淌在俞璐家族中的隐秘血液。记忆，并不总是来自亲身经历的事实，有时候恰恰是我们主动选择、编织到自身体内的讯息。

在从祖父那里得知曾祖母的名字及其隐秘的诗人身份后近三年，俞璐一直在悉心收集关于许心箴的文献资料。她通过拍卖记录向陌生藏家收集相关合辑的影印本，购买录有许心箴作品的文集刻本。她从家族档案中找到了曾祖父母、高祖父母的照片。在一张泛黄的老照片里，我们看到了许心箴的真容。她坐在中西合璧的客厅里，儿女绕膝，侧身面向我们，双手搭在风琴上，作出弹奏的样子——这大概是她在城东女校习得的技艺，代表着新式女性的独立人格。照片中，许心箴面容生动，留了民国流行的女式短发，额头上是浓密的齐刘海。她身边没有家庭中的成年男性。倒是风琴另一侧坐着俞璐曾祖父的另一位太太，右臂怀抱着许心箴的儿子，也就是俞璐的祖父。身旁站着许心箴的女儿。这另一位太太的三个孩子却立在许心箴旁侧。如此意味深长的构图，透露出这个民国家庭超前的婚姻观念：包办婚姻与自由婚姻的相敬如宾、通融共处。据说，当时俞璐的曾祖父专门登报声明，家中无有妻妾大小之分。这张照片生动记录了从诗人转变为家庭主妇的许心箴的日常生活场景。在俞璐祖父的回忆中，许心箴有着良好的艺术修养，会“弹风琴、拉梵婀铃”，生活得十分精致，毕生食阿胶、用檀香木的刨花梳头，过世前仍是皮肤细腻、乌发锃亮。从这些叙述中，我们依稀见到了许心箴晚年的生活。

至于许心箴婚后是否动过写诗的念头，我们不得而知。但曾祖母的精致和优雅成为俞璐与生俱来的生命基因。曾祖母的诗人身份无疑促使了她去加速确认自己的诗人身份。她在《在上海，虚构约等于现实》中叙述完了寻觅许心箴生命和写作轨迹之后，明确了自己的写作道路："决定做一个写作者，写诗、写小说。成年之前，文字是唯一一件完全属于我的东西。它是趁手的工具、是武器，一个绝妙的借口和安慰。我不想腐烂，于是刻碑一般地进行创作。于我而言，写作的过程像是找到一罐胶水，我得以把身上各个零件重新粘回原处，好像它们不曾掉下来过一样。"刻碑一般地进行创作！她的诗中的确透露出一种历尽沧桑之后对语言的枯骨铭心的爱，以及对语言力度的独到体悟。

诗人的诞生是神秘的。蓄意已久的努力并不能催动语言和想象力的引擎。俞璐看重的应该不会是现实中人际关系的渗透与羁绊。他人的情感与伦理，对她来说，淡若清风。他人，唯有作为影子，才能在她的世界里立足。就像她在歌词《告别就是死去一点点》中写过的：

你说影子和影子会永远好着
全世界都欠你，是的我也欠你

有意思的是，许心箴的诗歌老师顾宪融的字叫作佛影。而曾祖母也是在成为生动的影子后，才进入俞璐的生命世界。用她在《角蝉谱系》里的诗句来说，这便是"用影子编织生活"。影子便是亡灵。亡灵便是影子。

四

俞璐的微博简介里写着："美学意义上的人，完成了就是完成。"这里的"美学"，在我的理解里，不仅是意味着她在生活里对美的展示和赋形，而且呼应她在自己的诗里构筑的语言美学。她在朋友圈和微博里的生活的确是美学意义上的。但她更在意的大概是诗的美学意义。

在我看来，她的"完成"一直是"未完成"的。因为她一直在行动着：写诗、唱歌、演出、旅行、代言、阅读……永不停息。据说她还写完了一部长篇小说，却总不示人。她的一切行动，包括写作，大概一直处于进行时。我很难测定她的日常行踪。她总是在路上，在游走。

俞璐的诗里，充满了语言的影子，以及亡灵的影子。同时，我也注意到，她的诗富于动感——这种动感首先来自语言和思维的极速运动。她让世间有的和没有的、在的和不在的一切在自己的诗里永不停息地运动。她那首《祖先下十级台阶》颠覆了寻常意义上的家族记忆写作，成为一首运动之诗。在诗里，"祖先"一步步靠近"我"——每一步都变换了姿态，语言的空间也随之变换。词句不断给出惊喜和意外。她的诗反复诉说着诞生和开始，始终保持着运动中的张力。这是读俞璐诗歌的最深切的体验。

动感大概还来自她对事物的偏爱。她在诗里似乎偏爱动物，比如《蝴蝶在冬日》《瓷马临盆》《青马》《角蝉谱系》《螳螂的耐性》《老龙》这些诗题里的动物。

特别是《瓷马临盆》这首诗，写得简直是惊心动魄，仿佛是一篇与蒲松龄《画马》异曲同工的灵异小说。她在诗里讲述了一个关于邢州二流女艺术家临盆和瓷马浴火重生的双重故事。当然，这也展现了一个关于诗歌创造的过程。艺术品是艺术家的生命，这么一个老生常谈的主题，在俞璐的笔下，演化出一首虚实交织、光怪陆离、波澜起伏的叙事诗，一首幻影重重的诗。对于诗的创造，她总结道：“诗的伟大，是瓷马临盆。/白是中阴身。”她的诗，犹如白这种消解着色彩的色彩，在中阴身中运动，在边界上运动。

在俞璐的诗里，语言的、事物的、虚构的、亡灵的、边界上的影子海浪般起伏，地火般涌动。她在用影子编织自己的诗，编织她的生命和我们的世界。

2022 年 4 月 1 日，上海

刊于《收获》2022 年第 4 期

边界上的激情

人的存在总是带着有限性，总是缠绕在特定时间和空间中，缠绕在身体留下的痕迹中。如果写作是一种召唤，那么其声带接纳的是记忆与现实的双重撞击，一条布满褶皱的语言声带。只要写作的真诚性尚被承认，忠实于地域的写作就是对人的有限性的确认。地域事物、周身现实和历史记忆在颤动着记忆和现实声音的文字中炫目地融汇、转化、结晶。忠实于地域的写作源于地方性给予其的血液，又开掘了一种根系上的精神深度。潘维来自江南腹地小城湖州下辖的安吉县。他那湿漉漉的缠绕着水雾和精致游廊的语言与生俱来拥有一种江南性，他写得最得心应手的诗几乎都与江南有关。但他又不满足于以视觉主义的方式呈现江南风物，而是将自己内嵌于江南的时间共同体中："这些后主们：陈叔宝、李煜、潘维……/皆自愿毁掉人间王朝，以换取汉语修辞。"[1]

结构语言和提炼世界的方式是诗人安身立命之所在。但江南

---

[1] 潘维：《梅花酒》，载《水的事情》，北岳文艺出版社，2013，第 101 页。

书写由于自身漫长的历史正在凝固为一种危险的书写，其可能性正在被耗尽，这对于潘维这样出生成长于江南又以书写江南为己任的诗人而言，无疑是种恩赐也是种困境。事实上，我目睹过许多书写者身上的地域文化限制，许多所谓的地域写作其实只是建立在贫乏的精神空间和对地域事物的表象化体认上，称不上具有创造性的写作。写作，尤其是现代写作，需要创造性。所谓创造，不一定是创新性，而是对束缚性视野的一再僭越。当然，僭越不是颠覆，不是破坏，而恰恰是对存在的核心的不断接近。这是一种永远不可抵达的接近，一场没有终点的冲刺。写作，犹如生存，它依赖持续的僭越。只要不停留于因循守旧的懒惰，地域文化一直是写作的巨大潜能所在，不然，地域就只能是“平庸空气所认同的地方志”[1]，充满虚荣、自恋和狭隘。任何一种写作都不能耽溺于地域，也不能直接超越到普遍性中。地域性和普遍性的辩证力量需要在写作中一再紧张化，这种张力会给语言带来爆破的能量。在这个意义上，我才认同潘维自己的说法：“一个诗人，必定是被时光虚构的人，同时，亦是被语言虚构的人。”[2]

对语言的忠诚，对修辞的敏感与主动开掘，对时间力量的抗争，对家园感的刻意疏离，这些都使潘维避免落入江南书写的窠臼，他写过：“其实，当一个人离开本土，他就已从乡愁里毕业。/遥远不仅仅是一位近视的导师。”或者可以说，他的写作将江南恢复为一个具有起源性的生存场域，然而他不是通过揭示生存的粗粝和紧张，而是通过充满颓废感的命名，再次为江南书

[1] 潘维：《梅花开了》，《水的事情》，第124页。

[2] 木朵：《西湖称之为我的婚床——潘维访谈》，《诗探索》2007年第1期。

写寻找到了开放性的领域。在潘维的诗中，这是一片“丧失了名誉的——泥土”[1]，这片土地上的事物“围绕着一个永远生锈的青年”[2]。可以说，在其内心，潘维是忠实于现实江南的异乡人、追忆着记忆中的江南的游荡者。地域的积极意义在于，它应该成为开启创造的资源，而不是造成视野的封闭。潘维的诗具有漫游性，也具有溢出性，正是漫游和溢出超越了地域的束缚，也阻断着语言意指能力的丧失。我们可以在他写江南的诗中找到“手持鞭子的放牧者”，他驱赶着语言的家畜，令其在疼痛感、失败感和孤独感中向着存在的真相跳跃。他的才赋之一就是，在对切身事物的书写中揭示“另一些事情”，并突破语言的惰性为自身构筑的界限，正如桑塔格所说：“作家的职责是描绘各种现实：各种恶臭的现实、各种狂喜的现实。文学提供的智慧之本质（文学成就多元性）乃是帮助我们明白无论发生什么事情，都永远有一些别的事情在继续着。”在这方面，潘维所书写的自我在他者缠绕中的解体正在进一步深化，或者说他在对日常生活镜像的摄取中继续训练着诗歌的吸纳能力，去触及“颤栗之远”。对语言意指力和行动力的不懈的策动是一切写作者无法逃避的宿命，无从介入语言和生活的写作者注定是失败的，正是出于这样一种写作的自觉，潘维最近几年依然积极地拓展着自己的写作边界，强化着诗歌的摄取力和开放性（当然，开放性不等于公共性），他的诗中逐渐出现了这样的句子：“人到中年，一切都在溢出：/亲情、冷暖、名利。”（《人到中年》）“让日常发出想象的味道，/让

[1] 潘维：《月亮》，载《水的事情》，第 52 页。

[2] 潘维：《给一位女孩》，载《水的事情》，第 87 页。

生活抽丝织锦。”（《长宁之夜》）“我试着问问，/那不断开阔、无穷的明天，/会如何种植我俗世的生活？”（《海之门的使者》）

在潘维的诗中，对地域的溢出同时进行的是对传统的溢出。博尔赫斯说过：“对于一位作者来讲，最好是他能成为传统的一部分、语言的一部分，因为语言将使用下去而书籍会被遗忘。也许每一个时代都在一遍又一遍地重写同样的书，只是改变或加入一些细节。或许永恒之书皆相同。”对于作家，比起偏离传统，介入传统是更为艰难的事情，介入传统首先需要摧毁沉默与言说之间的壁垒，将语言带入一个更为广阔的、更富于戏剧性的空间。对于遭受了巨大断裂的当代汉语诗歌而言，传统的接续和再造已然成为一个急迫的任务。潘维心目中的“时间中的江南”[1]大概就为了填补传统所造成的断裂。

在历史的断裂期，传统的确可以拓展当代汉语诗歌的内在空间、赋予其溢出当下现实的历史深度。不过，我们也可以看到，传统的幻影在许多写作中恰恰构成了限制和威胁。正如米沃什在《诗的见证》中转述的奥尔巴赫的观点：“每当使用某个传统手法，就会缺乏某种真实性：诗人在家喻户晓而固定的传统主题中创造一个尽可能美丽的结构，而不是命名真实但仍未被命名的事物。因此，把作者和读者连结在一起的各种文学传统主题便形成一道屏障，而要超越这个屏障，进入那有着源源不绝的丰富细节的混沌现实，是十分困难的。”假如缺少形塑和转换，传统就会像一张滤纸过滤掉具有起源性的生存现实，其言说是一种枯萎了的自我循环，而无力翻阅语言霸权所形成的铁丝网。然而在潘维

[1] 潘维：《隋朝石棺内的女孩》，载《水的事情》，第 94 页。

的诗歌中，传统具有鲜活的面目，作为历史记忆的传统与活生生的现实源源不断地交换着信息，这一点可以通过古典与现代食物的奇异并置来实现，也可以触目惊心地揭示传统的荒芜来实现：“墙上的古筝，荒芜又多病。”[1]

正是在对记忆与现实的双重忠诚中，潘维的诗遭遇了美的激情，也触摸到了现实的疼痛，而存在于其诗歌最深处的是无法凝固的忧伤：“我，潘维，汉语的丧家犬，/是否只能对着全人类孤独地吠叫。”（《今夜，我请你睡觉》）“其实，我明白/人到中年，是一头雄狮在孤独。”（《人到中年》）就像“雨水”一样，“孤独”是潘维诗歌的关键词之一。如果说“雨水”代表一种趋近土地的力，那么“孤独”就是一种飞翔中的祈祷，两种力不断缠绕使其诗歌不致沦落为再现论的粗暴工具，也不致蜕变为词语的纯粹嬉戏。他在《南浔》里写道：“当然，我并不羡慕别人的传奇，/我的身体喜欢装下一部江南史。”由此可见，他诗中的“孤独”是传统凋敝后诗人独自承受了传统的巨大压强的结果，或者说，他通过语言所重建的是另一个传统，这个传统在废墟般的景观现实中显得更为隐秘甚至格格不入：

可以联通全人类的电脑，永远无法取代
身体的移动。我的文昌阁
是临河一间简朴的明代老屋，
它毁了又建，反反复复，古气仍暗自绵延。
推开窗子，镶嵌在木框内的秋天

[1] 潘维：《锦书之一：立春》，载《水的事情》，第 132 页。

是混搭时尚：地板厂庞大的车队
在运输稻穗上沉甸甸的暮色；
银行撰写的导游词，满足了
市场，可丢失了梦幻部分。
无需用一曲评弹，去修复青瓷碎片；
也不必把唯一的选票，投给茫茫虚空。
在历经千山万水和十万人家
之后，玉一般圆润、性感，
新柳般单纯的初恋，
会接纳这片风景：风暴眼里的
那一抹淡蓝，干净的心跳。

这几年，正是在这样一种纠缠于希望的绝望感中，潘维逐渐展开了诗歌的叙事维度，比如《南浔》《上海女子》《冬日布袋山，几只天鹅下着大雪》《龙潭湖》等诗。但是，他的独特的生活资源和语言资源造就了他的叙事并不仅仅是一种写作的策略，因而他的书写并不执着于叙事本身的逻辑推进或跳跃。在他的这些诗中，审美的激情与现实的激情依然奇特地交织在一起，从而编制出一种杂糅的多声部的语言现实，而他所要做的并不是记录或复述，这项工作对于他毫无吸引力，他试图完成的是创设一个富于深度和张力的内在世界："听者的每一片肺腑吸入的都是隐喻。"（《冬日布袋山，几只天鹅下着大雪》）他一如既往地拒绝景观化的现实，也不热衷于拼贴艺术，他写道："一眼望去，是看得见的宁静；/无需看清的是风景，/它太多了，多得像手链之类小商品。"（《龙潭湖》）正是这种"看得见的宁静"使他的写作偏移了视觉主义的陷阱，越来越强化里尔克的信条——诗是出于必要而写出来的。不仅是即兴的遭遇，更是一种内在的必要性促成了语言的编织，他近期的诗中名词越来越丰富，声音越来越杂多，然而不变的核心依然是“看得见的宁静”。

在潘维的诗中，“奶香馥郁的肉体”也属于“看得见的宁静”之一种。和地域一样，身体的在场也提示着写作的有限性，就像博纳富瓦说过的：“自由原来只是某种飞升的跳板。通过书写，人虽可以居高临下地思索肉体的有限性，然而书写本身就受制于这一有限性。它使人无法忘却束缚着自己的锁链。”然而，肉体的存在既标示出语言与现实的隐秘联系，又呈现出了潘维诗歌的核心特点，无论其写作中包含着多么重大的抱负——超越地域、再造传统——他总是保持着审美的激情和爱的激情，正如他自己所写的：“唯有爱情和美才有资格教育生死。”（《隋朝石棺内的女孩》）

其实，一切出色的写作都能精准地把握事物在边界上的张力，潘维也不例外，正是隐忍的张力使我们总是面临枯竭的写作和生活一再地恢复了生生不息：

当桃花、梨花翻飞成格言；
我的爱人端上水晶日子，
满满的，但没溢出来。

——《冬日布袋山，几只天鹅下着大雪》

2015年3月30日，上海

刊于《诗建设·2015年夏季号》

对有限和无限缠绕的世界的敬意

我们时代的诗歌写作正变得越来越艰难。但艰难时刻的典型症候恰恰是诗歌写作的过量。无数的诗人在公共媒介上写诗，每天，每周，每月。在电脑上，在手机里，在数据库里，在网盘里，在云端，我们的诗歌数据超载了。在诗歌超量的年代，写诗照理说是容易的。但，这是一个全数据时代，写出具有创造性的诗却越发难了。唯有抵抗语言的算法，偏离世界的数据化、虚拟化，写诗才是可能的。

有时，片刻地，稍纵即逝地，我们会像王井在《行走的人》中写过的那样恍然大悟：

行走的人想起自己并不需要头脑
自有千万颗头脑去填补它
但如今他拥有：仅此一个。

是的，仅此一个。我们每个人的头脑只有一个。我们的身体更是只有一个。头脑可以装载无限的想象，而身体以皮肤为界，栖居于有限性之中。

当然，正如狄金森所言，诗人栖居于可能性。可能性始于有限，又不断向着无限跳跃。诗人的肉身，的确就在有限性里，诗人的头脑实在无法抵抗无限的诱惑。这一悖论，奇异地呈现了诗的神秘、丰盈面目。诗在有限和无限之间不断摆荡，不给数据留下可乘之机。

在摆向有限性的诗歌中，我们会看到一个具体的世界，一个在场的世界，一个与我们的体验、情感、观看、倾听息息相关的世界。在摆向无限性的世界中，我们会遭遇一个冥想、跳跃、断裂、意外的世界。然而，一旦肉身的有限性、头脑的无限性不被承认，数据就容易入侵这个无限性和有限性缠绕的世界。诗歌似乎变得容易了，却也变得与我们越发无关了。

但在数据对我们的入侵中，我们无人能幸免。生命正在变成非生命，人正在变成非人。我们对有限和无限的体验、领会都在发生巨变。对有限性的坚持，往往会被误认为陈旧、落后的食古不化者。对无限性的渴望，往往会被诋毁为招摇撞骗的狂乱分子。因此，写诗更难了。

德勒兹告诉我们，写作是生成。那么，写诗，便是记忆、想象、期待的多重生成。在王井的诗里，我看到了在有限性和无限性的平衡、缠绕中的闪耀的生成，生成着对世俗与神圣的探寻，对有限和无限的敬意。这让我欣喜、惊讶。这一点集中体现于她对“黑夜”的偏爱：“偏爱黑夜胜过清晨”（《婚礼》）。黑夜经过有限的具体世界，迅速融入无限的宇宙。宇宙的整体性感知、想象在她的诗里不可或缺，就像她在《恒星纪元》一诗中写过的：

等待小行星
撞击喉管，烧蚀的火焰
使宇宙坍缩成一颗蓝莓——
在露台上，等待来自地心的声音

转换成能量，漫游并掠过
尚未熄灭的恒星。我必须复述
听见的第一句话：为了认识自己
我必须呼吸过全体人类。

自我和全体人类相通。有限和无限缠绕。坍缩和生成不断循环。在她的这组《春之戏剧》结尾，她写过类似的句子：

她用风而非心去听。用一朵樱花
跑向另一朵。用雀的羽翼
藏起呜咽的眼睛。在回忆中
她拥有过整个宇宙的春天。

在这里，“风”取代了“心”，成为倾听的器官。宇宙论在这里从人类溢出到了万事万物。“樱花”和“雀的羽翼”都具有了生成性，成为对宇宙的回忆。所以，“春天”，在她的这组诗里是具有宇宙整体性的。这是理解这组诗的关键所在。宇宙论不是信息的，也是数据的，而是生成中的。因为诗人是有限的，具有感受能力的，同时，想象能力又是无限的。

正因为诗人处在有限性的牵绊中，写诗与翻译一样，是一门遗憾的艺术。我们可以渴望一首诗臻于完美，但无法抵达完美。诗却有着趋近无限的野心。无限并不等于完美。所谓完美只是暂时的完成，暂时的平衡和饱满。古往今来，写春天的诗汗牛充栋，我们看不到一首完美的诗。但历史上有许多生成着的诗，绵延，摆荡，持续，波动。张若虚的《春江花月夜》在“摇情”上播撒着余音。白居易的《钱塘湖春行》在“湖东”这一有限时空里，向“行不足”致以极致的爱。杜甫的《春夜喜雨》暂时停顿在满城的“晓看”里。但摇情、行不足、晓看里无不渗透着有限的喜悦或遗憾、无限的激情或冥想。在《春之戏剧》里，王井偏偏构建了春的“戏剧”——短暂的平衡的确可以通过“建构”这条捷径来抵达。一个春的剧场在这里升起，拉开序幕：新草、莲子、走兽、春风、鸢尾、公园。有限和无限在这里尽情拥抱，尽管它们是在狭促的空间里拥抱。当然，《春之戏剧》不是王井典型的诗，在这里，黑夜、幽暗意识被暂时遗忘、搁置了。她在实践一个新的维度——构建一个释放生命力的剧场。

整组诗词语跳跃，句法急促，始终保持着语言的鲜活，感受力的在场与燃烧。在这六首短诗里，生命体验在春的剧场里展演着。《新草》里的“冲动”“谅解”，《莲子》里的“苦的心”“心悸的”“失眠的”，《走兽》里的“将好事与坏事隔开”，《春风》中的“听日光醒来”“听歌唱”，《鸢尾》里的“傲慢”，《公园》里的“度日的人”“用风而非心去听”。戏剧的展演体现为对生命的肯定和理解。生命个体在诗里是敞开的、敏感的。同时，诗歌也呈现了可能空间里的不可能和限度，尤其是《莲子》中莲子命运的两种可能被揭示出来，即“给人家的南方开一朵花”或者被煲汤“返老还童”。但莲子命运的变化又始终让感受和沉思充满了力量。整组诗里呈现出来的生命是有质感的、在场的、打开的、混沌的。但不得不说，整体上显得略微有些支离破碎，还需要进一步凝练、聚合、提纯。在有限和无限两极上尚有许多延展、探寻、锚定的空间。

目光是投向有限世界的无限一撇。这在《春之戏剧》里，目光有效、清晰地实现了、到场了。比如《新草》里的对镜时刻："浴后，对镜拨弄额前碎发/心里/长出许多冲动。"又比如《走兽》里与猫的无法看见："处处不见那种凝重的脸。"还有《公园》里那句神秘的"用雀的翅膀藏起呜咽的眼睛"。目光的临在显现了生命的有限性，也预备好了生命的延展和打开。目光及观看对诗提出了更高的要求：如何形成诗的目光，又回落到专属于诗人自己的目光，这中间需要有漫长的迂回。诗的目光让事物、生命、世界变形。这是"用雀的翅膀藏起呜咽的眼睛"这句诗显得神秘而充盈的原因。

倾听和目光一样，都可能催熟诗人自身的生命。在《走兽》里，试图去观看猫的冲动源于猫的"小声叫"；《春风》里，"听日光醒来""就钻进他的耳朵听唱歌"；《公园》里，"她用风而非心去听"。倾听在王井的诗里不再只是敏锐感受力的体现，更是想象力的展演。诗的想象力，才是对有限和无限缠绕的世界的敬意。因为在想象力里，诗才栖居在了可能性中。但，退回、承认有限的肉身、一个唯一的头脑，让目光和倾听构建具体的、可视的、可听的并且愉悦的感知，让诗人，一个诗人，全身心地去想象，想象我们栖身其中的整个宇宙，那是漫漫长路。

2023 年 11 月 24 日

刊于《胶东文学》2024 年第 3 期

走向分神与破坏的批评

当下的文学批评充斥着一种怨恨，一种来源于自信的怨恨。一方面，我们怨恨当代文学批评故步自封，太执着于新批评式的文本细读，以至于我们会觉得当代文学批评“太文本”。另一方面，我们怨恨当代文学批评对自己职能的滥用，滥用各种学科知识，滥用跨学科知识对文学进行历史、政治的解读。

这种怨恨是对当代文学批评的伤害。我们倒是可以追问文学批评的起源。它有两个起源：一是自然，这个起源的基础是神学，试图让成为原生的、质朴的、直觉的、情感的甚至不可言说的存在；一是历史，这个起源的基础是历史主义，试图让文学成为意识形态的工具和手段。然而，这两个起源生成的两条道路，最终，在当代被学术生产收编。文学批评成为内卷的批评，成为主要由高校、期刊推动的学术生产。最终，当代文学批评成就了一种膜拜的批评，膜拜文本的自然性，膜拜文本的历史性，退缩为了专业化的研究。

然而，学术生产并没有解决当代人的生存困境，反而造成了撕裂性的后果：一，反对知识，反对研究，渴望粗粝、狂野的实践性批评；二，守护专业化研究，守护知识生产，渴望审慎、精细的研究。

有一个怪状，21世纪以来，没有生成新的批评范式。可能我们过于依赖西方的批评范式的学习和平移。然而，西方拥有层出不穷的批评范式，是因为文学批评模式的迭代是知识的逻辑发展的需要，也因为西方的文学批评在学术生产过程中一直在积极回应时代中的人生。

我们所处的是一个全新的时代，它塑造了我们全新的人生。我们追问批评的有效性，是要创造新的批评，去回应我们的人生。追问批评的有效性，让我们看到了批评的限度。所以在内卷批评的对立面是破圈的批评、跨越限度的批评，或者说敞开的批评。

在追问批评有效性的时候，我们更要追问我们身处何种时代。我们这个时代是人工智能、数字的时代，也是社交媒介时代、全民表达时代，或者说是无限的普通人在进行表达的时代。

那么，新的问题由此产生：我们这个时代需要何种文学批评？人工智能需要文学批评吗？无限的普通人需要文学批评吗？如果需要，那是一种什么样的文学批评？这些问题可以进一步表述为：我们的人生变成了什么？我们的在这个时代的人生变成了什么？

如果说，文学批评拥有一种独异性，那么这种独异性能否以及如何回应这个时代的人生的独异性？

所以当代文学批评应该是一种破坏性的批评，或者反过来说，一种再建构的批评。本雅明在《可技术复制时代的艺术作品》第一稿的笔记里，提出了一种分神理论。他说，分神与破坏是同一过程的主观和客观两个方面。分神的批评是去除膜拜的批评，不膜拜批评的自然，也不膜拜批评的历史，同时，也是破坏批评自身合法性的批评。

文学批评不只是审美工具，也不只是斗争工具，而是联结的工具，把个体在我们的时代联结起来的工具。通过批判，我们更好地辨认了这个时代和我们的人生。通过批评，我们可以把同时代的人联结起来，把当代人与过去的人联结起来。所以批评，始于走向他者，走向这个时代，走向我们的人生。

文学批评的真正起源是：瓦解文本的自然霸权，瓦解文本的历史霸权。批评，要回到文本的限度，批评的限度，回到这个时代的人生及其文学表达的不可充分表达性。我们必须悬置批评，然后去沉思这个时代，去重新命名这个时代，那样，批评可能才会生成有效性。

山水的知识和移情的停顿

我们通常所谓的散文，那种最明显区别于小说和诗的写作，似乎没什么清晰的特征。我们往往只能用“不是什么”来说明它是什么。这大概是因为，散文其实是文学创造中最接近于自由的甚至散漫的个体情感的缘故。散文不能采用虚构的形式。小说和诗都是虚构的产物，前者是情节的虚构，后者是语言的虚构。而散文在情节和语言上都是真实的，书写真实的经验或情感。

散文受制于语言和经验，步履沉重，难以飞翔。相较于诗，散文只能贴着句法的逻辑逶迤而行，不能实现语言的自由跳跃、延展、飞升。相较于小说，散文束缚于经验，只能在经验的栅栏里徘徊辗转，不能实现叙述的充盈、增补、杜撰和任意嫁接。

诗和散文均擅于抒发情感，但诗专注于语言的过程和形式的开拓，所以，散文能更专注于对经验的情感表达？王安忆在1995年发表了一篇随笔《情感的生命——我看散文》。她把散文视为“情感的试金石”。那么，“情感”就成了散文的基底和内核：“情感的多寡，都瞒不过散文。”散文也可以处理小说意义上的情节，但“必须据实”，且支离破碎、细枝末节、散漫、模糊，其钩织、布局“是真正的天意”。叙述的主体，即情感的主体，则是作者本人，因此，“散文中的‘人物’，只有一个，就是你”[1]。照此看来，散文的主要任务就是抒情？或者是否可以往深处追问，散文隶属于中国文学的“抒情传统”？

一、散文与中国文学抒情传统

陈世骧 1971 年在美国亚洲研究学会年会“东亚文学的抒情传统”分组会议上，发表了开幕词《中国抒情传统》（*Chinese Lyrical Tradition*）。这篇文章后由其学生杨牧（王靖献）改名为《论中国抒情传统》行世。陈世骧认为：“抒情精神在中国传统之中享有最尊尚的地位，正如史诗和戏剧兴致之于西方。”[2]他由此提出了一个“中国抒情传统”学说，并由高友工、李欧梵、陈国球等人继承和发扬。这个学说容易招来质疑。且不说中国古典诗歌向来有叙事诗传统，唐宋以来的“自叙诗”传统也并不薄弱，[3]更何况这个“传统”难以安置史传、小说、传奇、戏曲等文学形式，当然，也未必能够囊括散文书写。除非像顾彬那样，将哲学、历史编纂叙述艺术“从狭隘意义上的散文类别中剔除出去”，留下真正的“散文”：“一篇散文是一篇较短的文章，它描述我与世界之间的斗争，这种斗争是合乎逻辑的、抒情诗般的或富于激情的，大多是令人关注的，主要是道德的和个性化的，很少或根

[1] 王安忆：《情感的生命——我看散文》，《小说界》1995 年第 4 期。

[2] 陈世骧：《论中国抒情传统》，杨彦妮、陈国球译，载《中国抒情传统源流》，东方出版中心，2021，第 15 页。

[3] 参阅张诒政：《宋代自叙诗研究》，上海三联书店，2021。

本没有虚构成分。”[1] 此外，它极具形式感，完整且独立成篇。

顾彬的意图是要在庞杂的中国散文系统里，识别出一个具有现代性的“散文”传统。而现代性的首要标志是具有自由意志的、不受礼法约束的主体。主体的自由意志在现代文学里的对应物正是“情感”，它源于自我和世界之间的体验和“争执”。在这个意义上，顾彬对古典散文的看法和王安忆对现代散文的界定是接近的。

然而在中国古典时代，“情感”并不一定是文学的主要表达内容。所谓“诗言志”里的“志”当然包含了情感，但主要内容则是具有约束性的礼法。朱自清就曾经指出，“言志”和“载道”两者的本义“差不多”，是一体两面的东西，并不冲突。但在现代文学观念里，“言志”“却变得和‘载道’对立起来”。这就是顾彬将哲学、历史编纂和叙述艺术从“散文”中剔除出去的理由。中国古代的诸子论述和历史叙述都有着“载道”的内在目的。于是，“言志”就转换成了“言情”，文学写作的主要任务变成了“抒情”，即“个人内在情感的发抒”。这是孙康宜在解释陶渊明诗歌时持有的看法。她甚至用“情感”来区分玄言诗和陶渊明诗歌的差异和高低：“玄言诗缺乏感情的声音，而陶渊明诗的特征却在于高质量的抒情。”由此进一步推进，她认为，谢灵运的“山水诗”也就成了抒情诗：“谢灵运的山水诗则是艺术的创造、真正的抒情。”[2]但是，从朱自清的论断出发，我们可以追问，山水田园诗中“抒情”背后的“载道”意识是什么？是否是一种综合了儒释道的复杂的、含混的“道”？

---

[1] ［德］顾彬：《古典散文》，载《中国古典散文》，周克骏、李双志译，华东师范大学出版社，2008，第 7 页。

[2] 孙康宜：《抒情与描写》，钟振振译，上海三联书店，2006，第 9、10、55 页。

田晓菲在《神游》中就指出，山水田园诗的出现，与东汉末年传入中土的佛教所创造的“想”和“相/象”的观念有关。“想象”，作为佛教的观念，在魏晋时代是一种对于“象”的重新构造。有别于相信“大象无形”的道教，佛教善于“造象”，去发现世界上有形的“像”，从而在实在景观中安顿个人心灵。“对于南朝士人来说，山水即是‘象’，对山水之‘象’的感受、诠释和建构完全有赖于个人主观意识的运作。因此，‘想象’意味着积极主动地进行‘造象’，而四世纪山水写作的兴起在很大程度上是一种内向而不是外向的运动。”[1]由此可见，“言志”与“载道”揭示了文学写作者的世界观和知识论，其本身是随着历史而变化的。山水诗的出现源于内在的“志”（道）的变化，由儒道的志（道）开始转向佛教的志（道）。而抒情的“情”作为一种现代西方人文主义意义上的“志”（道）——“知识”，不能被轻易移植到古代文学中。这一点上，散文也不例外。其实，在被顾彬所排斥的哲学、史传散文之外，中国古典散文尚有书（信）、表、诏、敕、令、铭、教、序、论、碑、诔等多种子类，均不能简单地用“抒情”来概括其特征。

二、散文中的“山水”及其知识

在前现代世界，“山水”往往代表了外在世界，尤其是自然世界。在《论语·先进》中，我们可以偶尔瞥见儒家眼中的“山水”景观。那是曾子所描绘的一幅乌托邦景观：“莫春者，春服既成，冠者五六人，童子六七人，浴乎沂，风乎舞雩，咏而

[1] 田晓菲：《神游》，生活·读书·新知三联书店，2022。

归。”但那是一种想象的或至少是提炼、修饰过的山水，其根本意图在于安放儒家的仁者，这里的山水是一种充满友爱和秩序的、祥和的景观。而对真实的、险恶的山水，儒家充满敬意和畏怯，不敢轻易涉足。道家则是将山水视为玄理的表征，并不关心现场的、当下的、眼前的景观。唯有秉持着“我不入地狱谁入地狱”精神的佛教，才让书写主体具备了十足的勇气，去跋涉险山恶水。如此才能解释，为什么只有到了转向佛教信仰的谢灵运的诗歌里，才呈现出了山景、水景的推移、交织与对抗，尤其是山水在推移、交织与对抗过程中所笼罩的逼仄与险恶。因为山水正是佛教所“想象”的、需要穿越和拯救的艰难甚至苦难景观。

到了现代散文里，对山水的书写往往被交给“游记”这一特殊文类。山水，在现代自由个体这里，成了要去征服并占有的对象。在这个行动中，散文传达出了现代人的情感——个体内在的自由。所以，在现代游记里，山水是用来欣赏的，伴随着安全又舒适的享受。“无一例外，现在的研究通常认为，游记是一个本质上静态的、‘欣赏山水’的过程，它从未伴随时间的推移而改变。”[1]因为现代人拥有稳定的、静态的“自由意志”。然而，纵观文学史，不仅“山水”在各种世界观念和话语中流动变化，对山水的“观赏”本身也是历史的、变动不居的。对于不同时代的游记散文的写作者，在每一次对山水的“欣赏”过程中，写作者自身所持有的“知识”在变形、流动。

根据田晓菲的观点，佛教“知识”的引入催生了“山水诗”。但我们不禁要问，为什么佛教没有催生散文中的山水“游记”。那

[1] 何瞻：《玉山丹池：中国传统游记文学》，冯乃希译，上海人民出版社，2021，第 19 页。

是因为每种文体有着自身的历史发展脉络。到了唐代中期，中国才出现了真正意义上的“游记”。那是因为，“游记”的出现与儒家世界观的复兴有关。唐宋八大家基本上都是儒家的散文作者。顾彬认为，中国古典散文的特征是“道德的和个性化的”。所谓的“道德”主要是儒家道德。而个性化指的就是基于儒家道德的个人情感体认。顾彬认为，中国古典时代“真正的散文”以韩愈和柳宗元为开端。[1]韩愈的散文写作主要是为了“载道”。处于流放中的柳宗元则“发明”了“游记”，这就是所谓的《永州八记》。

面对永州险恶的“山水”景观，柳宗元遭遇了一个将其进行儒家化表征的困境，这源于儒家之“道”与帝国边缘地理位置之间的话语错位。所以，柳宗元在散文中进行的是绝望中的“游”，借以排解自己不公正的、痛苦的处境。然而，柳宗元还要进一步去探索永州山水的“怪特”和“美丽”，在安顿自己的屈辱和愤懑之时，又发展出了短暂的审美愉悦和心智解脱。简言之，他对永州“怪特”山水的认同，终究是为了抒情。“《永州八记》体现了一个技艺高超的作家如何有意识或无意识地应对困难，并发展出一套生存策略。在柳宗元的个案中，这种策略的关键在于探索、发现，然后书写那优美的山水，而对这些景色描写的回应和评论则为自己提供了一个方便直接或间接抒情的文学场合。”[2]这种探索与发现山水的书写模式在后世逐渐演变为游赏山水的散文写作。书写者/浏览者无论心怀痛苦，还是满腔愉悦，对于山水基本都采取了“抒情”的姿态。但是，书写者在游记对山水的认知是有

---

[1] 顾彬：《古典散文》，载《中国古典散文》，第 7 页。

[2] 何瞻：《玉山丹池：中国传统游记文学》，第 103 页。

限的，并不带来也不想带来“知识”，因为他在书写之先，已经拥有了一套既定的“知识”。对于古典儒家作者而言，这套知识是儒家“达则兼济天下，穷则独善其身”的安身立命、求仁得仁观念。而对现代作者而言，这套知识就是现代个体的自由意志——情感。每一个时代的散文写作者所抒发的“情感”是被历史限定的。

三、对山水的认知和移情的停顿

诗歌由于语言，小说由于虚构，可以有效地抵制移情，而以情感为基底的现代散文如果无情，就成了空壳。

情感的抒发可以安顿个人的心灵。然而过度的情感，却会让个人的主体陷入幻境，而迷失方向，成为空洞的或均质的主体。王安忆所谓的“天意”就会缩减为任性。这就是移情的后果。关键是，现代世界的“自由意志”除了抒情能力以外，本来就还有认知能力——去发现一种流动的、竞争的、变形的“知识”。认知发生在移情停顿处。那么，在移情停顿之后，情感在散文中处于何种形态呢？恐怕是一种生长中的情感。这种情感让自我得以打开，面向作为他者的人和事物。这种情感揭示出自我的成长——在理解人事和事物的过程中的成长。

冯至的散文集《山水》就揭示了一种别样的“山水”的知识。“山水”这一书名并非单纯来自中国传统的漫游、探胜、观照和兴寄，而是另有着现代性的诉求，或者说是对现代性的反省。冯至在散文里要去克服物我的二元对立，从科学的世界观里解放出来，去直面山水这一样一个伟大的事实。山水是一种自我教育。他在《山水》1942 年初版的跋语里写道：“自然并不晓得夸张，人又何必把夸张传染给自然呢。我爱树下水滨明心见性的思想者，却不爱访奇探胜的奇士。因为自然里无所谓奇，无所谓胜，纵使有些异乎寻常的现象，但在永恒的美中并不能显出什么特殊的意义。”[1]原来，在冯至眼里，面对世界，是为了明心见性，是为了不去把夸张的情感移置在事物之上。这样才能做到“我认识了自然，自然也教育了我”[2]。“认识”发生在移情的停顿之后，在情感的清晰辨认中完成。

冯至在《山水》里，并不书写一般游记意义上的“名胜”。他的笔下没有对探奇访胜的好奇心。他热爱大地和大地上的事物。“真正的造化之功却在平凡的原野上，一棵树的姿态，一株草的生长，一只鸟的飞翔，这里边含有无限的永恒的美。”[3]这里无疑渗透着德国留学归国的冯至身上浸淫的德国浪漫派的“知识”。显然，他不再欣喜于现代个体自由而无度的抒情，因为他意识到了现代自我的三重异化：内在与自我的分裂，自我与他人之间的分裂，自我与自然之间的分裂。这样的异化需要爱和与他人的自由交往来克服。[4]《山水》中的爱，是对自然的爱、对大地的爱、对无限和永恒之美的爱。而与他人的自由交往，则体现为对他人选择的尊重和理解。《怀爱西卡卜》一篇频频出现“爱”和“自由”两个词，揭示出了柏林西郊的西卡卜社区的“美”和威胁着“美”的现实力量：“这里的空气的确是自由的，住宅区的外层是

[1] 冯至：《〈山水〉后记》，载《冯至全集》（第三卷），河北教育出版社，1999，第72页。

[2] 同上，第73页。

[3] 同上，第72页。

[4] 参阅［美］弗雷德里克·拜泽尔：《浪漫的律令：早期德国浪漫主义观念》，黄江、韩潮译，华夏出版社，2019，第51—52页。

各色各样的运动场，运动场外是走两三点钟也走不完的松林。居民都像是家人一般，惟一的商店是他们共同组织的消费公社，白天到柏林市中去工作，晚间回来，任随个人的嗜好享受他们所独有的和平。这种和平却有渐渐维持不下去的趋势。大家都愿意永久保持他们生活的态度，但是外边的风雨一天比一天逼紧，他们无形中也感到一切在那儿转变。”[1]此外，现代科学知识极大地改造了人对自然的认识和体验。对此，冯至了然于心。在《山水》第一篇《C君的来访》中，冯至面对天文学家C君，意识到了新知识对旧情感的超越：“我真羡慕‘上穷碧落下黄泉’的科学家，我只恨我当初不该多念了几本文学书，满脑子里装了些空疏的概念，处处不能忘情，弄得尾大难掉，拖泥带水，想找一座清净的天文台看一看空中的奇象是不可能了。”[2]在这个意义上，《山水》这本集子正是借助新知识去超越旧情感的努力和结果，从而书写出了一种新的情感，同时，对这种新情感保持着清醒的辨识。

移情的停顿并非拒绝情感，而是去诉说陈旧情感所不能抵达的时空，去寻找新的情感。这一寻找过程就是对人和事重新展开认知。此间，可以让过度叠加、增殖的情感影像在临界点上坍塌为一片废墟。但是临界点是什么？应是自我的情感的边界，是对旧情感的不断超越和克服。

移情的停顿，是在克制中去理解并呈现事物的形貌、关系和状态，实现事物对自我的教育。这需要重新修改情感的面目。所谓修改就是涤清对事物的移情，以及失控的幻觉。不夸张的情感，经过了主体的辨认，可以淡泊平易，如冯至的《山水》、周

---

[1] 冯至：《怀爱西卡卜》，载《冯至全集》（第三卷），第28—29页。

[2] 冯至：《C君的来访》，载《冯至全集》（第三卷），第7页。

作人的《雨天的书》、沈从文的《湘行散记》、刘亮程的《一个人的村庄》；可以隐忍深沉，如鲁迅的《朝花夕拾》、朱自清的《背影》、李琬的《山川面目》；也可以饱含激情，激情而不夸张，情深率真，如萧红的《商市街》、苇岸的《大地上的事情》、史铁生的《病隙碎笔》、塞壬的《下落不明的生活》。

由于语言和经验的双重限囿，散文必须有情。但移情又是散文写作的敌手。移情，不加任何反思地动用了情感，只停留在了情感的表层或进入情感的幻境，让散文写作千篇一律地贫乏、空洞或过于私密而难解。因为我们自我的情感是有边界的。移情并没有意识到这一边界。而散文一旦意识到了自我的边界，就可以是对情感的积极的建构，就已然在情感中融入了理解、认知和拓展。从笛卡尔开始，现代个体的自由意志始于一个反思的自我。反思，就是在主体的生长过程中运用理性去思考世界，从而塑造自身。在写作者这里，反思表现为每一个个体以自己独有的思维方式去认识人性和生活，凝聚出独有的语言形式去表达人性和生活。而情感，必然是自我通向语言的媒介。

20 世纪的一些欧美诗人写过不少散文集，如曼德尔施塔姆的《第四散文》、布罗茨基的《小于一》、沃尔科特的《黄昏的诉说》、希尼的《舌头的管辖》、奥登的《染匠之手》。在这些散文中，事物、人性、经验和知识的清澈而幽深的面目被抽丝剥茧、行云流水、曲径通幽地呈露出来。我们可以在曼德尔施塔姆笔下凝视一个人如何在城市建筑、音乐的浸染中漫游，在布罗茨基笔下感受逼仄的家庭、压抑的学校如何挤压一个人的精神世界，在沃尔科特笔下倾听异域文明的声音如何在一个人的周身海浪般涌动，在希尼笔下见识一个人如何在僻野的乡居空间里接受文学的震颤，在奥登笔下领略智慧如何渗透进个体的生命和诸多文学作品之中。

四、山水的知识与散文的生长空间

米沃什在散文集《旧金山海湾景象》中不断地在辨认自己的意图，自己所在之处，自己的处境——美国西部的“巨大空白”，然后娓娓道出1960年代美国的激情、幻象和迷误。在书中第一篇《我的意图》中，米沃什就将自己的意图放置在了当代的认知情形之中：“我在这。这三个字含蕴着可以说出的一切——你始于这些词语，又回到它们。‘这’意味着在这个地球，这片大陆，而不是其他大陆，在这个城市，而不是其他城市，在这个时代，我称之为我的时代，在这个世纪，在这一年。我并没有被赋予其他地方、其他时代，我触摸桌子，为自己的感受辩护，我感到自己的身体短暂易逝。这一切都是极为根本的，然而，生活的学问终究倚赖于逐步发掘的根本真理。”[1]对米沃什而言，这本散文集的认知起点就在“这里”——美国西海岸的旧金山。“这里”不是一个想象之地、隐喻之地，而是一个预示着自我束缚性的情感空间。在这个空间里，情感得到了约束、限制和塑形，对此地、此城、此国和此世纪的体悟和认知才能泉涌而出。“这里”，是一个认知装置，一套知识系统。

当然，“知识”本身同样也会构成束缚和阻碍。《徐霞客游记》就是一部剥除了儒释道“知识”后试图用全新的目光打量山水“真面目”的游记。他要退去旧知识的包裹，克服典籍里的幻象距离，

---

[1] Czeslaw Milosz, *Visions from San Francisco Bay*, Richard Lourie trans., FSG, 1983, p.3.

用自己的身体亲自涉足真实的山水。因为他认为："山川面目，多为图经志籍所蒙。"[1] 徐霞客这句话说得过于笼统，其实，遮蔽山川面目的是已经凝固化的、不具有反思性的陈旧的"典籍"。而新的"知识"既可以呈现山川的真实面目，也可以抹去蒙蔽在旧"典籍"上的认知灰垢，但并不一定能保证真实与虚妄之间的界限可以清晰地被揭示、被触及。新知识也试图在测定身体的边界。刘亮程在《一个人的村庄》中就不断地让自己身体的印迹嵌入自己的村庄。通过，这种嵌入，他展示了身体和村庄的双重边界，尽管这种展示本身十分隐秘、隐忍，因为印迹其实留存于心灵深处："多少年后当眼前的一切成为结局，时间改变了我，改变了村里的一切。整个老掉的一代人，坐在黄昏里感叹岁月流逝、沧桑巨变。没人知道有些东西是被我改变的。在时间经过这个小村庄的时候，我帮了时间的忙，让该变的一切都有了变迁。我老的时候，我会说：我是在时光中老的。"[2] 对自我边界的探寻也可以呈现为对物的凝视，对物的历史的拼贴与刻录，比如邹汉明的《塔鱼浜自然史》。

李琬在散文集《山川面目》中引用徐霞客那句话时，就发出了这种感叹："'山川面目，多为图经志籍所蒙'，这句话容易讲，但是很不容易亲身验证。我们做旅客，大部分时候都见到山川，却见不到图经志籍和眼中之景的切实联络，因为风景被切成点、片，且时间短暂的缘故。……恐怕我们不曾在跋涉中被景物所欺骗，就不能体会这置身浩渺'真实'中的虚妄感吧。"[3] 所谓"虚妄

---

[1] 吴国华：《徐霞客圹志铭》，载《徐霞客游记》，上海古籍出版社，1987，第1188页。

[2] 刘亮程：《一个人的村庄》，浙江文艺出版社，2013，第9页。

[3] 李琬：《乘客》，载《山川面目》，漓江出版社，2021，第43页。

感”正是写作者/行旅者的移情在遭受山水世界拒绝后的状态。

对于西藏，“图经志籍”或影像媒介中的景观可能是这样的：“雪落下来，一切无可分辨，只有侧卧的牦牛群起身，抖落身上的雪，才露出它们青黑的毛色。”[1]如果说，冯至身处动荡起伏的1930年代，一心试图抵抗人的异化，而乞灵于德国浪漫派对爱和自由交往的伦理精神。那么，置身21世纪初的李琬在行旅过程中，并没有携带对家园的渴望和怀旧，也不对他人的亲缘抱有幻想。尽管李琬的散文有着与冯至散文相似的冷峻、克制的语调。但她的文字中，多出了一些淡然甚至虚幻灭之感，隐约中也透露出慈悲和透彻。她写道：“但大部分时候，世界都没有显示这般的伟大。我所见的，是加了牛奶白糖的墙面，布达拉宫在傍晚的紫蓝色天空下立着。第一次坐公交车从它下面经过，发出了很轻很轻的叹息。我们和周围的人本来没有关系。我们像蚂蚁，在超越我们的庞大之物脚下绕来绕去，而孱弱的身心也被它所紧紧联结维系。有时，庞大之物仅仅是稳定的社会规则本身，它如此稳定，找不到缺口，险些要了我们的命。”[2]在李琬这里，对无限且永恒之美的爱，对他人交往的渴望，已经不再是文字低下的伦理。取而代之的，是她对移情的决绝遏制和背叛，还有对他人的淡然甚至畏惧。她在文字中似乎已经默认了人在当代的命运：“爱欲之死”“他者的消失”。韩炳哲对我们的时代做出了这样的诊断：“他者的时代已然逝去。那神秘的、诱惑的、爱欲的、渴望的、地狱般的、痛苦的他者就此消失。如今，他者的否

[1] 李琬：《乘客》，载《山川面目》，第43页。

[2] 同上，第43—44页。

定性让位于同者的肯定性。同质化的扩散形成病理变化，对社会体造成侵害。使其害病的不是退隐和禁令，而是过度交往和过度消费，不是压迫和否定，而是迁就与赞同。”[1]李琬在散文中呈现出的节制和疏离，正是不愿意参与同质化世界的合谋，不愿意承认媒介所表达出来的空洞世界，从而能够对他人产生出理解和承认，可以去辨认他人的微小而凡俗的生命面目——但这一切又是在确认了他者之消失后展开的。她并不消融于随时到来的陌生他者之中，也从不错过倾听、理解、辨认他者的时机。比如在《乘客》中，李琬记录下了从怀化到吉首长途车上的女孩的短信，昆明女司机的寻人字条、经过七小时多艰难路程后乘客们因“平易近人”的泸沽湖发出的欢呼。凡尘中“不过如此”的他人以差异性的面目取代了或者说丰富了山川的面目。

在《山川面目》收录的另一篇散文《忧郁的亚热带》里，李琬的情感仿佛蓄满的水池，极具忧郁情感的爆发力。然而，书写者在文字里一直隐忍着。整篇散文回忆着与父亲在澜沧江边一家泰国餐馆用餐的情景。回忆中的情感十分浓郁，却始终克制。李琬还通过使用第二人称，将自我的情感对象化、陌生化，从而阻止移情的发生。移情，很容易陷入情感的均质状态或私人状态。但是，我们在关于“你”的叙述里，看到了一个清醒的、沉思的主体。这样的叙述既产生了时间的距离，又设定了空间的界限。而那句“这一切都太二十世纪了”[2]的感叹，让我们跟随着“你”辨认出了历史的印迹和形态。而“生活果真是这样子吗”的追问，让叙

[1] ［德］韩炳哲：《他者的消失》，吴琼译，中信出版社，2019，第 1 页。

[2] 李琬：《忧郁的亚热带》，载《山川面目》，第 30 页。

述里出现了沉思的时刻："太阳底下无新事，人们去过了所有的土地，也好比永远在一个房间里打转。就算到了边境，又是怎么一回事呢？边境另一边大概也是一样，画师赤着脚，坐在烈日下，在墙上画他脑海中的佛。但你知道不是这样子的，至少对你来说不是这样。你知道，一旦离开了家，无论居住在哪里，就永远不会再和家里一样。"[1] 跨越了"家"的边界，生活的形态就会被颠覆并重构出差异的形式。同时，"图经志籍"里的景观一再被解构。因为自觉的认知主体诞生了，他/她永远在辨认此时此地的在场性和差异性。这样的散文，正如张怡微指出的，的确可以处理强烈而复杂的情感。因为，"散文是最适合呈现情感变化、生活变化的问题，也就是说，散文是最适合呈现情感困难的文体，尤其是当我们尚未有驾驭欲望的能力，来形成修改这种变化的强动机时"[2]。换句话说，散文抒发情感并不是为了满足书写者的情感幻觉，而是去纠正情感的惰性和惯性，在情感进展的困难之处，开拓出新的认知方式和体验方式，从而促成新的情感并催动新的语言形式。

散文不可以缺少情感，但可以不抒情，甚至可以节制情感。移情的停顿，并非拒绝情感，而是让情感成为造就主体的积极力量，去克制地理解人和事物（比如山"山水"）的形态和变化，并从自我的情感中开启生长的空间。这需要书写者在当下语境中一而再、再而三地去寻找、获得、提炼新的"知识"。

2022 年 3 月 1 日

刊于《扬子江文学评论》2022 年第 5 期

[1] 李琬：《忧郁的亚热带》，载《山川面目》，第 32—33 页。

[2] 张怡微：《散文课》，华东师范大学出版社，2020，第 112 页。

异的摆渡：译者在数字时代的使命

我们的时代也许可以叫作数字时代。一切被数字化，交流、工作、购物、教学、拍摄、驾驶、会议，甚至旅行。我们的记忆被数字化存储、计算、传输：文字、书籍、图片、声音、影像。我们被数据计算着，被数据记忆着，被数据传达着。我们越来越无法触及自身的潜能。在这个数字时代，我们的世界人工智能化了，我们的心灵任由数据自行运转。交往时，我们像微信一样调取表情包。分神时，我们像百度一样检索我们的记忆。写作时，我们像输入法一样选择词语、扩展句子。那么翻译呢？在数据时代，我们如何翻译？谷歌、百度、有道、金山、Deepl 等人工智能翻译软件可以瞬间完成大批量文字翻译。我们不再殚精竭虑于一个陌生词汇的意义，不再迷惑于复杂语法的幽暗丛林，不再畏惧于作品深处的观念渊薮。我们为什么还要翻译？我们如何去翻译？

这十几年，在写诗、学术研究之余，我做了一些翻译实践。这源于一种冲动，保罗·利科所谓的“翻译冲动”。在一篇名为《翻译的挑战与幸福》的演讲中，他重申了翻译带来巨大困难和微小幸福。困难和幸福均伴随着安托瓦内·贝尔曼所谓的“异的考验”。困难涌现于“异”的差异、遥远、阻隔甚至转化的不可能。幸福则是考验之途中袭来的苦尽甘来的微风，然而这又是转瞬即逝、让人怅然若失的阵阵微风。一路跋涉的翻译者，便成了“流浪的游牧者”。

然而可贵的正是冲动的无缘无故、无迹可寻，又随时随地神秘袭来。有些文本的召唤构成了旷野中的召唤。在 21 世纪初的几年，我迷恋于毕肖普、奥登、狄兰·托马斯、布罗茨基、米沃什、洛威尔、沃尔科特、希尼、博尔赫斯、蒙塔莱、翁贝托·萨巴、耶胡达·阿米亥、君特·艾希、波卜霍夫斯基、彼得·胡赫尔、格特鲁德·科尔玛等人的诗歌，还有庞德、大卫·辛顿、白英等人翻译的中国诗歌。通过英语或德语，我阅读着他们的诗。有时候，会被语言的闪电击中，被情感的风暴席卷。翻译的冲动就来自于这样的时刻。面对外语里的文字，情动于中，念念不忘，才想要去翻译。有些人的诗，我会陆续译出几十首。有些人的，我只译了一两首。还有些诗，则在许多年里一直是草稿状态，比如米沃什的那首《在谢滕尼艾》、科尔玛的那首《女诗人》。就像我译过的米沃什《诗艺？》一诗里写的：“诗歌应该写得稀少而又勉强，/写于难以忍受的强迫之下，又必须带着希望。”翻译，即便排除外语的难度，也是勉强的。译一首诗就像是渡一条难以跨越的河流却勉而为之。翻译需要足够强烈而温暖甚至寒冽的冲动。因为幸福是微小的，困难是巨大的。知难而退，或困顿于半路，并非难得一见。正如本雅明在《译者的使命》（*Die Aufgabe des Übersetzers*）中所说的，翻译需要关注外语的“成熟过程”，也要关注自身母语“分娩的阵痛”。语言是拥有历史生命的。译者正是敏感于外语尤其是母语之历史生命的人。语言的历史生命来源于对“人的存在与本质”的心领神会。任何具有“可译性”的文本都是在传达人的存在与本质的文本。这样的文本在等待翻译，吁请翻译，召唤翻译。倘若一个译者对人的存在和本质无动于衷，那么定然不可能通过翻译准确、深切、动人地传达出外语作品中的“不可思议、神秘莫测、‘诗性’”的东西”。译者不应该去翻译不能在精神上触动自己的文字。进一步说，译者，尤其是诗歌译者，需要去翻译那些让母语抵达人之存在和本质的文字。然而，正如米沃什所言，具有“可译性”的诗稀少而勉强，不能被完全数字化计算、编码和随意重组。翻译软件可以有效地转换语法，拥有强大的语言和组织计算能力，减少译者的劳苦，但它们不需要领悟人之存在与本质，更不会去感动于那些难以忘怀的一段段生命、一个个时刻。翻译软件无法理解征人在雨雪霏霏时的思念，屈原和但丁在流放途中的痛苦，里尔克倾听天使召唤时的茫然与敞开，洛威尔面对恋人无法心灵相通时的困境。

在翻译之途上默默求索了许多年后，我收到好友余西的邀请：在辛波斯卡去世后半年多，让我翻译她的诗。陈黎和张芬龄翻译的辛波斯卡诗集《万物静默如谜》在大陆广受欢迎。但这本诗集只收录了辛波斯卡几十首诗。余西希望我能在这本诗集之外翻译辛波斯卡更多的诗。此前不久，我正好在北京的叶壹堂买到了辛波斯卡的英译诗集，译者是波兰诗人巴兰恰克和美国译者卡瓦娜。辛波斯卡的诗风与我自己的诗并不一致。虽然她不是我热爱的诗人，但其诗学姿态是能打动我的。她尊重微小的事物，站在弱者一边。她用轻盈甚至卑微的语调写诗。

2012 年底，我带着辛波斯卡的诗集来到了德国，在波恩大学访学。我的导师是顾彬。他将在第二年 5 月获得德语世界最高的翻译奖彼得·沃斯翻译奖。他的获奖致辞名为《翻译的幸与不幸》。他说，翻译会让译者感到怀疑一切。外语和母语两个敌人变成彼此的陌生人。陌生人带来的正是“异”的考验和受苦。而这大概是翻译软件不会有的体验。但，这种体验却是让译者在幸与不幸、快乐与痛苦、坚定与怀疑之间不断徘徊、穿梭，并得以苦苦跋涉下去的理由或冲动。我们，无论是读者、作者，还是译者，为什么需要这样一种纠结、含混、犹疑、动荡的体验呢？因为我们是栖居于肉身的人，是终有一死的有限的人，不像 AI 一样可以超越时间、历史、记忆的困扰。

辛波斯卡的诗歌是通往人之存在与本质的一条林中小径，或者说，是一条闹市中人群空出的通道。辛波斯卡的诗置身于人群之中，源于人群，但她又以微妙的反讽与人群保持着友善的距离。她善于捕捉那些细微的时刻，那些不经意间联结了人又无从驻留的时刻。就像她在《旅行挽歌》的开头写的：“一切都是我的，却是短暂的借用。/记忆一无所有，/而只在凝视的片刻，我才占据了事物。”对于身在异国的我，这样的句子，短暂地安慰了我。我就在波恩北郊的冷杉林一个小区公寓楼上翻译着这样的句子。窗外，冷杉发着清冷而宁静的暗绿的光。这是一个建于 1950 或 1960 年代的小区，居民大多是工人、学生、移民者。我骑着二手自行车，或者乘坐地铁，去市中心的波恩大学听课。我在目光的距离中与行色匆匆的人们共享这个城市，但我并不能进入他们的生活，甚至交谈也是不可能的，虽然我十分珍惜各种相遇。而辛波斯卡在《不期而遇》中写道：“我们之间过于彬彬有礼，/我们说，这么多年以后见到你，多么难得。”在这首诗的结尾，辛波斯卡微妙地反讽了人类的语言，人类的捉襟见肘的交流，并适度赞美了沉默。对于译者，辛波斯卡的语言是友好的。她几乎不动用难以理解的词语，不创造神秘莫测的语法，虽然她善于捕捉到人们在交谈过程中遭遇的“无可奈何”的时刻。至于我后来接手的鲍勃·迪伦，翻译起来会更容易一些。因为他的抒情诗的魅力在于音乐，而歌词在诗性的塑形上并没有占据核心位置。

正如本雅明所言，翻译并不只是传达“信息”，并不是简单的搬运和翻转。虽然无论在中文、英文（translate）还是德文（übersetzen）中，翻译都有翻转、搬运的意思。当然，在德语中，翻译还有摆渡、渡河的意思。在渡越语言之河的过程中，译者唯有时刻把握方向，观察水流，经受风浪的侵袭，才能勉力前行，抵达对岸。最终上岸的，是一个风尘仆仆的人，一个卸下货物、船客后看似一身轻松实则疲惫已极的人。但在极致的疲惫中，这个人的内心会悠然升起一丝甜蜜的快乐，哪怕这丝快乐那么短暂。因为，他/她来到了对岸。这是一个别样的世界。为了领略、深入这样的世界，译者才会去勉力摆渡。

原文和译文之间到底是什么关系？由于是两门语言，它们在文字的具体措辞和表达上应该相差悬殊。在数字化时代，不同的语言正在趋同，我们的翻译似乎变得省力，甚至译者是多余的。全球化让我们的生活越来越均质化，我们的表达随之越来越相似。这也为人工智能翻译提供了条件。在人工智能翻译中，经过大数据计算的译文与原文越来越一致，甚至毫无偏差。因此时下的翻译出版，越来越要求翻译的准确、不偏不倚，越来越让译者变得像是数字时代的工匠。但译者需要长期学习一门或几门外语，也要长期深入母语的险境。但对译者而言，翻译是要穿越语言，去体味语言所呈现出来的气息、心灵和精神。我译过一些大卫·辛顿翻译的孟郊后期诗歌。在英语中，大卫·辛顿无论如何努力都不可能准确翻译孟郊。但孟郊诗中的寒冷、虚空、残悴和危陷，可以经由翻译而转移到英语中。译者，正是在语言的摆渡中领会作品深处带给灵魂的战栗。就像我翻译到阿米亥的诗句时感到自己的内心被海风穿透，被深渊浸润："我的爱造就了我，它平淡无奇，/就像初雨中的咸海。"（《两人在一起，又彼此有别》）"正如以前。/我们夜里喝的水，后来，/成了世上所有的酒。"（《正如以前》）

在德国翻译辛波斯卡的时候，我也在翻译君特·艾希、米沃什和蒙塔莱的诗。本来是应王家新之邀，为一本我的翻译诗选做准备，后来却没有出版。那时我住在一个德国人的家里。四室一厅，房东乌利是一位参加过68运动的老先生，和我们住在一起。另一位安德列亚斯是在科隆大学念拉丁语和神学硕士的德国青年。还有一位是年轻的中国女性王敏，在华为德国分部工作。她的男朋友在科隆大学读博士，做的研究正是人工智能翻译。他的目标是解决谷歌翻译的技术难题，并相信在不久的未来，人工智能翻译将取代大部分人类的翻译。而我正在进行的诗歌翻译似乎化作了微妙的反讽。

译完辛波斯卡后，我又开始翻译奥登的随笔集《染匠之手》。这是艰难的翻译。相比于诗歌的翻译拥有的自由、想象和情感，散文随笔的翻译就像是肩负意义之轭的苦力。散文随笔首要的任务是传达意义，而不是呈现语调、句法和结构。回国后的一两年内，我继续翻译奥登。诚如奥登对这部随笔集的命名，我的天性必须臣服于翻译的劳作，本来就微小的幸福缩减得微乎其微，大部分时候是与意义及其语法较量而产生的痛苦。后来我翻译米沃什的随笔集《旧金山海湾景象》，体会到了类似的痛苦。这样的痛苦让翻译变得更加艰难。精神不振，语言迟钝。此时，我真的常常希望人工智能翻译来解救我。尽管奥登自己在《染匠之手》中说过："每一位真正的诗人对世界的独特看法能够经过翻译而得以幸存。"但他谈论的应该是诗的翻译，而不是散文的翻译。散文翻译的自由和创造显得更不可能。因为稍一改动，意义就会发生很大的变化，似乎成了另一篇文章。但诗传达的是精神的本质，是可以辨认出来的精神，或者借用本雅明的概念，是具有"可译性"的精神。一首诗在母语中依赖于每个词的音调、色泽、语态和意义。但在译文中，却不再受制于外语，而是受制于母语的音调、色泽、语调和意义。所以，诗的摆渡，允许产生更多的变形。庞德、白英、大卫·辛顿对中国古典诗歌的翻译，就在摆渡中守护并生成了"异"。但这种"异"并不是源于译者个性和风格的异，而是深潜入精神深渊而凝聚成的"异"。诚如温伯格在《观看王维的十九种方式》中所说的："在其精神修炼的方式中，翻译取决于译者自我的消解：面对文本的绝对谦逊。糟糕的翻译回响着译者的固执声音——即，不能见到诗人，只听见译者在絮叨。"

在文字表达层面，如果人工智能翻译是以同一为尺度，那么，人的翻译，尤其是其中的诗歌翻译，恰恰是以差异为尺度的。唯有守护差异，才能让人之存在与本质显现母语中。因为差异源于历史，源于生命在时间中的独特印迹。具有肉身存在的译者，正是在语言的难以忘怀的逗留中，才一再调动起翻译冲动。

而人工智能，并不是线性的、步步为营、殚精竭虑的“劳作”，它是通过整体性的计算而进行的轻而易举的“工作”，它需要的是数据库和算力。

再后来，我翻译了洛威尔诗选。作为自白诗派的领袖，洛威尔的诗开启了自白派的法则：面向个体自身的幽暗（“我自身便是一座地狱”），人与人之间特别是家人之间的隔膜和矛盾（“十二年后，你转过身去。/你失眠了，你抱着/枕头面对你的空洞，仿佛一个孩子”），世界的疏离和崩溃（“一个虚无主义者想要生活于这般的世界，/却把永恒不变的群山凝视成瓦砾”），生命的漫长和虚空（“我们死去，这多么枯燥、可怕，/不像写作，生命永无休止”）。我在译文中试图呈现这种破碎、纠结、私密、难以解读的生命感受，于是尽量将诗句打碎为不连贯的断句甚至词语，以“传达”这种生命感受。这是 20 世纪后期以来，人类长期经受着的精神分裂的生活。在 21 世纪的中文世界里，我们正在剧烈地体验着。这种精神是可译的，尽管要完全明澈地搬运洛威尔的诗句几乎是不可能的。翻译洛威尔，能做的唯有把语调及其精神质地摆渡过来。

洛威尔本人就是译者。他的译诗集名为《模仿集》（*Imitations*）。他在序言中转述了帕斯捷尔纳克的说法：通常可靠的翻译获取了字面意思，却错失了语调。而在诗中，语调就是一切。洛威尔翻译过维庸、莱奥帕尔迪、波德莱尔、兰波、里尔克、蒙塔莱、帕斯捷尔纳克的诗，并不单纯拘泥于字面意义上的“精准”对应，而是在语调的传达中塑造一首诗，有时候他会做大胆的改动，以期在英语里，一首译作成为一首诗。语调可以逃离向着另一种语言和文化的转移过程，它能够在另一种语言里浴火重生、死灰复燃。语调，正是本雅明所谓的具有“可译性”的精神。可译，便是可摆渡，便是可以将“异”翻译、摆渡到自己的母语中来，并为其赋予新的语言形式。这样的工作并不是人工智能可以做到的，至少，不是它从自身内在渴望的、需要的，也不是它所能理解、所需要的母语处于诞生中的困难和幸福。

2023 年 7 月 12 日，上海金山海边

刊于《文艺报》2023 年 7 月 26 日

附录：

寒溪（其一）[1]

霜洗去水色，精致的
鳞片闪现于寒溪。来到这

空无的镜子前，欣然地，
我发现倦惫、愠怒的身体闪亮

在那里。此刻无法隐藏自身，有东西
在水底潜行，重现——又一次出现，

闪着微光。清澈而敞开，如最高贵的

[1] 原作者为孟郊，以下引文为本人据大卫·辛顿的英译版转译。

情感，这溪水是为我们设置的陷阱。

再次变得明亮，简俗而清浅，
它的心在夜晚冰结，流满

这个清晨。一掬，尽是翠绿的
清澈，洗去远方无数忧虑的尘土。

一旦足迹浑浊了这水域，
它就不再是一条纯净的山涧。

在潮汐里泅渡
——柔刚诗歌奖获奖感言

我们的时代在巨变，我们的生活在剧变。我们在使用语言，但我们也被语言使用。生活是一片大海，我们在其中起伏。对这起伏，我们感到惊异。但我们并不安于惊慌失措，也不乐于无动于衷。

诗是一个内在的决定，决定偏移生活的惯性，同时决定置身于生命的波澜中。我试图在这起伏中，倾听大海内在的声音。我在《眺望大海光明的水面》这首诗里写过：

手指长出旋涡，成为倾听他者的耳朵。
我们终于愿意敞开，
芬芳如刚刚剥开的橘子。

这些年，我不再通过诗歌去凝视他者，凝视城市和乡村空间。我试图去“敞开”，进入生活空间，与他者联结。我在自己的诗歌中倾听我们的生活，也试图唤醒我们的勇气去“亲自生活”。我在名为《亲自生活》的诗里写过：“倘若孤身则一无所有，唯有结合。/亲自。”

在数据时代，我们易于涣散。我们六神无主，也旁若无人。但，我希望凝注于我们的生活，打开诗歌空间，让它成为一间门窗洞开的房间，让万物，让人们，自由出入其中。我翻译过米沃什的《诗艺？》，里面有这样一节：

诗歌的目的在于提醒我们
独自一人留下是多么艰难，
因为我们的房屋洞开，门上没有钥匙，
无形的客人随意出入。

我也翻译过蒙塔莱的《朵拉·玛古丝》，有几行诗十分打动我：

你的不安令我想起
那些候鸟，在暴风雨的夜晚，
扑向灯塔的横梁：
你的甜蜜也是一场风暴，
它回旋，却并不显现自身；
它休憩的时间更加稀少。

我们写诗，要去感受并接纳他人的不安，同时也有像承受风暴一样，承受他人的甜蜜。写作不是呈现傲慢，更不是表达敌意。我渴望留住并写出人与人、人与事物在相遇那一刻流溢而出的激动人心的潮汐。我们在潮汐里，与这个世界共在，与他人共在，并守护世界的神秘性、语言的可能性和不可能性。

翻译也是如此。我一直在翻译。翻译似乎是一种内在的冲动。在语言和文明的边界上，翻译的冲动让我不断穿行于各种心灵和各种世界之间。这是一种“异”的摆渡，更是泅渡。泅渡于生命的海洋，泅渡于语言的不同海域。满身湿透，疲倦侵袭，但泅渡到对岸后的欣喜是那么强烈，以至于有脱胎换骨的样子。

翻译，首先是让自己泅渡到对岸，其次是将他者摆渡到对岸。对岸不构成终点，却别有洞天，让我们的生活和生命流动起来，飞翔起来，穿行起来。

翻译是我写诗的涟漪，也是我理解诗歌、抵达诗歌的航船和风帆。

奥登说，他写诗是出于爱。我想我也是。无论写诗，译诗，都是对这一份爱的安放和释放。

2024 年 4 月 1 日

比河流更多的河流
——有关抒情诗的流动性

在我们这个信息时代、数字时代、人工智能时代，世界变得透明、便捷，变得容易计算、容易消费。我们和世界的关系越来越近，一切远的事物时时刻刻被传输到我们的屏幕上。我们逐渐丧失了对远的事物的渴望和想象。

在这样的时代写诗，需要勇气。语言从来都不是切近之物。语言内在于“远”，更不“便捷”，更不“透明”。如今，取诸于“近”“便捷”和“透明”的诗变得越来越多，甚至过剩。写作越来越快速，越来越轻易。诗歌的叙事性淹没了当代诗。诗歌的移置性、复制性甚至虚构性淹没了当代诗。

而勇气，终究让我们忠实于艰难的存在，让我们转身面对“真实”。现实之物容易获得、占有。而真实，不是通过叙事、移置、复制能够获得、占有的，甚至无法接近。

真实需要体验。

置身于数据流动的世界里，我们的经验进一步变得贫乏，也开启了新的体验的可能性——这便是对流动性的体验。

我们被卷入这个数据流动的世界，叙事变成了数据流动，抒情也变成了数据流动。体验岌岌可危。

我们被迫重新思考写作的主体是什么，是谁。是装置、机器和程序，还是我们的有着深渊一般的无意识的“自我”？这个自我与我们自己的肉身合一并朝向他者的肉身，有着肉身的复数的节奏和气息，有着肉身被随时唤醒的渴望和态度，即便它能够被传输、储存。肉身让我们愉悦又痛苦，渴望又懈怠，生动又倦怠，敞开又锁闭，前行又回退，而这一切都是不可测度的，不可计算的，不可设置的。我们，拥有着肉身和自我的我们，让眼前的一条河流在我们体内流动，也会为了突然到来的一段记忆而魂牵梦绕，在一个人的离去时黯然神伤。

这个合一于肉身的“自我”的情感姿态是什么样的？它在写诗时，拥有一种什么样的情感姿态？

“情感”的姿态既是主动的，也是被动的。它感觉着世界，也感受世界。情感主动地觉察，也被动地接纳这个世界。而一切讯息是在自我内部流动的。诗歌，诞生于这种流动性。而诗的流动，仿佛一切是既定的，又仿佛一切皆是意外的。处于流动性里的诗歌能够安慰我们心灵、安顿我们的存在。

当代诗的情感的“姿态”也许本来就内嵌在古典性里。所谓“夫情致异区，文变殊术，莫不因情立体，即体成势也”（《文心雕龙·定势》）。突如其来、急转直下、如梦初醒的情感造就“姿态”，就像蓄势待发的箭，就像迅疾曲回的湍流，就像风流云散的相遇，就像婴儿诞生时不知所措的初啼。一切那么陈旧而古典。

保罗·策兰曾经写信给巴赫曼：“存在，是的，我们可以，并且可能。存在——为了相互存在。”相互存在也可以造就情感的“姿态”。一个眼神，一句碎语，一次挥手，一份拥抱，便让情感的“姿态”荡漾起伏。姿态，在两个主体之间，无中介地流动起来。

而我自己曾经在《阴阳之间》里写道：“我们体内拥有了比河流更多的河流。”诗人和世界直接通过情感的姿态而面对面，并各自增补——增补出了流动性。

当代的数据世界让我们重提体验流动性，也拥有了比数据流动更多的流动。这是肉身的流动、情感的流动、自我的流动。

当代诗更需要一种面向“意义”的流动性。唯有意义，才能让世界流动起来，让诗人的主体流动起来，让诗人体验、沉思这个世界，并让主体在体验和沉思中川流不居、生生不息。意义之流，比河流更河流，比大海更大海。每一首诗都是一条通往意义之海的河流，每一首诗流动的姿态千差万别，但都渴望通往大海，通往比海更多的海。

意义，唯有我们相信它，信任它，它才会流动起来。当代诗拥有数据没有的任务，便是探寻意义，让诗歌摆脱叙事性、移置性、复制性和虚构性，向着意义敞开。但正是在数据流动的时代，当代诗拥有了当代的可能性——那便是流动性，让绝对远的“真实”流动起来。

2024 年 5 月 18 日

社 科 新 知　文 艺 新 潮

走向他人
胡桑 著

出 品 人：姚映然
责任编辑：张　晨
营销编辑：杨　朗
装帧设计：安克晨

出　　品：北京世纪文景文化传播有限责任公司
（北京朝阳区东土城路8号林达大厦A座4A　100013）
出版发行：上海人民出版社
印　　刷：山东临沂新华印刷物流集团有限责任公司
制　　版：北京百朗文化传播有限公司

开 本：850mm × 1168mm　1/32
印 张：9.25　　字 数：208,000
2025年3月第1版　　2025年3月第1次印刷
定 价：71.00元
ISBN：978-7-208-19235-5/I・2188

图书在版编目（CIP）数据
走向他人 / 胡桑著 . -- 上海：上海人民出版社，2024. -- ISBN 978-7-208-19235-5
Ⅰ . I106
中国国家版本馆 CIP 数据核字第 2024Q8N552 号

本书如有印装错误，请致电本社更换 010-52187586